묵향 17
묵향의 귀환

부활하는 마교

묵향 17
묵향의 귀환

초판 1쇄 발행일 · 2007년 06월 22일
초판 3쇄 발행일 · 2014년 12월 30일

지은이 · 전동조
펴낸이 · 유용열
기　획 · 김병준
편　집 · 마지현, 김민태
펴낸곳 · 도서출판 스카이미디어

주소 · 서울시 동대문구 용두동 234-35번지 대명빌딩 201호
전화 · (02)922-7466
팩스 · (02)924-4633
E-mail · skymedia62@hanmail.net
출판등록 · 제6-711호

Copyright ⓒ 전동조 2014

값 9,000원

ISBN · 978-89-92133-22-7　04810
ISBN · 978-89-92133-00-5　(세트)

※ 온라인상의 불법 복제물의 유포나 공유는 저작자의 재산권을 침해하는
　 중대한 범죄 행위로 관련법에 의거해 처벌 대상이 됩니다.
※ 작가와의 협의에 의하여 인지는 생략합니다.
※ 잘못된 책은 본사나 구입하신 서점에서 교환해 드립니다.

DARK STORY SERIES II

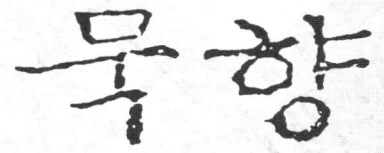

묵향의 귀환

전동조 장편 판타지 소설

17 부활하는 마교

차례
부활하는 마교

양에 차는 놈이 없다 …………………………7
아르티어스의 음모 …………………………20
옥화 봉공 매향옥 …………………………36
그놈의 술 때문에 …………………………48
내 이름은 진팔이다 …………………………65
왠지 정감이 가더라니 …………………………72
완엔 아구다 …………………………87
흑백 무림 회색 문파 …………………………101
천지문을 잊으셨습니까 …………………………116
오해의 시작 …………………………136
무영신마 장영길 …………………………146
도대체 어떤 놈이야 …………………………152

차례
부활하는 마교

드러나는 정체 …………………………166
무림고수 안휘성 집결 …………………175
뇌전검황의 제자 ………………………184
뛰는 놈 나는 놈 …………………………203
묵향, 호북성으로 ………………………218
교주가 돌아왔다! ………………………226
좌절된 천리독행의 꿈 …………………237
흡성대법을 익히고 싶어 ………………249
아르티어스, 사고 치다 …………………265
주화입마에 빠진 아르티어스 …………277
고수를 몰라본 죄 ………………………290
묵향 사형 아니십니까 …………………307

양에 차는 놈이 없다

잘 다듬어진 정원.

특이하게도 정원에는 매화나무만이 심어져 있었다. 매화나무들을 지긋이 바라보고 있는 중년인. 그는 한참을 바라보다가 슬쩍 손을 들었다. 그 순간 무엇을 어떻게 했는지, 한쪽으로 튀어나와 있던 나뭇가지 하나가 예리하게 잘려져 바닥으로 떨어졌다. 중년인은 또다시 잘라 버려야 할 가지가 있는지 세심하게 살피기 시작했다. 하지만 곧 그는 고개를 절레절레 내저으며 한숨을 내쉬었다.

"휴우~, 도무지 집중이 안 되는군."

중년인의 이러한 태도를 십분 이해한다는 듯 그의 뒤에 서 있던 흰 수염을 길게 기른 노인이 고개를 조아리며 말했다.

"어쩔 수 없는 일 아니겠습니까. 어려운 선택을 하셔야겠지만, 태상교주님께서 조만간에 뭔가 조치를 취해 주셔야 할 것입니다."

그 말에 태상교주는 난감한 듯 하늘을 올려다보며 중얼거렸다.

"알고 있다네. 수석장로가 굳이 말해 주지 않아도 잘 알고 있어. 하지만 너무나도 어려운 문제로군. 본교의 미래가 걸린 일인데, 그것을 은퇴한 지 오래된 노부가 결정해야 한다니……. 말년에 감당하기에는 너무나도 무거운 짐이로구먼."

조언을 올리고 있는 노인은 지금은 은퇴했지만, 과거 수석장로직을 수행했던 천도왕(天刀王) 여지고(黎志高)였다. 그는 세력 다툼이 은근히 벌어지고 있는 마교의 현실을 우려하여 태상교주와 면담을 하고 있는 중이었다.

"하지만 태상교주님이 아니시면 그 누가 있어 본교의 미래를 결정할 수 있다는 말씀이십니까? 교주 자리가 벌써 23년씩이나 비어 있습니다."

태상교주는 살짝 미간을 찌푸리며 대꾸했다.

"쯧, 그걸 누가 모르나. 급하게 덥석 선택한 것이 최악의 수가 될 수도 있는 일이니, 그것이 문제인 것이지."

"그거야 그렇습니다만……."

"노부의 생각 같아선 관지를 교주로 임명하고 싶었다네. 그라면 놀랍게 성장한 본교를 더욱 충실하게 다스려 나갈 수 있을 게야."

여지고는 고개를 끄덕이며 말했다.

"물론 그가 뛰어난 인재임은 확실합니다. 하지만 그는 교주가 될 수 있는 최소한의 여건조차 만족시키지 못하고 있지 않습니까? 그는 무공이 너무 떨어집니다."

가볍게 한숨을 내쉰 태상교주는 매화나무를 바라보며 중얼거렸다.

"그게 문제야. 정말 세상사가 마음대로 안 되는구면. 초류빈(楚柳濱) 대신에 관지가 화경을 깨달았다면 얼마나 좋았을까? 군문(軍門)에 있었기에 조직을 통솔해 나가는 감각은 정말 탁월해. 그가 화경을 깨달았다면 주위에서 아무리 반대한다고 하더라도 노부는 그를 교주로 삼았을 텐데……."

태상교주의 고민은 거기에 있었다. 관지의 경우 대부분의 조건이 그의 마음에 들었다. 물론 교주는 마공을 익힌 자여야 한다는 율법이 있었으나, 그 정도는 무마시킬 자신이 있는 그였다. 하지만 화경에도 이르지 못한 자를 교주로 삼을 수는 없는 노릇이 아닌가? 강자지존의 철칙이 지켜지는 마교에서, 그것은 태상교주의 권위로도 불가능한 일이었다.

그에 비해 초류빈은 묵향의 직속 수하로서 마교에 들어왔다. 그렇기에 묵향이 실종된 후, 그가 할 일은 무공수련을 제외하고 아무것도 없었다. 그런데 운명의 장난인지 그가 덜컥 화경의 벽을 깨버린 것이다. 그렇다고 그를 교주로 삼기에는 너무나도 치명적인 약점이 있었다. 마공을 익히지 않은 것도 문제이기는 했지만, 더욱 큰 문제는 그에게 야심이 없다는 점이었다. 태상교주가 봤을 때 그는 교주가 되기 위한 무공은 충분했지만 거대한 조직을 이끌어 나갈 인재는 아니었다.

여지고는 슬며시 태상교주의 의견을 물었다.

"그러시다면 탈명도 부교주를 교주로 세우는 것이 좋지 않겠습니까? 사실 지금 탈명도 부교주와 천리독행 부교주의 세력이 대치 중이라고 하지만, 결국 뒤를 보면 탈명도 부교주를 관지 장로가 받쳐 주는 형국이 아닙니까? 태상교주께서 관지 장로를 그렇게 마음에 들어 하신다면, 탈명도 부교주를 교주로 만듦으로써 그에게 날개를 달아 주자는 것이지요."

탈명도(脫命刀) 초류빈이 화경을 깨달아서 부교주의 직위를 받았다면, 천리독행(千里獨行) 철영(鐵營)도 극마의 경지에 올라 부교주의 직위를 받았다. 교주가 없는 지금, 이 둘을 축으로 하여 마교 내의 세력이 양분되어 있는 상태였다.

태상교주는 고개를 가로저으며 중얼거렸다.

"그 생각도 해 보지 않은 것은 아니야. 하지만 비록 실종된 지 23년이나 되었지만 아직까지 본교의 교주는 묵향이 아닌가? 만일 노부가 누군가를 교주로 임명한다면 그것은 묵향 교주의 사망을 공식적으로 인정하는 것과 마찬가지가 되지 않겠나?"

여지고는 약간 얼떨떨한 표정으로 대꾸했다. 왜 갑자기 태상교주가 그런 말을 하는지 이해를 할 수 없었기 때문이다.

"그, 그건 그렇습니다만……."

"노부가 누군가를 교주로 만든다면, 그때부터 교주가 되지 못한 자가 가만히 있을까? 그나마 지금은 은밀하게 세력 다툼을 벌이고 있지만, 노부가 누군가를 교주로 삼는다면 그때는 아예 대놓고 세력전을 벌일 게 분명해. 강자지존의 율법은 없어진 게 아니니까 말일세."

가만히 생각해 보던 여지고는 무릎을 탁 치며 말했다.

"그러고 보니, 태상교주님의 말씀이 맞습니다."

"또, 초류빈은 마공을 익히지 않았다는 문제점도 가지고 있지. 그를 교주로 만든다면, 철영은 틀림없이 그 점을 들고 나와 초류빈을 교주로 만든 것의 부당함을 제기할 걸세."

"하지만, 묵향 교주라는 선례가 있습니다. 그분도 마공을 익히지는 않으셨지 않습니까?"

태상교주는 피식 미소 지으며 중얼거렸다.

"물론이지. 하지만 그는 논의 대상이 될 수가 없다네. 노부는 지금껏 그보다 뛰어난 인물은 보지 못했네. 그는 교주가 되자마자 본교를 완전히 휘어잡아 버렸지. 그 엄청난 무공에 누가 감히 반발을 꿈꿀 수나 있었겠는가? 거기에다가, 사람을 부리는 능력 또한 탁월했어. 그가 일을 맡긴 자들은 아직까지도 본교의 중심축을 이루며 그에게 충성을 다하고 있지 않은가? 아무리 율법에 나와 있다고 해도 누가 감히 그에게 그런 문제로 이의를 제기할 수 있었겠나?"

여지고는 잠시 묵향 교주를 회상하며 빙긋 미소를 지었다. 지금도 여지고 장로는 묵향과 같은 인물을 모셨다는 것이 하나의 자랑거리였다.

어쨌건 초류빈이 안 된다면 남은 것은 철영밖에 없었다. 그렇기에 여지고는 조심스레 질문을 던졌다.

"그렇다면 천리독행 부교주를 교주로 삼으시는 것은 어떻겠습니까? 그는 정통적인 마교의 인물이니 아무런 문제가 없지 않겠습니까?"

태상교주는 잠시 매화나무를 바라보다가 다시금 말을 이었다.

"내 그 생각도 안 해 본 것은 아닐세. 철영은 아주 야심이 큰 인물이야. 극마에 올라, 부교주가 된 이후부터 자신의 세력을 넓히는 데 혈안이 되어 있지. 그리고 아주 호전적이지. 그 때문에 많은 고수들이 그를 추앙하고 있는 것 또한 사실이야. 하지만 그놈은 그릇이 너무 작아."

"예? 그건 무슨 말씀이십니까?"

"그가 만약 묵향처럼 본교를 휘어잡을 만한 능력이 있다면 차라리 모르겠지만, 그렇지 않으니 문제라는 것일세. 그가 교주가 된다면 초류빈을 주축으로 하는 묵향의 추종파들이 가만히 있을까? 또, 그런 분리된 힘으로 정파 놈들과 맞설 수 있겠나? 주제 파악도 못 하는 상태에서 야심만 커 봐야 다 헛것이란 말일세. 그놈을 선택하면 기껏 키워 놓은 본교를 한순간에 망쳐 버릴 것 같다는 느낌이 강하게 들거든."

여지고는 고개를 끄덕이며 수긍했다. 하지만 그래도 교주직을 언제까지나 비워 둘 수는 없었다.

"그렇다고 마냥 방관만 하고 계실 수도 없지 않겠습니까? 묵향 교주를 지지하는 탈명도 부교주의 세력과 교주를 새로 뽑은 뒤 하루빨리 본교의 숙원을 이룩하자는 천리독행 부교주의 세력. 이 두 세력이 충돌이라도 일으킨다면 본교는 또다시 내전에 휩싸일 수밖에 없습니다."

"쯧쯧, 강자를 우선하는 피의 율법……. 하지만 어느 한 녀석도 양에 차는 놈이 없으니 이 일을 어찌할꼬?"

태상교주는 심란한 표정으로 매화나무를 바라봤다.

"어서옵……."

반갑게 손님을 맞이하려던 점소이의 말이 도중에 뚝 끊겼다. 그도 그럴 것이 문을 열고 들어오는 손님의 옷차림이 너무나도 남루했기 때문이다. 땟국물에 절은 것도 모자라서 여기저기에 구멍까지 뚫려 있는 옷을 입고 있었던 것이다.

거의 거지나 다름없는 옷차림에 점소이가 상대를 향해 욕설을 내뱉으려는 순간, 그 목소리는 목구멍 밑으로 쑥 들어가고 말았다. 상대의 등 뒤에 묶여 있는 뭔가를 봤기 때문이다. 거대한 도(刀)의 손잡이를…….

완전 거지꼴을 하고 있기는 했지만 혹시 강호의 고수가 아닐까 생각한 점소이는 방금 전에 하다가 만 말의 뒷부분을 마지못해 내뱉을 수밖에 없었다.

"…쇼."

그런 점소이의 태도에 별 신경도 쓰지 않은 채 구석진 자리에 앉은 사내는 걸걸한 음성으로 입을 열었다.

"오리탕을 내오너라."

"예."

점소이가 사라지고 난 후, 사내는 객잔 안을 쓱 훑어봤다. 허름하기 그지없는 객잔이었고, 식사 시간도 아니었기에 싸구려 술 몇 병을 시켜 놓고 떠들고 있는 사내 몇이 있을 뿐, 손님은 거의 없는 거나 다름없었다. 그래서 그런지 사내가 주문한 요리는 오래지 않아 나왔다.

싸구려 음식이기는 했지만 사내가 아주 천천히 맛을 음미하며 먹고 있을 때, 말발굽 소리가 들리더니 곧이어 몇 명의 손님들이 객잔 안으로 들어섰다. 말을 타고 온 손님이라 그런지 점소이의 태도 자체가 달랐다. 점소이는 사근사근한 말투로 손님들을 전망이 좋은 창가의 자리로 안내했다.

사내는 힐끗 새로 온 손님들 쪽으로 시선을 돌렸다. 아리따운 묘령의 아가씨 한 명과 우람한 덩치를 지닌 사내 둘. 그리고 기생오라비처럼 미끈하게 빠진 소년 한 명이 보였다. 우람한 덩치의 사내나 묘령의 아가씨가 모두 소년에게 대하는 태도로 보아 약관(弱冠 : 20세)이 채 안 되어 보이는 소년이 그들보다 높은 신분임을 금세 알아챌 수 있었다.

이때, 그 소년과 사내의 눈이 마주쳤다. 서로의 눈이 마주쳤음에도 무표정을 유지한 채 멀뚱이 자신을 바라보는 사내를 향해 소년은 씨익 미소를 보냈다. 물론 사내의 눈에 그 미소는 '씨익'이 아니라 '방긋'으로 보였지만 말이다. 사내가 뭔가 못 볼 것을 봤다는 듯 떨떠름한 표정으로 얼른 오리탕으로 시선을 돌렸다.

소년은 환하게 미소 지으며 나직한 어조로 중얼거렸다.

"드디어 찾은 것 같아."

소년의 말에 무사들 중에서 왼쪽 뺨에 길게 흉터가 있는 자가 물었다. 병장기에 당한 듯한 상흔이었는데, 그의 날카로운 이목에 더해져 더욱 강인해 보이는 분위기를 풍기고 있었다.

"예? 뭘 말씀이십니까?"

"무림인 말이야. 무림인!"

소년의 말에 덩치 큰 사내들의 시선은 허름한 옷을 입고 오리 다리를 먹고 있는 사내에게로 곧장 돌려졌다. 사내의 뒤쪽으로 천에 둘둘 말려 있는 거대한 도가 벽에 기대어져 있는 것이 보였다.

도신의 길이는 약 3척 정도였고, 손잡이는 1척 정도였다. 손잡이를 제외하더라도 저 두툼한 도신의 두께와 폭으로 봤을 때 그 무게는 엄청날 것이 분명했다. 그리고 저런 도를 휘두를 정도라면 엄청난 힘의 소유자임에 틀림없었다.

"저자가 무림인일지도 모르지요. 하지만 그게 어떻다는 말씀이십니까?"

"예전에 어머님께 들은 말이 있어. 보다 높은 경지의 무술만을 위해 삶을 영위하는 인물들이 있다고 말이야."

"무술이라면 노사(老師)께 어느 정도 배우셨지 않습니까? 만약 더욱 강한 무술을 원하신다면 얼마든지 배울 수 있을 텐데, 겨우 그것 때문에 여기까지 오셨다는 말씀이십니까? 혹시 노사께 배우시는 게 싫으시다면, 미흡하지만 속하가 가르쳐 드릴 수도 있습니다."

하지만 소년은 사내의 말에 아무런 대꾸도 없이 꿈꾸는 듯한 어조로 중얼거렸다.

"어머님한테 무림에 대한 이야기를 자주 들었었어. 그런데 이렇게 직접 만나게 되다니, 정말 꿈만 같아."

한껏 들떠 있는 소년에게 뺨에 흉터가 있는 사내가 무표정하게 물었다.

"이제 무림인을 찾으셨으니, 다음은 어떻게 하실 겁니까?"

"저 사람을 따라갈 거야."

그 말에 처음으로 사내의 표정에 동요가 일어났다.

"예? 그, 그건 말도 안 됩니다. 저자를 따라가서 뭘 어떻게 하시겠다는 말씀이십니까?"

"어쩌기는…, 이렇게 할 거야."

소년은 자리에서 벌떡 일어서더니 오리탕에 정신이 팔려 있는 듯한 사내에게 다가갔다. 소년은 정중하게 포권하며 말했다.

"폐가 안 된다면 합석을 허락해 주시겠습니까? 아, 그런 눈으로 보지 마십시오. 수상한 인물은 절대 아닙니다."

소년은 사내의 대답도 듣지 않고 재빨리 점소이에게 요리와 술을 주문했다. 객잔에서 파는 것 중에서 제일 비싼 것들이었다. 상대는 소박한 음식밖에 먹을 수 없는 형편이니, 합석의 조건으로 값비싼 음식물을 제공하겠다는 뜻이었다. 역시나 사내는 무표정한 얼굴로 맞은편에 있는 의자를 턱짓으로 가리켰다.
　"그럼 실례하겠습니다."
　자리에 앉은 다음 소년은 흥미진진하다는 듯 수염이 텁수룩하게 나 있는 사내에게 질문을 던졌다.
　"초면에 실례입니다만, 혹시 소속된 문파가 있으십니까?"
　사내가 아무런 대답도 하지 않자 다시금 질문을 던졌다.
　"실례가 안 된다면 좀 가르쳐 주실 수는 없겠습니까? 무림인들은 대부분 문파에 소속되어 있다고 들었거든요."
　한동안 말없이 점소이가 가져온 값비싼 음식을 이것저것 먹어 보던 사내는 갑자기 몇 마디 중얼거렸다.
　"그건 네가 잘못 알고 있는 거다. 강호에는 문파에 소속된 인물보다 소속되지 않은 인물이 더 많다. 또, 설혹 문파에 소속되어 있다 하더라도 이런 곳에서 자신의 문파를 떠벌려 대는 사람은 흔치 않다."
　사내의 퉁명스런 반응에 소년은 당황한 듯 물었다.
　"그…, 그런가요? 그럼, 무림인이 되려면 어떻게 하면 되나요?"
　소년의 질문에 사내는 기가 막힌다는 듯, 멍한 표정을 짓더니 곧이어 낮은 웃음을 터뜨렸다. 여태까지 시종일관 무표정을 유지했던 사내였기에, 자신의 질문에 뭔가 문제가 있다고 느낀 소년은 얼굴을 붉히며 따졌다.

"웃지만 말고 말씀을 해 주시죠."

사내는 오랜만이라는 듯 술잔을 들고 잠시 향기를 음미하고는 한 잔 쭉 들이켠 후 말했다.

"무림인이 되는 것은 아주 쉬운 일이다."

그 말에 소년은 반색을 하며 물었다.

"어떻게 하면 되죠?"

말은 그렇게 꺼냈지만 사내는 한동안 대답을 하지 않고 이리저리 생각을 했다. 무림인…….

아무것도 모르는 사람에게 그게 뭐라고 꼭 집어서 말하자니까 그게 생각만큼 쉽지 않았던 것이다. 사내는 뭔가 대답할 말이 떠오를 때까지 눈앞에 있는 음식과 술을 묵묵히 먹어 댔다. 그러다가 이윽고 사내는 생각이 정리된 듯, 자신이 알고 있는 무림에 대한 정의를 늘어놨다.

"자신보다 강한 상대에게 언제든지 죽어 주겠다는 마음가짐만 가지면 되는 거지. 아주 간단하지 않나?"

순간 소년의 눈이 화등잔만 해졌다.

"뭐라구요?"

하지만 곧이어 소년은 눈을 실쭉하게 바꿔 상대를 노려보며 따졌다.

"형장께서 지금 저를 놀리시는 겁니까?"

소년의 말에 사내는 무뚝뚝한 표정으로 대꾸했다.

"아니, 나는 목숨 가지고 농담하는 취미는 없다."

상대가 너무나도 당당하게 말했기에, 오히려 소년은 어이가 없다는 듯 대꾸했다.

"그…, 하지만 그런 식으로 말씀하신다면, 남이 나를 죽인다는 말은 곧 저도 남을 죽일 수 있다는 말이잖아요."
"그렇지."
"그렇게 하면 국법에 어긋나는 일이 아닌가요?"
사내는 거칠게 콧바람을 일으킨 후 대꾸했다.
"흥, 법을 따진다면 영원히 무림인이 될 수 없다."
"관에서 살인자라고 추격을 한다면요?"
"당연히 도망쳐야지."
무덤덤한 사내의 말에 오히려 당황하고 있는 쪽은 소년이었다. 이 사내가 과연 제정신인 것일까?
"그, 그렇다면 무림인은 바로 범법자라는 말씀이십니까?"
"글쎄…, 그렇게 말할 수도 있겠군."
"저로서는 도저히 이해가 안 가는군요."
"그렇게 틀에 얽매여 있는 한 영원히 무림인이 되기는 힘들 거다. 그건 그렇고 음식 잘 먹었다."
사내는 품속을 뒤져서 동전 몇 개를 탁자 위에 던져 놓으며 일어섰다. 처음에 자신이 시킨 오리탕 값이었다. 거대한 도를 잡고 뒤돌아서는 사내에게 소년은 다급히 말을 걸었다. 아무래도 무림에의 꿈을 포기할 수 없었던 모양이다.
"보아하니 형편도 어려우신 것 같은데, 한 가지 부탁을 드려도 실례가 안 될까요? 무림이라는 게 뭔지 좀 가르쳐 주세요. 사례는 충분히 하겠습니다."
그 말에 사내는 피식 웃었다. 눈가에 주름이 조금 잡힌 것도 웃는 거라면 말이다. 사내는 투박한 어조로 대꾸했다.

"나는 그렇게 한가한 사람이 아니다."

사내는 문을 나서며 나직한 어조로 말했다. 하지만 그 말 한 마디 한 마디는 소년에게 분명히 들렸다.

"꼬마야, 무림에 발을 들여놓지 마라. 반드시 후회하게 될 거다."

소년은 돌아서는 사내의 뒤통수에 대고 외쳤다.

"제 이름은 꼬마가 아니라 완…, 아니 그 뭐냐… 조령(趙鈴)이라고 한다구요."

이상하게 이름을 대는 것이 뭔가 망설이는 듯한 느낌이었지만, 사내는 단 한마디 의문도 표하지 않고 그냥 멀어져 갈 뿐이었다.

사내가 나간 후, 사내들 중 한 명이 소년에게 다가와 물었다.

"이제 어떻게 하시겠습니까? 속하의 생각으로는 그만 돌아가시는 것이……."

"아니, 저 사람을 따라가겠어."

"저자를 말씀이십니까? 아니, 왜 저렇게 무례하기 짝이 없는 놈을 따라가시겠다는 말씀이십니까? 그냥 중원의 아름다운 산천 구경이나 하시다가 돌아가시는 것이 좋지 않습니까."

소년은 살짝 미소 지으며 말했다.

"그 무뚝뚝함이 묘한 매력이야. 그리고 어머니한테 들은 것보다는 아주 친절한 사람이었어. 더군다나 한 가지 가능성이 생겼잖아?"

"예? 가능성이라니요."

"그냥 나갔다면 모르겠지만, 친절하게 조언까지 해 줬잖아. 그걸 보면 마음씨가 좋은 사람인 것 같아. 그렇게 생각하지 않아?"

사내는 소년의 말에 어이가 없다는 듯 아무 말도 하지 않았다.

아르티어스의 음모

 사메지마가 아르티어스에게 묵향과 함께 오늘 저녁 영주님을 찾아오라는 통보를 하고 있을 때, 고다이 영지의 동북쪽에서는 이제 막 전투가 벌어지려 하고 있었다.
 고다이 영지를 약탈하고 있는 해적들을 토벌하기 위해 동원된 군세는 1만 7천. 고다이 영지를 포함한 3개 영지에서 파견된 연합군이었다. 고다이 영지의 군세 7천을 중심으로 미나모토 대영주가 파견한 5천, 그리고 후지와라 영주가 파견한 5천이 합해진 대군인 것이다.
 현재 연합군을 총지휘하고 있는 것은 미나모토 대영주 휘하의 가신(家臣) 요리토모라는 자였다. 요리토모는 각 영지에서 파견된 사령관들을 향해 호기롭게 외쳤다.
 "본관이 중앙을 맡겠소. 자, 모두들 군사를 점검하시오. 쌍방의 병력 차가 3배 이상 나니 손쉽게 승리할 수 있을 거외다."

원래 이 전투는 고다이 영지에서 벌어지는 것이었고, 또 고다이 영지에서 투입된 병력이 가장 많았다. 하지만 그 누구도 그의 말에 반대하지 못했다. 왜냐하면 그의 뒤에는 미나모토 대영주가 있었기 때문이다.

그런데 왜 요리토모는 전투가 벌어지면 가장 막대한 피를 흘리게 되는 중앙을 원했을까? 그 이유는 간단했다. 해적들은 여태껏 그랬듯이 이쪽의 군대가 접근하면 재빨리 배에 탄 다음 도망칠 것이 분명했기 때문이다. 그렇게 되면 요리토모는 최전선에서 군대를 지휘했다는 영예를 피 한 방울 흘리지 않고 얻을 수 있게 되는 것이다. 거기에다가 미나모토 대영주는 자신의 동맹국들을 위해 최선을 다한다는 선전 효과까지 기대할 수 있었다.

연합군은 요리토모의 지휘 하에 해적들과 대치했다. 진형이 갖춰지자 부관이 요리토모에게 말했다.

"요리토모 사마, 개전 신호를 올릴까요?"

요리토모는 부관의 말에 한껏 무게를 잡으며 말했다.

"물론이다."

부관은 뒤에 서 있는 병사들에게 명령했다.

"화살을 쏴라."

피유유웅!

소리가 나도록 특수하게 제작된 화살들이 찢어지는 듯한 소리를 지르며 하늘로 치솟았다. 이것이 전투 개시를 알리는 신호였다.

요리토모는 적진을 바라보며 비웃음을 흘리고 있었다.

"흐흐흐, 꼴에 전의를 불사르는 척하고 있지만 다 허장성세(虛張

聲勢)다. 이쪽에서 공격하면 언제 그랬냐는 듯 꼬리를 말겠지."
부관이 옆에서 조심스럽게 조언을 올렸다.
"타다마사 상에게 적의 퇴로를 차단하라고 전령을 보내는 것은 어떻겠습니까?"
그 말에 요리토모는 빈정거리는 듯한 어조로 중얼거렸다.
"쥐도 궁지에 몰리면 무는 법이다. 적들에게 어느 정도 따끔한 맛을 보여 주고, 주변 영주들에게 대영주님의 위엄만 보이면 끝나는 일이다. 알겠느냐?"
부관은 뒤의 뒤까지 생각하는 상관이 존경스럽지 않을 수 없었다. 그에 비해서 드러난 앞면만을 바라본 자신은 어떤가? 부관은 생각이 짧았던 자신에 대해 부끄러움을 느끼며 대답했다.
"옛, 요리토모 사마의 가르침, 가슴 깊이 새기도록 하겠습니다."
하지만 전투는 요리토모의 예상대로 진행되지 않았다. 해적들이 철수하기는커녕 오히려 투지를 불사르며 돌진해 왔던 것이다.

대족장 타르티는 손을 번쩍 들어 적진을 가리키며 외쳤다.
"우리에게는 탱게르의 가호가 함께한다. 자, 공격해랏!"
"우와아아아!"
"탱게르! 탱게르!"
해적들은 탱게르를 외치며 적들을 향해 돌격하기 시작했다. 3배가 넘는 적들을 향해 돌진하는 해적 무리의 그 어디에서도 두려움이라고는 찾아볼 수 없었다. 오히려 그들의 표정에는 자신감이 넘쳐흐르고 있었다. 자신들에게는 천신의 가호가 함께 하고 있기 때문이다.

물론 아르티어스가 신이 아니었기에, 가호 따위를 해 줄 리 없지만 불행하게도 그들은 그 사실을 전혀 모르고 있었다. 하지만 천신의 가호를 굳게 믿고 있는 해적들은 상상도 할 수 없는 괴력을 발휘하기 시작했다.

자고로 광신도만큼 상대하기 껄끄러운 놈들도 없는 법이다. 지옥에서 올라온 야차(夜叉)와도 같이 악착스레 덤벼드는 해적 놈들의 광기에 어느덧 병사들의 눈에는 두려움이 짙게 깔리기 시작했다.

전황을 살피던 요리토모는 당황하지 않을 수 없었다. 도저히 이해할 수 없었다. 양민들을 약탈하다가도 군대가 나타나기만 하면 싸울 생각도 안 하고 도망치던 비열하기 짝이 없는 놈들이었거늘. 미친 듯이 무기를 휘두르며 달려드는 해적들의 공격에 오히려 시간이 흐를수록 연합군이 뒤로 밀리는 것이 아닌가.

"치, 칙쇼. 마, 말도 안 돼!"

도저히 믿을 수 없다는 듯 그의 음성은 가늘게 떨렸다.

점차 밀리고 있는 중앙부를 바라보며 부관이 당황한 듯 타다마사 장군에게 말했다.

"타, 타다마사 사마, 중앙을 지원해 줘야 하지 않겠습니까?"

타다마사 장군은 오히려 현재의 상황이 재미있다는 듯 미소를 지으며 말했다.

"의외로 상황이 재미있게 돌아가는군. 미나모토는 이제 똥 벼락을 뒤집어쓸 수밖에 없겠어."

그는 부관을 향해 명령했다.

"슬슬 후퇴할 준비를 하라고 일러라. 적이 중앙을 돌파하면 우리는 전장에서 이탈한다. 저 난장판에 휩쓸릴 이유가 없지 않겠나?"

"하, 하지만 그렇게 하면 한낱 해적들에게 패했다고 주군의 명성에 누를 끼치게 될……."

부관의 말에 타다마사는 답답하다는 듯 노성을 터뜨렸다.

"이런, 빠가야로! 지금 전장을 지휘하는 게 누군가? 내가 아니고 요리토모란 말이다. 치욕을 당하는 것은 대영주지, 주군이 아니란 말이야. 알겠느냐?"

"옛, 즉시 이행하겠습니다."

부관은 즉각 전령들을 불러 타다마사 사령관의 명령을 전투를 벌이고 있는 지휘관들에게 전달했다.

타다마사는 격전이 벌어지고 있는 중앙을 지긋이 바라봤다. 역전의 노장인 그가 봤을 때, 중앙군은 무슨 짓을 하더라도 자력으로는 회생이 불가능했다. 아마 조만간에 붕괴될 것이 틀림없었다.

타다마사는 음흉스런 미소를 지으며 중얼거렸다.

"해적 따위에게 패했다고 주군의 체면이 조금 깎이기는 하겠지만, 잃는 것에 비하면 얻는 게 더 많지. 무엇보다도 대영주의 세력이 이 일로 인해 크게 약화될 것이 틀림없어."

점차 시간이 흐를수록 더욱 광기에 넘치고 있는 해적들을 타다마사는 흐뭇한 표정으로 바라보았다.

"이…, 이런 칙쇼!"

미나모토 대영주는 보고서를 땅바닥에 내팽개치며 불같이 노했다. 하지만 보고서를 내던져도, 또 그 보고서를 발로 짓밟는다고 해도 땅바닥에 떨어진 자신의 체면이 회복될 리가 없었다. 오히려 부하들 앞에서 체면만 더욱 구겨질 뿐…….

고다이 영지 동북쪽에서 벌어진 전투에서 미나모토 대영주는 최대의 치욕을 당했다. 자신이 파견한 부대가 전멸에 가까운 타격을 입은 것이다. 그것도 동맹군들이 지켜보는 가운데…….

물론 전쟁을 하다 보면 이길 수도 질 수도 있다. 하지만 그 상대가 문제였다. 그깟 오합지졸이나 다름없는 해적들에게 정예군이 박살 난 것이다. 이렇게 되면 주위의 영주들이 그를 깔볼 것은 당연한 이치였다.

미나모토 대영주는 대기하고 있는 장수들을 향해 으르렁거렸다.

"출동 준비를 해라. 내가 친히 그놈들을 박살 내 버리겠다."

묵향은 자신의 무릎에 놓인 검을 찬찬히 바라봤다. 자신이 좋아하는 형식인 아주 가늘면서도 길게 빠진 매끄러운 모습을 하고 있었다. 모양은 마음에 들었지만, 묵향은 검날을 매만지며 의문을 느끼지 않을 수 없었다. 이 검은 보검도 아니었고, 또 보검 축에 들어갈 만큼 뛰어난 검도 아니었다. 하지만 영주는 왜 이 검을 주며 뭔가 특별한 선물이라도 주는 듯 생색을 냈던 것일까?

아르티어스는 그런 묵향을 바라보며 쩔쩔매듯 주절거렸다. 아무래도 닌자라는 놈들의 습격이 있었을 때 자기 혼자 술 마시러 도망쳤던 게 마음에 걸렸던 것이다. 게다가 아들놈이 검을 뽑아 들고 뭔가 깊은 궁리를 하는 것을 보니 그걸로 자신을 치려는 생각이 아닐까하는 의심마저 모락모락 피어오르고 있었다.

"에이, 내가 잘못했다. 혼자서 술 마시러 간 걸 가지고 꽁해 있는 모양인데, 그렇다고 설마…, 그걸로 이 애비를 칠 생각은 아니겠지? 응?"
 아르티어스의 목소리에는 애교마저 살짝 묻어 있었다. 그런 아르티어스를 향해 묵향은 피식 미소 지은 후 대답했다.
 "설마요. 그건 그렇고, 왜 이따위 검을 주면서 영주가 큰 보물이라도 주는 듯 떠든 건지 이해가 안 가네요. 이런 정도의 검이라면 별로 대단하다고 할 수도 없는 건데……."
 묵향의 의문에 아르티어스는 빙긋 미소 지으며 대답했다. 물론 묵향이 그 사실을 알 리가 없었다. 왜냐하면 영주가 한 말을 묵향에게 제대로 통역을 해 주지 않았기 때문이다.
 "아아, 그건 검이 문제가 아니라 그걸 사용했던 사람 때문이지. 예전에 그걸 쓴 사람이 영주의 목숨을 구해 주고 전사한 뛰어난 무사였던 모양이야."
 "흠, 영주의 추억 어린 기념품인 모양이군요. 어쩐지……."
 이제야 이해가 간다는 듯 고개를 주억거리고 있는 묵향에게 아르티어스는 말을 이었다.
 "단순한 기념품은 아니지. 이 세계에서는 그런 검을 준다는 것은, 그 검을 지녔던 주인의 권력을 승계한다는 의미도 있으니까 말이다."
 "권력을 승계한다구요?"
 "그래, 이 세계에서는 그렇게 하는 모양이야. 잘만 하면 너 또 여기서도 치레아 공국을 다스리던 것처럼 영주 노릇을 할 수 있을 게다."
 "쳇, 말도 안 되는 소리 하지 마세요. 내가 무슨 할 짓이 없어서

이 덜떨어진 야만족들 두목 노릇이나 하고 있겠어요?"

그 말에 아르티어스는 묘한 미소를 지으며 생각했다.

'물론 지금은 그렇게 생각하겠지만, 나중에는 내가 원하는 대로 될걸? 흐흐흐……'

아들놈이 아무리 까불어 봐야, 자신을 따라오려면 아직 한참 멀었다고 확신하는 아르티어스 어르신이었다.

미나모토 대영주가 친히 이끄는 1만 5천의 병력이 패잔병 부대와 합류했다. 자신의 영지에 겨우 1만의 방어 병력만을 남겨 두고 말이다. 그것을 생각한다면, 그가 얼마나 복수심에 불타고 있는지 알 수 있었다.

패장(敗將) 요리토모는 이제 1천여 명 남짓으로 줄어든 초라한 병력을 이끌고 주군을 맞이했다. 그에 비해 동맹군의 병력은 그렇게 큰 변동이 없었다. 중군을 도와 혼전을 벌이며 공멸(共滅)의 길을 선택하지 않고 신속히 전장을 이탈한 덕분이었다.

대영주는 패전의 책임을 물어 요리토모의 목을 베었지만, 조금도 속이 풀리지 않았다. 그런 분노에 가득 찬 대영주의 시야에 해적들이 모습을 드러냈다. 그들은 대 병력을 앞에 두고도 조금도 위축되지 않았다. 탱게르의 가호가 함께 하는 한 자신들에게 패배는 없다는 것을 굳게 믿고 있었던 것이다.

대족장 타르티는 손을 번쩍 들어 적진을 가리키며 자신 있게 외쳤다.

"우리에게는 탱게르의 가호가 함께한다. 저놈들을 완전히 쓸어버려라. 돌격!"

"우와아아아!"
"탱게르! 탱게르!"
해적들은 탱게르를 외치며 적들을 향해 야차와도 같이 돌진하기 시작했다.

묵향은 아르티어스와 함께 사사키 겐지의 도장으로 발걸음을 옮겼다. 아무 죄도 없는 사사키를 떡으로 만든 것에 대한 사과를 해 두는 것이 좋겠다는 생각이 들었기 때문이다. 물론 잘못에 대한 사과가 좀 더 빨랐다면 좋았을 것이다.

하지만 묵향도 무인이었다. 무인은 당당한 상태에서 사과받기를 원하지, 결코 침상에 누워 눈탱이가 퍼렇게 멍든 상태에서 사과받기를 원하지 않는다. 자신의 그런 약한 모습을 상대에게 보이기 싫은 것이다. 그렇기에 묵향은 사사키가 적당히 완치된 시점을 골라서, 가능한 한 빨리 그를 찾아가고 있는 것이다.

사사키의 도장으로 가던 도중, 그들은 영주의 꾀주머니인 사메지마를 만났다. 사메지마가 자신의 갈 길을 가기 위해 헤어진 후, 묵향은 궁금하다는 듯 아르티어스에게 질문을 던졌다.

"아까 그 사메지마라는 녀석하고 무슨 말을 그렇게 오래했어요?"

아르티어스는 아무 일도 아니라는 듯 무덤덤한 어조로 대답했다.

"아, 그거? 별거 아니다. 고다이 영지에 침입했던 해적들을 완전히 소탕했대. 그래서 며칠 후면 타다마사 장군이 병력을 이끌고 돌아온다고 하더구나. 그가 돌아오면 승전을 기념해서 조촐한 연회를 베풀 텐데, 그때 참석해 달라고 부탁하더라. 멍청한 녀석. 한 달만 기다리라고 했는데, 그것도 하나 이행 못 하다니……. 돌아갈 배편이 사라져 버렸으니 이제 어떻게 하지?"

아르티어스의 말에 묵향의 얼굴이 약간 창백해졌다. 떠올리기도 싫은 그때의 기억이…, 으윽 멀미라도 시작된 듯 속이 울렁거리기 시작하는 것 같은 느낌이 들기 시작했다.

"그놈의 배 얘기는 두 번 다시 하지 마요."

묵향이 사사키의 도장에 도착했을 때, 도장에 있던 무사들의 눈에는 흉광이 번뜩였다. 물론 스승을 그렇게 만든 자에 대한 원한과 복수에의 갈망 때문일 것이다. 하지만 아무도 섣불리 손을 쓰지는 못했다. 차원을 달리하는 검객을 상대로 드잡이를 해 봐야 헛일이겠지만, 이유는 그것이 다가 아니었다.

복수는 그들에게 있어서 의무였다. 설혹 그것이 계란으로 바위치기라도 해야만 했다. 하지만 사사키 선생이 복수를 원하지 않는다고 공식적으로 선포한 후였기에, 제자들은 스승을 위해 져야만 하는 의무에서 풀려나 있었던 것이다.

제자의 통보를 받은 사사키는 부목을 댄 발을 절뚝거리며 걸어 나왔다. 결코 이런 상태에서 몸을 움직이는 것이 옳은 선택이 아님을 잘 알지만, 그는 나약함을 보이기 싫었던 것이다. 사사키는 발에서부터 전해지는 통증에 인상을 찡그리며 말했다.

"어서 오시오. 영주님께서 당신께 중요한 자리를 맡기셨다고 전해 들었소. 자, 여기서 이럴 것이 아니라 들어가서 차라도 한잔 나누면서 얘기합시다."

아르티어스가 묵향을 위해 사사키의 말을 통역해 줬다. 바로 그 때문에 묵향이 자신과 함께 온 것이니까. 하지만 묵향에게 곧이곧대로 전할 아르티어스는 아니었다. 영주가 검을 주며 자리를 맡긴 것에 대해서는 나중에 차차 아들놈을 설득할 생각이었으니까 말이다.

"들어와서 차라도 한잔 나누면서 얘기하자는데?"

묵향은 사사키를 따라 실내로 들어갔다. 사사키는 절뚝거리며 도장을 가로질러 자신이 기거하는 내실로 묵향 일행을 안내했다. 사사키를 따라 내실로 들어서는 순간 묵향은 눈을 커다랗게 부릅떴다.

「活人劍(활인검)」

내실의 벽 한쪽에는 커다란 족자가 걸려 있었다. 그리고 거기에는 유려한 필치로 「活人劍」이라는 글자가 쓰여 있었다. 그것을 보는 순간 묵향의 눈에 살짝 물기가 어렸다.

"크하하하하핫!"

갑자기 묵향은 미친 듯 웃음을 터뜨렸다. 드디어 찾은 것이다. 중원의 글자를 쓴다는 것은 곧 중원이 생각보다 멀지 않은 곳에 있다는 증거가 아닌가? 기쁨에 들뜬 묵향이 커다란 웃음을 터뜨리자, 제어되지 못한 공력이 사사키의 도장 전체를 뒤흔들기 시작했다. 흡사 지진이라도 난 듯 사사키의 도장이 요동쳤다. 도장의 생도들은 귀를 틀어막고 괴로움에 몸부림쳤다.

단 두 명. 제대로 서 있는 사람은 둘밖에 없었다. 사사키는 오랜 수련을 쌓은 무인답게 다리가 후들거리는데도 불구하고, 그 고통을 참아 내고 있었다. 묵향을 바라보는 그의 눈에는 강한 불신이 어려 있었다. 저것이 도대체 인간이란 말인가?

사사키에 비해 아르티어스는 멀뚱히 묵향을 바라보고 있었다. 갑자기 이 녀석이 미쳤나? 도대체 아들놈이 왜 이러는지 이해하기 힘든 아르티어스 어르신이었다.

묵향의 웃음은 갑자기 중단되었다. 웃음을 멈춘 묵향은 고개를 획 돌려 아르티어스를 노려봤다. 불타오르는 듯한 묵향의 시선에 아르티어는 가슴이 서늘해지는 걸 느꼈다.

'도대체 왜?'

아르티어스를 한참 노려보던 묵향은 차가운 어조로 말했다.

"아버지는 알고 있었죠?"

아르티어스는 당황하지 않을 수 없었다. 아들을 바로 바라볼 수 없어서 이리저리 시선을 피하던 아르티어스의 눈에 한자가 쓰인 족자가 보였다.

'이런 젠장! 저것 때문이었군. 눈에 띄는 것들은 모두 다 영주에게 부탁해서 없애 버렸는데, 설마 여기에도 있었을 줄이야……'

아르티어스는 난감하기 그지없었다.

"왜 나를 속였던 거죠?"

눈에 불을 켜고 있는 아들을 보며, 난감하기만 하던 아르티어스. 이리저리 잔머리를 굴리던 그에게 아주 좋은 생각이 떠올랐다. 이 자리를 모면하기 위한 끝내 주는 생각이 말이다. 아르티어스는 일부러 한숨을 푹 내쉰 후 진지하게 말했다.

"휴~! 내가 너를 속이고 싶어서 속였던 것은 아니다."

"그럼 뭐예요?"

"그게 말이지. 여기서 말하는 대국(大國)이라는 게 바로 네가 가고 싶어 하는 송나라란다. 그런데 그곳과 여기는 아주 넓고 험한 바다가 가로막고 있어서……."

바다라는 말에 묵향의 안색이 약간 창백해졌다.

"그런데 알다시피 너는 뱃멀미가 심하잖니. 그래서 네가 너무 상심해할까 봐 숨기고 있었던 거란다."

그 말에 묵향은 풀이 죽은 어조로 중얼거렸다.

"그렇다면 어떻게 하죠?"

"물론 방법이 없는 것은 아니지. 대신 내가 원하는 것은 뭐든지 들어주겠다는 맹세만 해라. 그럼 내가 곧장 그곳까지 빠르면서도 편안하게 실어다 주마. 물론 아주 빠르게 말이다. 어때?"

"이런 제기랄!"

숙소로 돌아온 후에도 묵향의 두근거리는 마음은 진정이 되지 않았다. 드디어 찾은 것이다. 묵향은 숙소에 가만히 앉아 있을 수가 없어서 밖으로 나왔다. 때는 완연한 봄이었다. 숙소 앞 작은 정원에는 이름 모를 화초들이 저마다 소담한 꽃을 피워 내고 있었다. 그리고 정원에 심어진 작은 벚나무에서는 몇 개 남지 않은 하얀 꽃잎들이 눈처럼 떨어져, 바닥에 점점이 흰 점을 수놓고 있었다.

묵향의 가슴은 두근거렸지만, 그의 차가운 이성은 현실을 직시하고 있었다. 바다……. 그놈의 바다가 문제였다. 묵향은 하늘로 시선을 돌렸다. 흰 점이 군데군데 찍혀 있기는 했지만, 하늘은 파랗기 그지없었다. 자신이 그토록 고생했던 그 망할 놈의 바다처럼.

"젠장, 날씨 한번 더럽게 좋구먼."

무심결에 묵향은 그 말을 중원의 언어로 내뱉었다. 아마도 중원에 대한 향수 때문이었는지도 모른다. 그런데 이때 자신의 곁에 서 있던 하녀가 살짝 고개를 까딱거리는 것을 묵향은 놓치지 않았다.

마사코 또한 여태껏 자신의 상전들이 단 한 번도 중원의 언어를 사용하지 않았기에 어느 정도 방심하고 있었다. 그런 상황에서 자신이 충분히 이해할 수 있는 말이 갑자기 튀어나오자 무심결에 그에 반응한 것이다. 하지만 그 결과는 곧장 마사코에게 날아왔다.

"어라? 그러고 보니 이 계집이 송나라 말을 알고 있었잖아."

마사코는 자신의 실수를 깨닫고 얼굴이 빨개진 채 대답했다. 그녀의 억양은 중원 사람이라고 하기에는 너무나도 간드러지는 것이었다.

"예, 알고 있었습니다. 하지만 한 번도 물어보시지 않으셨기에……."

가만히 생각해 보니 그녀의 말이 맞기는 했다. 뭔가 속는 것 같기는 했지만…….

"그랬지. 그건 내 실수였어."

마사코는 변명을 늘어놨다.

"영주님께서는 중원에서 오신 분들이라고 그쪽 말을 할 줄 아는 저를 붙여 주신 것입니다. 그런데 지금껏 이상한 나라의 말을 쓰시는지라, 혹여 대국 말을 모르시는 줄 알고……."

일리가 있는 말이었기에 묵향은 고개를 주억거리며 중얼거렸다.

"맞아, 듣고 보니 그렇군."

잠시 뭔가 골똘히 생각한 다음, 묵향은 그녀에게 말했다.

"대국은 어느 쪽에 있느냐?"

"제가 듣기로는 서쪽으로 오랫동안 배를 타고 가야 하는 것으로 알고 있습니다. 하지만 보통은 여기서 북쪽으로 항해해서 고려에 도착한 다음 거기서 육로나 해로로 갑니다."

"그랬군, 그랬어. 처음부터 잘못 온 거였어……."

한동안 곰곰이 생각하던 묵향은 문득 마사코에게 질문을 던졌다.

"대국으로 가는 배는 어디서 탈 수 있지?"

"대국으로 가시게 말입니까?"

"물론이지."

마사코는 이미 그 방법을 알고 있었는지 지체 없이 대답했다.

"배는 후쿠오카로 가면 타실 수 있을 겁니다. 무역은 그곳에서만 할 수 있으니까요. 하지만 대국으로 바로 가는 배는 없고, 고려로 가는 배라면 구하실 수 있을 겁니다."

"고려라……."

마사코는 묵향의 눈치를 보면서 조심스럽게 질문했다.

"언제 떠나실 겁니까?"

"그건 왜 묻느냐?"

수상하다는 듯한 눈빛을 던지고 있는 묵향을 향해, 마사코는 변명을 늘어놨다. 그녀는 대국과의 밀무역을 위해 영주가 키운 가신들 중의 하나였다. 대국에 갈 수 있는 기회가 온 지금 그녀는 그것을 놓칠 수 없었다. 일단 그 이후의 상황은 대국에 도착한 후에 천천히 궁리를 해 보면 되지 않겠는가.

"그건…, 저도 준비할 시간이 필요하기 때문에……."

"뭐? 네가 왜 따라오겠다는 거냐?"

"저는 영주님께서 주인님께 하사하신 몸종이니까요."

"자신의 고향을 떠난다는 것은 괴로운 일이야. 아무리 영주의 명령이 그렇다고 해도 굳이 나를 따라나설 필요는 없다. 영주한테는 내가 잘 말해 주겠다."

말을 하는 묵향의 얼굴에는 씁쓸함이 배어 있었다. 하지만 그것만으로는 마사코를 설득시킬 수 없었던 모양이다. 마사코는 고집스럽게 대꾸했다.

"저는 가고 싶습니다."

묵향은 잠시 하나코를 지그시 바라봤다.

'왜 따라오겠다는 것일까? 가 봐야 뭐 좋은 일이 있다고…….'

하지만 가만히 생각해 보니 그녀가 따라온다면 그것도 괜찮을 거라는 생각이 들었다. 고려어를 할 줄 아는 자는 쉽게 구할 수 있을지 모르지만, 왜국어를 할 줄 아는 자는 찾기가 어려울 것이다. 그런 만큼 왜국어와 한어를 함께 구사할 수 있는 그녀라면 아주 쓸모가 있지 않겠는가.

"정 따라오겠다면 말리지는 않겠다."

옥화 봉공 매향옥

　당당한 체구의 중년 사내가 다가오자 화려하게 장식된 문 앞을 지키고 있던 무사들은 황급히 예를 올렸다. 그런 무사들을 힐끗 바라보며 여유로운 어조로 중년 사내가 질문을 던졌다.
　"맹주님께서는 계시느냐?"
　"옛, 기별을 넣어드리겠습니다."
　무사들 중의 한 명이 문 쪽을 향해 공손히 말했다.
　"맹주님, 매화문검(梅花雯劍) 장로님께서 오셨습니다."
　그러자 안에서 청아한 목소리가 들려왔다.
　"드시라고 해라."
　"옛."
　무사들은 문을 활짝 연 후 고개를 깊숙이 숙이며 말했다.
　"드시지요."

문이 열리자 드러나는 대전은 너무나도 넓고 호화롭게 꾸며져 있었다. 금과 은을 아낌없이 사용하여 용과 봉의 형상이 대전을 가로지르고 있었고, 뭔가 허전한 듯한 공간에는 어김없이 고금 명필들의 글이나 그림이 놓여 있었다. 그리고 대전의 한쪽에는 높직한 단상에 호화로운 태사의가 놓여 있었다.
　그 의자는 이 무림맹에서 오직 한 사람, 맹주만을 위해서 만들어진 것이었다. 하지만 맹주는 거기에 앉아 있지 않았다. 그는 실내로 들어서고 있는 매화문검 장로를 향해 위엄 있게 다가오는 중이었다. 맹주는 포권을 올리는 장로의 손을 포근히 감싸 쥐며 말했다.
　"무량수불, 원로(元老)에 묘강 땅까지 들어가서 얼마나 수고가 많았는가. 자 이쪽에 앉게나."
　맹주라는 지위로 봤을 때, 이것은 과분할 정도의 환대였다. 하지만 그럴 수밖에 없는 것이 이 매화문검 장로라는 사내는 그 정도의 대접을 받을 만한 위치에 있었다. 그가 바로 실종된 전대 맹주의 아들인 옥진호(玉振湖)였기 때문이다.
　맹주가 권하는 의자에 앉으며 옥진호 장로는 공손하게 말했다.
　"맹주님의 과분하신 환대에 몸 둘 바를 모르겠습니다."
　"무량수불, 과분하다니 당치도 않소이다. 혈교의 잔당을 토벌하기 위해 그토록 수고를 아끼지 않았는데, 이 정도는 당연한 것이 아니겠는가?"
　"맹주님의 치하에 감읍할 따름입니다."
　옥진호 장로는 저 멀리 묘강에서 있었던 격전에 대해 간략하게 보고를 올렸다. 물론 그가 말하는 모든 것을 맹주는 이미 다 알고 있었다. 어떤 면에서는 그 작전을 지휘했던 옥진호 장로보다도 더 자세하게 알고 있다고 해도 과언이 아니었다.

맹주라는 직책상 옥진호 장로가 보내온 보고서는 물론이고, 감찰이나 첩자들이 보내오는 각종 정보를 종합적으로 접하게 되기 때문이다.

혈교 토벌의 최고 책임자였던 옥진호 장로가 한참 최종 보고 겸 자신의 공적에 대해 자화자찬하고 있을 때, 밖에서 경비 무사의 목소리가 들려왔다.

"맹주님, 옥화 봉공께서 도착하셨습니다."

그 말에 보고를 올리고 있던 옥진호 장로의 짙은 눈썹이 꿈틀했다.

옥화 봉공. 바로 옥화무제(玉花武帝) 매향옥(梅香玉)을 일컫는 명칭이 아닌가?

전대 맹주인 무극검황(無極劍皇) 옥청학(玉靑鶴)이 실종되자 무림맹은 엄청난 혼란에 휩싸였다. 무림맹을 이끌어 나가는 수장이 실종되었으니 당연한 것이었다.

일각에서는 새로운 맹주를 선출해야 한다는 주장도 제기되었지만, 옥청학이 심어 놓은 무림맹의 장로들은 그 시기를 계속 뒤로 미루고 있었다. 무공이 높은 옥청학인 만큼 혹여 아무 일도 없었다는 듯 돌아올지도 모른다는 것이 표면적인 이유였다.

하지만 그들에게는 다른 속셈이 있었다. 맹주의 실종 사실을 알게 됨과 동시에 서둘러 폐관 수련에 들어간 옥청학의 아들 옥진호가 화경을 깨닫게 되면 모든 일이 해결되는 것이다. 장로들은 이런저런 이유를 내세우며 몇 년 동안이나 계속 시간을 끌었다.

맹주의 후보로 거론되는 인물은 다섯 손가락에 꼽힐 정도밖에 안 되었다. 하지만 그들은 대부분 각 문파를 대표하는 인물이었고, 저마다 세력을 지니고 있었다. 그렇기에 그에 따른 이해관계가 복잡하게 얽혀 있었다.

우선, 무당파의 은거고수인 태극검제(太極劍帝) 청영(淸瑩)과 곤륜의 은거고수 곤륜무제(崑崙武帝) 진량(陳亮), 그리고 서문세가의 가주인 수라도제(修羅刀帝) 서문길제(西門吉制)가 거론되었다.

모두 다 명문의 고수들이다. 하지만 이들 중의 한 명이 맹주가 된다면, 옥청학 맹주의 입김으로 인해 공동파가 독식하고 있던 무림맹 수뇌부 자리는 대폭 물갈이될 가능성이 다분했다.

게다가 특히나 수라도제의 경우 명문이라고는 하지만 방계인 5대세가의 가주였다. 지금까지 무림맹주는 최고의 명문이라 자부하는 9파에서만 배출되었다. 아무리 세력이 강성하다고 하지만 서문세가 따위에게 맹주의 자리를 양보할 수는 없는 노릇이었다.

옥화무제(玉花武帝) 매향옥(梅香玉)은 후보들 중에서 가장 약한 세력권을 지니고 있었다. 어떻게 보면 그녀가 장로들이 원하는 최적의 맹주감이었다. 지닌 세력이 별 볼일 없으니 적당히 뒤에서 요리하기에 안성맞춤이지 않겠는가? 또 무영문에는 무림맹의 정예들을 이끌 만한 막강한 고수도 거의 없었다. 그러니 그녀가 맹주가 된다면 현재의 수뇌부들이 자리를 고스란히 유지하고 있게 될 공산이 컸다.

하지만 무림맹의 장로들은 그렇게 드러난 겉모습만 볼 정도로 멍청하지 않았다. 사실 그녀는 별의별 욕을 다 듣고 있기는 했지만, 정말 뛰어난 여걸이었다. 강호에서 '범죄의 온상' 정도로 치부

되던 무영문을 당당한 1류문파로 재탄생시켰다. 이것만 해도 아무나 이룩하기 힘든 위대한 업적이었다.

그런데 그녀는 시간을 쪼개어 무공연마에도 힘썼다. 물론, 무영문이 정보 단체인 만큼 우수한 비급을 획득한 게 도움이 되었을 것이다. 하지만 아무리 강력한 비급을 지니고 있다고 해도 모두가 화경의 대열에 올라서는 것은 아니다.

약간이라도 대가리가 돌아가는 놈이라면 이 점을 놓치지 않을 게 분명하지 않은가. 바로 그런 이유로 장로원은 처음부터 그녀를 맹주로 만들 생각조차 하지 않고 있었다. 다만 그녀의 무공을 고려하여 후보자 명단에만 올려놨을 뿐이었다.

그리고 마지막으로 거론된 후보가 매화문검 옥진호였다. 명문인 공동파의 후예일 뿐 아니라 실종된 옥청학의 아들이었다. 그렇기에 무림맹 수뇌부로서는 그가 맹주가 되기를 가장 원했다.

하지만 옥진호에게는 무공이 떨어진다는 치명적인의 약점이 있었다. 무림맹주가 되려면 최소한 그 무위가 화경은 되어야 했던 것이다. 특히, 그때 마교를 장악하고 있던 교주는 흑살마제(黑殺魔帝) 장인걸(張仁傑)과의 권력 투쟁에서 승리한 묵향이었다. 극마도 아닌 탈마의 경지에 다다른 자가 교주가 되었다는 소문이 떠돌고 있는데, 어찌 그것을 무시할 수 있겠는가?

하지만 옥진호가 옥화무제에 대해 편치 않은 감정을 갖고 있는 데엔 다른 이유가 있었다. 정식적인 경합을 벌여 맹주 후보에서 탈락했다면 그녀에 대해 안 좋은 감정을 가질 이유는 없었다. 문제는 그녀가 옥진호가 맹주 후보에서 탈락하게 되는 데 결정적인 역할을 했기 때문이다.

그녀는 혹시나 하는 기대감을 가지고 맹주 선출을 질질 끌고 있던 장로회에 맹주가 사망했음을 공식적으로 통보했다. 확실한 물증까지 가지고 말이다. 그 물증이라는 것은 그녀가 묵향으로부터 건네받은 맹주의 신물(信物) 빙백수룡검(氷白水龍劍)이었다.

그 시점에서 옥진호는 맹주 후보에서 탈락된 것이나 다름없게 되었다. 그는 다른 후보들과 달리 화경에도 들지 못한 상태였다. 어느 날 한순간 화경에 들 수도 있었기에 마냥 기다리고 있던 장로원도 더 이상 기다릴 명분이 사라졌다. 이제 바야흐로 네 명 중에서 한 명을 선택해야 할 때가 된 것이다.

이때, 그녀는 자신이 어떻게 해도 맹주가 되지 못할 것을 예견하고 장로원과 뒷거래를 시작했다. 맹주 후보에서 자진 사퇴하고, 또 신물인 빙백수룡검을 줄 테니 봉공의 자리를 달라는 것이었다.

'봉공'은 모든 무림의 원로들이 받기를 바라 마지않는 가장 영광스러운 명예직이었다. 현재 단 두 명밖에 없는 봉공은 무림맹주에 버금갈 정도의 권위와 발언권을 지니고 있었다. 하지만 명예직인 만큼 실질적인 힘은 없는 자리였다. 그렇기에 장로원에서는 선뜻 그것을 승낙했다. 그녀가 제시한 조건은 너무나도 거절하기 힘들었을 정도로 매력적이었으니까 말이다.

하지만 장로원의 우려와 달리 옥화무제가 원했던 것은 힘이 아니었다. 저 음지에서부터 커 나온 무영문이 양지에 우뚝 서는 것, 바로 그것이었다. 옥화무제가 맹주직이라는 권력을 버림으로 해서, 그녀는 오히려 자신이 가장 원했던 것을 얻을 수 있었다.

지금 무영문은 정파에서도 손꼽히는 명문으로 세인들의 뇌리에 새겨져 있었다.

"옥화 봉공께서 오셨으니 속하는 이만 물러가겠습니다. 이미 보고서들을 통해 상세한 것은 아실 테니 더 이상 보고드릴 것은 없을 것 같습니다."

맹주는 옥진호 장로의 마음을 이미 알고 있는지 선뜻 허락했다. 하지만 맹주의 대답에는 상대에 대한 배려가 듬뿍 배여 있었다.

"허어, 이거 그러고 보니 먼 길을 원정하고 돌아온 사람을 너무 오래 잡고 있었구먼. 무량수불…, 먼 여정에 피곤할 텐데, 오늘은 이만 들어가서 쉬고 다음에 시간나면 묘강 땅에서의 무용담이라도 들려주게나."

옥진호는 맹주의 따뜻한 배려에 감격했다.

"마음을 써 주셔서 감사합니다, 맹주님. 그럼 저는 물러가겠습니다."

옥진호 장로가 나간 후 곧이어 옥화무제가 들어왔다. 그녀는 옥이 구르는 것 같은 맑은 목소리로 인사를 건넸다.

"안녕하셨습니까? 맹주님. 자주 찾아뵙지 못해서 죄송합니다."

"무량수불, 무슨 말씀을……. 여러 가지로 바쁠 텐데, 이렇듯 늙은이를 잊지 않고 찾아와 주는 것만으로도 고맙구려. 자, 이쪽으로 앉으시게나."

"예."

옥화무제는 자리에 앉아 잠시 고민하는 듯하더니 어렵사리 말을 꺼냈다.

"오늘 찾아뵌 것은, 긴히 드릴 말씀이 있기 때문입니다."

"무량수불…, 무슨 일이기에 직접 오셨는가? 나쁜 소식이 아니면 좋으련만……."

옥화무제는 잠시 맹주를 바라보더니 입을 열었다.

"나쁜 소식입니다. 마교의 군사였던 마뇌(魔腦) 설무지가 두 달 전에 병사했다고 합니다."

그 말에 맹주는 의아하다는 듯 물었다.

"무량수불, 뛰어난 인물이 세상을 등진 것은 분명 슬픈 일이기는 하지만 마교의 두뇌가 죽었다는 것이 어찌 나쁜 소식일 수가 있는지 노부로서는 이해하기가 힘드오."

"왜냐하면 그는 마교의 중원 진출을 원하지 않았던 사람이기 때문입니다."

그 말에 맹주도 깨닫는 바가 있는지 한숨을 푹 내쉬며 침중한 안색을 띠었다.

"그가 죽었으니 누가 권력을 잡느냐에 따라 무림의 정세는 크게 바뀔 것입니다. 어쩌면 벌써 누군가가 실권을 쥐었는지도 알 수 없는 일이죠. 만약 호전적인 인물이 마뇌의 뒤를 잇게 된다면 무림은 피에 잠기게 될 거에요. 그래서 오늘은 그에 대한 대비도 조금은 해 두는 것이 좋지 않을까 해서 몇 가지 의논드리려고 찾아뵌 것입니다."

잠시 맹주의 안색을 살피던 옥화무제는 요 근래에 무영문이 수집한 정보에 대해 차분한 어조로 설명하기 시작했다.

사내는 호숫가에 서서 하염없이 수면을 바라보며 서 있었다. 홍택호(洪澤湖)는 너무나도 큰 호수라서 그런지 꼭 바다처럼 파도가 치고 있었다. 물론 바다의 파도에 비한다면 그 규모가 작았지만,

도무지 호수라는 생각이 들지 않을 정도였다. 저 멀리 보이는 수평선……. 가슴이 탁 트이도록 드넓었다. 하지만 그것을 바라보는 사내의 가슴은 답답하기 그지없었다.

이때, 뒤쪽에서 말발굽 소리가 들리더니 곧이어 투명한 목소리가 뒤따랐다.

"어? 또 만났네요."

그 순간 사내의 안색이 팍 일그러졌다. 주점에서 홍택호까지 걸어오는 동안 일정 거리를 두고 그들이 뒤따라온다는 것은 이미 알고 있었다. 하지만 홍택호 일대 또한 동정호에 못지않은 유명한 장소였기에 우연히 함께 가는 것이라고 생각했었다. 하지만 아무래도 그게 아닌 것 같았다. 사내는 자신의 옆에 푹 박혀 있던 거대한 도를 한 손으로 쑥 잡아 뽑은 후, 다시금 등에 걸쳐 멨다. 그는 상대에게 아무런 대꾸도 하지 않고 걸음을 옮기기 시작했다.

그러자 뒤에서 말발굽 소리가 따라오며, 소년의 맑은 음성이 이어졌다.

"이봐요, 인사를 했으면 최소한 대꾸는 해 주는 것이 예의가 아닙니까?"

"……."

"혼자 여행한다면 말벗이 필요하지 않아요?"

"……."

사내가 아무런 대꾸도 하지 않자, 대답은 기대도 안 한다는 듯 소년은 쉴 새 없이 말을 쏟아 놓기 시작했다.

"그나저나 여기 경치 참 좋네요. 이렇게 넓은 호수는 처음 봐요. 바다도 아닌데 어떻게 이렇게 넓죠?"

소년의 말은 끝도 없이 이어지고 있었고, 사내의 인내심도 천천히 바닥을 드러내고 있는 중이었다. 문제는 이 사내의 인내심이 바닥났을 때 어떤 사태가 벌어진다는 것을 소년은 모르고 있다는 점이었다.

사내는 갑자기 뒤로 휙 돌아서며 소년을 노려봤다. 인상을 쓰지 않더라도 사내의 얼굴은 매서운 뭔가를 풍기는 인상이었다. 텁수룩한 수염에다가 다부진 턱선, 게다가 무공을 얼마나 연마했는지 태양혈이 불끈 솟아올라 있었다.

그 매서운 눈빛에 소년은 찔끔한 듯한 기색이었지만 곧이어 지지 않겠다는 듯 밝은 어조로 말을 걸었다.

"오늘 밤은 어디서 잘 거죠? 기왕이면 경치가 좋은 곳이었으면 좋겠는데요."

"너 오늘 죽고 싶어서 작정했냐?"

"예? 그건 무슨 말씀이세요. 그냥 마음에 드는 친구를 만나 여행이나 같이 하자는 건데 말이에요."

"이런 젠장! 나는 지금 머릿속이 복잡해 죽겠단 말이다. 그리고 너 같은 꼬맹이를 데리고 여행할 마음은 눈곱만큼도 없어. 알겠나?"

사내가 뒤돌아서서 다시금 걸어가기 시작하자 또다시 말발굽 소리가 뒤따라왔다.

"그러면 잠시 생각하실 여유를 드릴게요. 그런 다음 오늘 저녁에 술이나 한잔 나누면서 얘기를 하죠. 머릿속이 복잡할 때는 술이 최고가 아니겠어요?"

"이런 쌍!"

사내는 확 뒤돌아서며 소년이 타고 있는 말의 머리를 주먹으로 사정없이 갈겨 버렸다. 그와 동시에 커다란 흑마가 비명을 지를 여유도 없이 철퍼덕 뻗어 버렸다. 소년이 주저앉는 말에서 떨어지는 순간, 그 뒤편에서 말을 타고 따르고 있던 무사들이 몸을 움직였다.

그들은 재빨리 말 등을 박차고 올라 몸을 날렸다. 뺨에 흉터가 있는 무사는 우아하면서도 날렵한 몸놀림으로 날아오르더니 소년의 몸이 땅에 닿기도 전에 가볍게 안아 들었다. 그의 수련 상태를 말해 주듯 매끄러운 몸놀림이었다. 그리고 또 한 명은 소년에게는 시선도 주지 않고 허리에 차고 있던 검을 뽑아 들며 사내를 향해 덮쳐 갔다.

갑작스런 무사의 공격을 이미 예상이라도 했다는 듯 사내는 등 뒤의 도를 슬쩍 뽑아 들었다. 물론 도를 완전히 뽑을 시간적 여유는 없었기에 몸을 옆으로 비틀며 아직 등에 메여 있는 도를 이용해 적의 공격로를 차단하는 것으로 만족했다.

"캉―!"

사내의 도를 검으로 찍고 그 반동을 이용해서 한 바퀴 몸을 날린 후 착지한 무사가 재빨리 돌진하며 두 번째 공격을 가하고 있을 때였다.

"그만!"

횡으로 그어지던 무사의 육중한 검이 순간적으로 허공에서 멈췄다. 놀라운 숙련도였다. 소년은 창백한 안색으로 서 있었다. 소년을 품에서 내려놓은 무사는 무릎을 꿇고 말했다.

"갑작스런 일이라서 손을 쓰게 되어 죄송합니다. 흑아(黑娥)를 해친 저놈을 어떻게 처리하면 좋겠습니까? 명대로 처리하겠습니다."

무사의 어투는 정중하면서도 조심스러웠지만, 그의 눈은 불에 타는 듯 이글거리고 있었다. 방금 전 자신의 상관이 큰일을 겪을 뻔한 것이다. 소년의 발이 쓰러지는 말의 몸통에 깔렸다면 틀림없이 부러졌을 것이다.

설혹 그런 화를 피한다고 해도, 그 높이에서 아래로 곤두박질쳤을 때의 충격 또한 적지 않았을 것이다. 무사는 그런 위험한 일을 행한 상대를 가만히 놔둘 수 없었다. 그만큼 그의 상관은 귀하신 분이었기 때문이다.

소년은 무사에게 지시를 내리기 전에 먼저 사내에게로 시선을 돌렸다. 방금 전에 받은 충격을 말해 주듯 소년의 얼굴은 창백하게 질려 있었다. 사내는 아무 일도 없었다는 듯 서 있었다. 하지만 그의 오른손에는 등에 메고 있던 그 거대한 도가 매우 가벼운 소검이나 되는 듯 가볍게 들려 있었다. 그리고 그런 그를 잡아먹을 듯 노려보고 있는 또 다른 무사가 사내의 뒤편으로 보였다.

사내는 잠시 소년을 바라보다가 이윽고 천천히 입을 열었다.

"계속 귀찮게 굴면 기절시키는 정도가 아니라 아예 머리통을 박살 내 버리겠다."

그런 다음 사내는 볼일이 끝났다는 듯 도를 등에 걸치며 걸음을 옮기기 시작했다. 소년은 멀어져 가는 사내의 뒷모습을 바라보며 창백해진 입술을 꼭 깨물고 서 있었다. 그 두 사람 사이로 살며시 미풍이 불어왔다.

그놈의 술 때문에

 사내는 널찍한 객점의 정원 한켠에 앉아 멍하니 달을 바라보고 있었다. 뭔가 이런 식으로 현실 도피를 하지 않고서는 갑갑해져 오는 마음을 주체할 수가 없었기 때문이다. 방 안에 가만히 앉아 있으면 현재 자신의 처지나 문파에 대한 생각이 떠오를 것은 분명한 일. 하다못해 달이라도 보고 있으면 그런 시름이 줄어들기에 정원에 나와 있었던 것이다.
 "호오! 여기서 또 뵙는군요."
 밝고 상쾌한 음성이었지만, 사내의 귀에는 전혀 그렇지 못했던 모양이다. 사내의 안색이 일순간 확 찌그러졌다.
 사내가 목소리가 들리는 쪽으로 고개를 획 돌리니, 그곳에는 낮에 봤던 그 소년이 있었다. 소년의 앞에는 단출한 술상이 차려져 있었고, 저 뒤편에는 두 명의 무사가 싸늘한 눈초리로 사내를 노려보고 있었다.

"너는 도대체 나하고 무슨 원수가 졌다고 이렇게 따라다니며 나를 괴롭히는 거냐?"

사내의 목소리는 싸늘했지만, 소년의 대답은 능청스럽기 그지없었다.

"누가 따라다닌다고 그러십니까? 저는 그저 호객꾼의 소개로 전망 좋고 깨끗하며 더욱이 가격까지 싼 객점이 있다고 해서 들어왔을 뿐입니다. 설마, 형장께서 이 객점을 아예 전세 놓은 것은 아니시겠죠? 호객꾼에게서 그런 말은 못 들었거든요."

일리 있는 대답이었다. 사내가 선뜻 뭐라고 대꾸하기가 어려워 가만히 있는 동안 소년의 말이 이어졌다.

"방 안에 있다가 하도 달이 밝아서 술 한 상 차려 들고 달구경 나온 참입니다. 설마 제가 달구경하는 게 형장에게 폐가 된다고 주장하시는 것은 아니시겠죠?"

'이런 젠장.'

뭐라고 대꾸는 못 하고 욕설을 속으로 씹어 삼키고 있는데, 소년은 사내를 잠시 바라보더니 은근한 어조로 물었다.

"형장도 뭔가 가슴속에 묻어 놓은 응어리가 있는 모양인데, 같이 술이나 한잔하면서 푸시는 것은 어떻습니까? 이렇게 달도 밝고, 소박하지만 술이 있고, 또 하소연을 들어 줄 귀가 여기 있지 않습니까? 사양하지 마시고……."

하지만 사내는 더 이상 들어 볼 것도 없다는 듯 자신의 방을 향해 걸음을 옮기기 시작했다.

"어? 어? 어디로 가시는 겁니까? 옷깃만 스쳐도 인연이라는데,

벌써 형장과는 오늘 세 번이나 만나지 않았습니까? 이 정도면 보통 인연이 아니지요. 어쩌면 형장과 나는 전생에 형제였을지도 모를 일 아니오. 안 그래요? 그런 깊은 인연이 있을진대, 달을 벗 삼아 박주라도 함께 나누며 우애를 돈독하게 다지는 것이······."

도저히 참을 수 없다는 듯 사내는 고개를 신경질적으로 획 돌려 소년에게 으르렁거렸다.

"으으···, 이런 빌어먹을! 잘 들어, 꼬맹아. 나는 지금 여러 가지 일로 머릿속이 복잡하단 말이다. 너하고 놀 시간 따위는 단 일각도 없어. 알겠어? 더 이상 내 인내심을 시험하지 말란 말이다. 다음에 또다시 친한 척하며 내 시간을 방해하면 아예 그 아가리를 찢어 주마."

발걸음을 쿵쿵 울리며 멀어져 가는 사내의 뒷모습을 보며 소년은 생긋 미소를 보냈다.

"꽤 재미있는 사람이란 말이야. 뭐, 계속 돌을 던지다 보면 수면에 파문이 일기 시작하겠지. 특히나 머릿속이 복잡하다면, 더 잘된 거 아니겠어?"

사내가 사라진 후, 무사들이 슬그머니 소년에게 다가왔다. 뺨에 흉터가 있는 무사가 겉옷을 소년의 등에 살며시 걸쳐 주며 정중하게 말했다.

"안으로 드시지요, 밤바람이 차갑습니다."

"아니, 달빛도 밝은데 잠시 더 있겠어."

"예, 그런데 저놈은 왜 따라가시려는 겁니까?"

무사의 말에 소년은 밤하늘을 바라보며 꿈꾸는 듯한 어조로 중얼거렸다.

"말했잖아. 나는 무림이라는 것을 보고 싶어. 그들이 왜 그렇게 자유스러운 것인지 말이야."

소년의 말에 무사는 충분히 이해가 간다는 듯 살짝 뒤로 물러섰다. 무사는 휘황한 빛을 뿜어내고 있는 달로 시선을 돌리며 낮게 중얼거렸다.

"자유가 문제였군. 그놈의 자유가······."

본의 아니게 정원에서 나온 사내가 갈 곳은 단 한 군데뿐이었다. 사내는 자신의 방으로 들어가서 문을 닫은 후, 등에 메고 있던 거도(巨刀)를 침상 옆에 세워 뒀다. 그런 다음 침상 위에 벌렁 드러누웠다. 시야에 들어오는 것이라고는 침실 천장의 단조로운 무늬뿐······.

곧이어 여러 가지 잡생각이 떠오르기 시작했다. 그러면서 갑갑해져 오는 가슴. 이래서 정원에 나갔던 것인데······.

장로들은 정통성을 주장하며 형이 가문을 이끌기를 원했다. 형은 무공 실력도 뛰어날뿐더러 가문을 이끌어 가는 능력 또한 출중했다. 그도 그럴 것이 형은 태어났을 때부터 가문을 이끌어 나갈 차기 문주로서 정식 교육을 받았기 때문이다.

그리고 비전(秘傳) 중의 비전으로서 문주에게만 전승된다는 회류도법(回流刀法)의 후 4식까지 전수받았다. 게다가 형과의 나이 차이는 거의 15년. 형은 한 문파를 이끌기에 부족함이 없는 연륜을 지니고 있었다.

그런데 이게 어찌 된 일이란 말인가? 딴것은 다 형이 뛰어난데도, 무공 하나만큼은 동생 쪽이 앞선다는 것이 말이나 되는 일인가? 하지만 이 말도 안 되는 일이 일어나고야 말았다. 15년이나 나이 차가 나는 동생이, 그것도 가문 최강의 도법을 전수받은 형보다 무공이 앞선다는 개 같은 사태가 말이다.

그 때문에 젊은 문도들은 사내가 차기 문주가 될 것을 원했다. 이런 식으로 나간다면 끝내 가문은 두 토막이 날 수밖에 없을 것이다. 젠장! 나보고 어떻게 하라고…….

"솔직히 하소연을 들어 줄 귀는 달갑지 않지만, 술에 대한 제안은 솔깃했는데 말이야."

중얼거리던 사내는 한편으로 지금 따라붙고 있는 소년에게 마음이 끌리는 것을 인정하지 않을 수 없었다. 아주 능청스러운 듯하면서도 정중했고, 또 소년과 이리저리 감정싸움을 하다 보니 그 순간만큼은 복잡한 가문의 문제도 잊어버릴 수 있었던 것이다.

"그냥 못 이기는 척하고 함께 여행할까? 아니야. 귀찮기만 할 뿐이지."

사내는 침상 옆에 놔뒀던 도를 집어 들며 신경질적으로 일어섰다.

"에잇! 젠장, 괜히 술 생각나게 만들어 가지고……. 아직 문을 연 객잔이 있을까?"

마침 문을 열어 놓은 객잔이 있었다. 사내는 실내로 들어서자 주위를 쭉 둘러봤다. 저쪽에 세 명의 장한들이 담소를 나누며 술잔을 기울이고 있었다. 아마도 그 때문에 아직까지 문을 닫지 않은 듯했다.

그들은 사내를 힐끗 바라본 후, 별로 신경 쓸 만한 상대가 아니라고 생각했는지 다시금 두런거리기 시작했다.
"에잇, 젠장. 이렇게 술값이 비싸서야 어디 마음껏 술을 사 먹겠나?"
"그렇게 아쉬우면 밀주라도 담가서 먹지 그러나?"
"그렇지만 집에서 담글 수 있는 술은 뻔하지 않나? 백주나 죽엽청 같은 걸 마시려면 객잔에 오는 수밖에."
그러자 장한 중 한 명이 낄낄거리며 웃었다.
"그래도 마누라는 술값이 오르니까 좋아하더군. 전처럼 술을 많이 안 마신다고 말이야."
"술이야 그렇다 쳐도, 나중에 다른 것도 값이 오르는 거 아냐?"
마누라 얘기를 하던 장한은 금세 걱정스럽다는 표정을 지으며 입을 열었다.
"글쎄 말일세. 북쪽에서는 야만족들이 쳐들어온다고 하고…, 흉흉한 소문이 꼬리를 물고 떠도니……."
졸린 듯한 눈을 하고 점소이가 다가와서 사내에게 물었다.
"어서 오십시오, 손님. 무엇을 드시겠습니까?"
사내는 점소이에게 가장 싼 술을 시켰다. 술이 나오자 사내는 그것이 매우 비싼 금존청이기나 한 듯 향기까지 음미해 가며 천천히 마시기 시작했다.
"쩝, 술맛 한번 기가 막히군."
오랜만에 마셔 보는 술이었다. 꼬마 녀석이 충돌질만 하지 않았다면 결코 마시지 않았을 술이다. 가문을 뛰쳐나와 떠도는 신세다 보니 주머니 사정이 그리 여유가 있지 않았던 것이다.
울적한 기분에 한 잔 한 잔 아껴 가며 마신 술이었지만 어느새 탁자 위에는 빈 술병들이 늘어나고 있었다. 아무리 싸구려 술이라도 마시면 취하는 것은 당연한 이치. 취기가 올라오자 지금껏 그를 괴롭히던 가문의 문제도 조금은 그 무게가 가벼워지는 듯했다.

"어? 술이 없네."

술병에서 떨어지는 마지막 한 방울까지 술잔에 떨어뜨렸다. 그런 후 탁자 위에 놓여 있던 다른 빈 병들까지 박박 긁어서 술잔에 담았다. 세 병. 그의 주머니에 있는 돈으로 마실 수 있는 한계였다. 남은 술을 입속에 털어 넣고 일어서려는데 탁하는 소리가 울리며 새로운 술병이 탁자 위에 놓여졌다.

"술은 혼자 마시는 것보다 둘이 마시는 게 더 맛있죠."

약간 몽롱한 눈으로 올려다보는 사내를 향해 생긋 미소 지으며 소년이 의자에 앉았다. 그는 능청스런 표정으로 사내의 빈 술잔을 채워 주며 말했다.

"자아, 한잔 쭉 하시죠. 기왕에 술을 드실 거였으면 저하고 함께 드시지 그러셨습니까?"

사내는 잠시 술잔에 가득 차 있는 술을 바라봤다. 향긋한 주향이 사내의 코를 자극했다. 방금 전까지 마시던 술과는 비교도 안 되는 고급술이었다. 기왕에 얼큰해진 상태였다. 그래서 그런지 이번에 다가온 소년의 유혹은 너무나도 뿌리치기 힘든 것이었다.

망설이던 사내는 주저주저 술잔에 손을 댔다. 하지만 일단 술잔을 들자 언제 망설였냐는 듯 화통하게 입속에 털어 넣었다.

"크으! 기가 막히군."

"호오! 역시 무림인이라서 그런지 술도 화통하게 드시는군요. 보고 있는 제 속까지 다 시원해지는 듯하네요. 자 한 잔 더……."

내가 왜 이러고 있나 싶으면서도 사내는 얼떨결에 다시금 술잔을 내밀었다. 썩 마음에 내키는 상대는 아니었지만, 그래도 싫은 놈은 아니었다.

둘은 말없이 한 잔 두 잔 마시기 시작했다. 하지만 탁자 위에 빈 병이 몇 개 더 늘어났을 때, 사내는 소년에게 오랜 지기를 다시 만난 듯 혀 꼬부라진 소리로 속에 쌓인 울분을 토해 내고 있었다.

확실히 술의 위력은 대단한 것이었다. 하지만 그 말을 들으며 맞장구를 치고 있는 소년은 잘 알고 있었다. 사내가 그 말을 자신에게 하고 있는 것이 아니라는 것을 말이다. 사내는 지금 가슴속에 쌓인 얘기를 조용히 들어 줄 상대가 필요했을 뿐이었다.

"빌어먹을! 아래쪽에 있는 애들은 내가 무공이 높으니 당연히 내가 문주가 되어야 한다고 주장해. 하지만 나하고 동문이나 그 위쪽에서는 그걸 탐탁치 않게 여기지. 마공을 연성했다나? 그딴 식으로 나를 헐뜯으면서 말이야."

사내는 술 한 잔을 입에 털어 넣은 후 말을 이었다.

"나는 문파에 들어오는 수입이 얼마인지, 그런 사소한 것들은 단 하나도 알지 못한단 말이다. 그리고 형을 밀어 내고 문주가 되면 뭐 해? 형은 물론이고 사저(師姐)를 볼 면목도 없을 것 아냐? 그리고 독립해 나간 대사형은 또 어떻고? 양쪽에서 나만 아주 죽일 놈을 만들겠다는 말이잖아."

"그럼요. 형장의 판단은 정확하신 겁니다. 문주가 되어 봐야 골치만 아프죠."

"그렇지? 나도 그렇게 생각해. 그리고 그렇게 말했다고. 하지만 내 말을 아무도 안 믿어 주는 거야."

"자자, 진정하시고 한 잔 더 하시죠."

사내는 술을 입속에 털어 넣은 후 떠들어 댔다.

"크으, 나를 문주로 만들자는 의견이 나오고 난 후, 그 좋던 형과의 사이는 완전히 틀어져 버렸어. 나는 형을 참 좋아했었는데 말이야. 젠장, 형도 그래. 그딴 소리가 나돈다고 나를 멀리할 이유는 없잖아. 그 오랜 세월을 함께 했는데, 그런 소리를 들었다고 안면을 싹 바꾸다니 말이야. 빌어먹을!"

또다시 한 잔을 더 마신 후 사내는 투덜거렸다.

"물론 형도 처음에는 그 말에 신경 쓰는 것 같지 않았어. 하지만 형수의 태도는 완전히 바뀌었지. 하여튼 속 좁은 계집들이란……. 나는 문주가 되고 싶은 마음은 털끝만큼도 없었다구. 문주가 돼 봐야 귀찮기만 하지. 나는 그냥 문주의 동생으로 만족했는데 말이야."

"아무렴요. 문주보다는 문주의 동생이 훨씬 낫죠. 골치 안 아프죠, 든든한 형이 있어 좋죠, 형한테서 돈 좀 얻어서 유람이나 다니고, 얼마나 좋아요."

"내 말이 그 말이야."

한동안 열변을 토해 대던 사내는 이윽고 말수가 점점 줄어들기 시작하더니 그대로 탁자 위에 엎어져 버렸다.

소년은 사내의 행동을 매우 재미있게 구경하고 있었다. 물론 사내가 눈치 채지 못하게 표정 관리를 열심히 하면서 말이다. 사내는 술주정을 하듯 여러 가지 말을 했지만, 그가 주장하고 싶은 것은 단 한 가지인 모양이다.

문주가 되기 싫다는 것.

소년은 사내가 쓰러지고 난 후 방긋 미소 지으며 자신을 수행하고 있는 무사에게 질문을 던졌다. 열심히 맞장구를 쳐 주기는 했지만, 사내가 하는 말의 가장 큰 핵심을 아직도 이해하지 못하고 있었기 때문이다.

"도대체 문주라는 게 뭐지? 그게 뭔데 저 사람이 말하듯 그걸 위해서 치열한 암투가 오가는 거야?"

뺨에 흉터가 있는 무사가 공손하게 대답했다.

"문주라는 것은 문파의 주인을 말하는 것입니다. 제가 듣기로 중원 무림은 수많은 문파들로 구성되어 있다고 합니다. 그 문파들끼리 서로 세력 다툼을 하며 형성되는 것이 무림이라는 가상의 지역이지요."

이제야 이해가 간다는 듯 소년을 고개를 주억거리며 말했다.

"호오, 그렇다면 넓은 땅에 흩어져 있는 여러 부족과도 같은 것이겠군."

"바로 그렇습니다. 문주라는 것은 부족장과도 같은 것입니다. 제가 듣기로는 문파라는 것이 작게는 수십, 크게는 수만의 문도를 거느린다고 합니다."

부하의 말에 소년은 놀란 듯했다. 자신이 생각한 것보다 그 규모가 더욱 대단했던 것이다.

"수만씩이나?"

"예, 하지만 그 정도로 큰 문파는 몇 개 없는 모양이었습니다. 하지만 그 수가 좀 적다고 해도 문파가 지닌 힘은 엄청날 것이 분명합니다. 노사께서 거느리고 계신 직속 무사들의 경우를 봐도, 그 수는 매우 적지만 그 힘은 공포스러울 정도가 아닙니까?"

"그렇지. 노사가 아버님께 아주 큰 힘이 되신다는 것은 잘 알고 있어."

"그렇다면 고도로 무술을 연마한 무사 수만 명을 거느린 자라면 그 힘은 웬만한 부족장보다 월등하지 않겠습니까? 그리고 그만한 단체를 유지하기 위해서는 엄청난 자금도 필요할 것입니다. 그런 만큼 문주가 되기 위해 사활을 거는 것이겠지요."

무사의 대답을 들은 소년은 더욱 흥미가 당긴다는 듯 반짝거리는 눈으로 술에 취해 엎어져 있는 사내를 바라봤다. 흥미가 당길 수밖에 없었던 것이다. 그토록 엄청난 힘과 돈이 코앞에 다가왔는데도 싫다고 달아난 사내인 것을 보면 말이다.

"봐, 역시 재미있는 사람이었잖아. 안 그래?"

하지만 무사는 그 말에 맞장구를 칠 의향이 없는 듯 말꼬리를 살짝 돌렸다.

"그건 그렇고 저자를 어떻게 하는 것이 좋겠습니까?"

"당연하잖아. 숙소에 데려다 줘."

"예."

뺨에 흉터가 있는 무사가 쓱 눈짓을 하자, 또 다른 무사가 엎어져 있는 사내에게 다가섰다. 무사는 사내를 어깨에 들쳐 메며 옆에 있는 시녀에게 말했다.

"저것을 들고 따라오너라."

"예."

시녀는 사내의 자리 옆에 놓여 있던 거도를 집어 들려고 했다. 하지만 그녀의 얼굴이 새빨개지도록 힘을 썼지만, 거도는 거의 움직임이 없었다. 시녀가 좀 더 힘을 쓰자 간신히 조금 들렸지만 곧이어 시녀는 도의 무게를 이기지 못하고 자빠지고 말았다. 캉하는 둔탁한 소리와 함께 도가 바닥에 나뒹굴었다.

무사는 사태가 어떻게 돌아가는 것인지 눈치 채고 재빨리 시녀에게로 다가왔다. 무사는 힘을 주어 도를 들어 올렸다. 하지만 처음에 예상한 것보다 훨씬 더 무거웠는지 나지막한 감탄을 뇌까렸다.

"이걸 들고 휘두른단 말인가? 타고난 신력(神力)을 지니고 있었군."

그러자 뺨에 흉터가 있는 무사가 흥미를 보였다. 그는 무사로부터 도를 넘겨받은 후, 무게를 가늠해보며 감탄성을 토했다.

"호오, 70근(약 26킬로그램)은 족히 나가겠군. 이걸 가지고 자네의 공격을 막아 냈다는 말인가?"

무사는 뺨에 흉터가 있는 무사에게 조심스럽게 물었다.

"쟈타르 님, 설마 무림인들이 모두 이자처럼 대단한 실력자들인 것은 아니겠지요? 만약 그렇다면 마마의 이번 여행은 너무 위험합니다."

쟈타르라 불린 무사는 갑자기 사방을 두리번거린 후, 매섭게 무사를 노려보며 또박또박 말했다.

"말조심해라. 여기는 중원이다. 그리고 너는 마마의 명령에만 따르면 된다."

"옛, 명심하겠습니다."

다음 날 아침이 되자 사내는 신음성을 흘리며 눈을 떴다. 어제 술을 너무 많이 마신 것이 탈이었다.

"젠장. 어윽! 머리야."

투덜거리는 순간, 어제의 기억이 떠올랐다. 어제 그는 소년과 술을 마셨다. 물론 원해서 마신 것은 아니었지만, 소년이 적당히 술을 권하면서 기가 막히게 그의 가려운 곳을 살살 긁어 주며 맞장구를 쳐 주니 술자리는 길어질 수밖에 없었다. 그런 후 어슴푸레하게 이어지는 기억······.

"허억!"

사내는 술이 확 깨는 듯한 느낌이었다. 그는 침상에서 벌떡 일어서며 외쳤다.

"이럴 수가 있나? 내가 아무리 술에 취했기로서니, 사문의 치부(恥部)를 외부인에게 토설하다니. 헙!"

사내는 자신이 생각해도 너무 큰 소리로 떠들었다고 느끼고는 다급히 입을 다물었다. 그런 다음 재빨리 문가로 다가가 주위에 누군가 없는지 살폈다. 그러고도 모자라서 내공을 운용하여 주위를 샅샅이 살폈는데, 일단 사내의 능력이 미치는 범위 내에는 그 어떤 침입자도 찾아낼 수 없었다.

하지만 현재의 몸 상태로는 그것을 확신할 수 없었다. 아직까지도 온몸에 술기운이 가득 퍼져 있었기 때문이다. 사내는 더 이상 생각할 것도 없다는 듯 그 자리에 주저앉아 운기조식을 시작했다.

물론 이렇게 대놓고 운기조식을 하는 것은 믿을 만한 사람이 주위에서 호법을 서 줄 때이거나, 혹은 주위에 방해할 사람이 아무도 없을 때 하는 것이었다. 하지만 사내로서는 급했다. 빨리 술기운을 체내에서 몰아내고 살짝 도망치는 것이 급선무였기 때문이다.

사내는 내공을 운용하여 조금씩 술기운을 몰아내기 시작했다.

술기운을 몸 밖으로 몰아내는 것은 중독된 상태에서 독을 체외로 배출하는 것만큼이나 어려운 고차원의 내공 운용술이었다. 그것만을 집중적으로 연구하여 수련한 것이 아니라면, 순식간에 술기운을 체외로 방출하는 것은 화경의 경지에 올라 있는 전설적인 고수 정도는 되어야 가능했던 것이다.

장시간이 경과된 후, 사내는 어느 정도 술기운을 몸 밖으로 몰아낼 수 있었다. 물론 모두 다 뽑아낸 것이 아니었기에 아직도 얼큰한 상태였지만, 그래도 처음 잠자리에서 일어났을 때보다는 월등하게 상태가 좋아졌다.

사내는 자리에서 일어서서 침상 쪽으로 걸어갔다. 침상 옆에는 자신의 애도(愛刀)가 놓여 있었기 때문이다.

사내가 막 도를 집어 들려는 순간, 사내의 감각이 누군가가 접근 중이라는 것을 알려 왔다. 사내가 짐짓 아무렇지도 않은 듯한 표정을 가장하며 침상에 주저앉는 순간 밖에서 걸쭉한 목소리가 들려왔다.

"일어나셨소?"

"물론이오. 그런데 아직 이른 시각인데 무슨 일이오?"

"그럼, 잠시 실례하겠소."

문이 열리면서 뺨에 흉터가 있는 무사가 방 안으로 들어왔다. 무사는 밖에 누군가가 없는지 슬며시 살핀 후, 사내에게 말했다.

"길게 말하지는 않겠소. 도련님은 대갓집에서 곱게 자라신 분이라, 세상 물정에 어둡소."

"그건 한눈에 알아봤소. 그래서 지금까지 참고 있었던 것이지. 그런데 요즘은 여자 애보고 도련님이라고 부르는 모양이지?"

무사는 잠시 당황한 듯했지만 곧 평정심을 찾으며 되물었다.
"언제 그 사실을 눈치 채셨소?"
"처음 만났을 때부터. 사내놈이 그렇게 엉덩이를 씰룩거리며 걷는다는 것은 말이 안 되지."
물론이었다. 하지만 그 때문에 그녀는 풍성한 옷으로 몸매를 가리고 있었다. 그렇기에 아직 변성기에 이르지 않은 아담한 체형을 지닌 미소년으로 보이는 것이다.
그런데 그것을 한눈에 알아보다니……. 상대는 꽤나 관찰력이 뛰어난 인물이라고 무사는 생각했다.
"뭐, 좋소. 알아봤다니 말이 쉽겠군. 형장도 어느 정도 눈치 챘겠지만, 그분께서는 아주 신분이 높으신 분이시오."
도련님이라는 단어를 상대가 트집 잡자, 무사는 '그분'이라는 단어로 바꿨다.
"그래서? 나를 보고 그 대갓집 꼬맹이 신발이라도 핥아 주라는 말인가?"
"천만에. 나도 무인이오. 무인에게 그런 부탁을 할 정도로 썩지는 않았소. 내가 하고 싶은 말은 그분이 여자의 신분으로, 남장을 하고 중원을 떠돌아야 하는 처지가 된 것을 조금이나마 고려해 주었으면 하는 거요."
'내가 떠돌게 만들었나? 왜 나한테 지랄이야…….'
사내가 그런 생각을 하고 있는 사이, 무사의 말은 계속 이어졌다.
"어쩌면 어제 술에 취해서 술주정을 하고 싶었던 사람은 형장이 아니라 그분이었을지도 모르오. 형장을 옆에서 유심히 관찰해 본 결과 내 나름대로는 믿을 수 있는 사람이라는 판단을 내렸기 때문에 이런 부탁을 하는 거요."

단 한 번도 무사가 이렇게 길게 자신에게 말을 건넨 적은 없었다. 무사의 말이 길어지자 사내는 곧 상대가 한인(漢人)이 아닐 수도 있다는 생각이 들었다. 꼬맹이의 매끄러운 발음과 달리 무사의 억양은 뭔가 어눌한 감이 있었던 것이다. 하지만 사내는 애써 그에 대한 호기심을 억눌렀다. 쓸데없는 호기심은 화(禍)를 부른다고 여태껏 배워 왔기 때문이다.

"말이 너무 길어졌군. 나는 이만 가 보겠소."

상대가 문을 나선 후, 사내는 자신의 짐을 챙기며 중얼거렸다.

"세상 구경을 하러 나온 할 짓 없는 변방 호족의 자제인 모양이군. 어디 무림이라는 곳을 신물 나게 구경해 봐라. 재미있는지⋯⋯. 나는 이제 떠나 볼까?"

짐을 싸들고 문가로 다가서는 순간, 사내는 또 다른 사람의 기척을 느낄 수가 있었다. 발소리를 죽여 살금살금 접근해 오는 상대⋯⋯. 사내는 씁쓸한 미소를 지으며 또다시 아무 일 없었던 듯 짐을 내려놓고 침상 위에 앉았다. 곧이어 나지막한 음성이 들려왔다.

"일어나셨소?"

걸쭉한 사내의 목소리였지만, 뭔가를 조심하는 듯 목소리는 한껏 낮춘 상태였다. 그것을 듣는 순간 사내의 뇌리에는 엉뚱한 생각이 떠올랐다.

설마 그 꼬맹이의 부하들이 차례대로 모두 다 방문하는 것은 아니겠지하는 생각 말이다.

결국 사내는 도망치지 못했다. 그놈의 부하들이 순서대로 방문하며 훼방을 놓은 탓이었다. 그의 방에 마지막으로 방문한 사람은 꼬마였다. 젠장할…….

내 이름은 진팔이다

 음식이 차려진 후, 사내가 막 젓가락으로 집어서 입으로 가져가는 순간 상대가 입을 열었다.
 "참, 그러고 보니 아직 형장의 성함이 어떻게 되는지 듣지 못했네요."
 사내는 음식을 입으로 가져가는 것을 잠시 늦추며, 약간 떨떠름한 표정으로 되물었다.
 "내 이름은 알아서 뭐 하려고?"
 뭔가 기분이 내키지 않는 듯한 표정으로 음식을 먹고 있는 사내를 보며 소년은 오히려 빙긋 미소 지었다. 조금씩 서로의 대화가 엇갈리고 있었지만 그 정도는 신경도 안 쓴다는 듯 소년은 다시금 질문을 던졌다.
 "이렇게 만나 식사를 함께한 것이 벌써 두 번째인데, 형장의 이름조차 모른대서야 어디 말이 되겠습니까?"
 "지금까지 내 이름을 몰라도 서로 대화하는 데 아무런 불편이 없었는데, 굳이 이름을 알 필요는 없지 않나?"
 이름을 알려 줄 생각이 전혀 없는 듯하자, 소년은 체념했다는 듯한 표정으로 대꾸했다. 하지만 가만히 들어 보면 그의 어조에는 심술이 가득함을 느낄 수 있었다.
 "뭐 좋습니다. 형장께서 알려 주기 싫으시다면 할 수 없죠. 지금은 그냥 모르는 상태로 지낼 수밖에요. 형장의 이름을 알아내는 게 어려운 일도 아니고, 뭐 굳이 아침부터 말다툼을 해서 상쾌한 기분을 망칠 이유가 있겠어요?"
 이름을 알아낸다는 말에 사내의 굵은 눈썹이 꿈틀했다. 하지만 소년은 신경도 안 쓴다는 듯 계속 말을 이었다.
 "무림에 수많은 문파가 있다고 들었지만, 첫째와 둘째가 권력 다툼을 하는 문파는 흔하지 않겠죠? 거기에다가 그 둘의 나이 차이가 15년이나 되는데도 둘째의 무공이 높은 문파는 더욱 드물겠죠. 그리고 그 때문에 둘째가 권력 다툼이 싫다고 야반도주까지 했다면 하나나 둘밖에 없을 거라는 게 제 생각입니다만……."
 사내는 잡아먹을 듯 소년을 노려보며 한 자 한 자에 힘을 주어 말했다.
 "그·래·서?"
 안 그래도 강인한 인상을 지닌 사내가 그렇게 하자 지옥에서 올라온 야차가 따로 없는 듯싶었다. 하지만 소년은 별 신경도 안 쓴다는 듯 대꾸했다. 아마도 그는 저쪽에서 자신을 바라보고 있는 부하들의 실력을 굳게 믿고 있는 모양이었다.

"당연히 여기저기 수소문을 하다 보면 금방 알 수 있겠죠. 물론 그에 대한 반작용으로 형장이 속한 문파에 대해서 악소문이 좀 퍼질 우려가 있긴 하겠지만, 뭐 큰일이야 나겠어요? 유언비어(流言蜚語)를 유포하는 것도 아니고, 사실을 알리는 것뿐인데 말이죠."

"죽고 싶냐?"

"그러니까 제가 그런 수고를 하지 않도록 지금 형장의 이름을 알려 달라는 겁니다."

잠시 잡아먹을 듯 소년을 노려보기는 했지만, 사내는 어쩔 수 없다는 듯 한숨을 푹 내쉬며 자신의 이름을 중얼거렸다. 그런 중차대한 일을 술김이라고는 하지만 저 소년에게 떠든 것은 분명 자신의 잘못이었기 때문이다.

"내 이름은 진팔이다."

순간 소년의 얼굴은 미소로 가득 찼다. 억지로 안면 근육을 굳히려고 노력하고 있는 듯했지만, 그게 결코 쉬운 일은 아닌 듯 그대로 밖으로 다 드러나고 있었던 것이다. 어떻게 저렇게도 촌스러운 이름일 수가? 그것도 저렇게 야성적인 냄새를 물씬 풍기며 노련해 보이는 무림고수의 이름이 말이다. 소년은 혹시 자신이 잘못 들은 게 아닌가하여 다시 되물었다.

"예? 뭐라고요? 다시 한 번 말씀해 주세요."

이럴 줄 알았다는 듯 진팔의 안색은 팍 찌그러들었다. 하지만 진팔은 씹어 먹듯 한 자 한 자 또렷하게 뱉어 냈다.

"진·팔이란 말이다."

그 말에 소년은 까르르 웃음을 터뜨리며 말했다. 여태껏 무표정으로 일관하며 한껏 무게를 잡고 있던 무인이, 이렇듯 자신의 이름을 가지고 민감한 반응을 보인다는 것도 재미있지 않은가. 그렇기에 소년은 진팔을 좀 더 골려 줄 요량으로 떠들어 대기 시작했다.

"호오! 진 형의 형제가 여덟이나 되는지 미처 몰랐군요."

무식한 하층민들의 경우 자식들의 이름을 짓기 귀찮아서 혹은 알고 있는 글자가 별로 없어서 자식들의 이름을 낳은 순서대로 일, 이, 삼 등의 숫자를 붙여 짓는 경우가 많았다. 하지만 사내는 무림의 한 문파를 이끌어 갈 후계자인 만큼 결코 그 부모가 이름을 짓기 귀찮거나 혹은 무식해서 진팔이라는 이름을 지었을 리 없었.

그 말에 진팔은 얼굴에 노기를 띠며 투덜거렸다.

"내 이름은 여덟 팔(八) 자가 아니라 깨뜨릴 팔(捌) 자란 말이다. 내가 이래서 이름을 가르쳐 주지 않으려 했는데……."

"아, 실례. 소제가 본의 아니게 진·팔 형의 아픈 데를 건드렸군요. 하지만 음이 똑같은 것을 어떻게 합니까? 누구나 오해할 수 있는 그런 단어를 쓴 것이 잘못이죠."

"그래, 이름을 알았으면 이제 된 건가?"

"물론이죠. 그런데 진 형께서는 소제의 이름을 기억하십니까? 전에 알려 드렸는데 말이죠."

"그, 글쎄……."

"아하! 소제의 미천한 이름 따위는 기억할 가치도 없다는 것입니까?"

상대가 비비 꼬인 어조로 이죽거리자, 사내는 약간 당황스러운 어조로 대답했다.

"그, 그건 아닐세. 내가 기억력이 없어서 그런 것이니 오해하지 마시게나."

"좋습니다. 그럼 다시 한 번 알려 드리죠. 제 이름은 조령입니다. 여자 이름 같지만 뭐, 어머니께서 지어 주신 것이니 어쩔 수 없죠. 그건 그렇고 전에 말씀드린 것 말인데요, 같이 길동무나 하자는 것 말입니다."

하지만 사내는 그 말을 귓등으로 듣고 투덜거렸다.

"전에도 말한 것 같은데? 길동무는 필요 없다고 말이야."

"아아, 그렇게 반대만 하실 게 아니라구요. 한번 생각해 보세요. 어제 얘기를 들어 보니 속에 끓는 것도 많으신 것 같은데, 제가 도움이 될 수도 있다구요."

진팔은 차갑게 응대했다.

"어떻게?"

"아무래도 속에 울분이 쌓이다 보면 저도 모르게 입 밖으로 튀어나가게 되거든요. 술을 드실 때마다 그런 것을 옆 사람에게 떠들어 댄다면 큰일 나겠죠? 중원 전체에 진 형의 사문에 대한 소문이 쫙 퍼질 수도 있잖아요. 차라리 그럴 바에는 저한테만 술주정을 하시는 게 어때요?"

그러면서 조령은 자신을 손짓으로 가리키며 능청스럽게 말을 이었다.

"저는 보기보다 상당히 입이 무거운 편이거든요."

이런 뻔뻔한… 어쩌구하는 말이 목구멍까지 치밀어 올랐지만, 진팔은 초인적인 의지력을 동원하여 참아 내는 데 성공했다. 그 때문인지 그의 이마에는 굵은 힘줄까지 솟아올라 있었다.

이 꼬맹이를 죽도록 두들겨 팬 다음 '그딴 소리하면 파묻어 버리겠다'고 협박을 하면 끝이겠지만, 아무래도 상대가 여자 애라는 것을 뻔히 알면서 손대기도 난감한 노릇이었다. 울화가 치밀어 미칠 지경이었지만, 어쨌건 참는 수밖에 도리가 없었다.

"젠장, 그건 네가 상관할 일이 아니야. 그리고 나는 너의 그 입을 못 믿겠어."

"그래요? 그럼 할 수 없죠. 저는 그럼 진 형의 기대에 힘입어 진 형네 문파의 모든 것에 대해 소문을 퍼뜨리는 수밖에요. 진 형께서 소제를 그렇게 입이 가벼운 인물로 치부하시는데, 그 기대에 호응해 드리는 것도 재미있겠군요. 안 그래요?"

그와 동시에 뿌드득하는 소리가 들렸다. 진팔이 무의식중에 얼마나 주먹을 힘껏 쥐었는지 관절들이 아우성을 질러 댔기 때문이다.

"너, 죽을래?"

하지만 그런 위협은 애당초 먹혀 들어가지도 않았다. 조령은 진팔을 빤히 바라보며 말했다.

"그럼 진 형께서 바라시는 게 뭡니까? 제 입은 못 믿겠다면서, 설마 조용히 있으라는 것은 아니겠죠? 그건 아주 커다란 모순이라는 것을 모르세요?"

그 말에 진팔은 신경질적인 어조로 대답했다. 아무래도 말발에서 밀리다 보니 성질이 마구마구 솟구쳐 오르고 있었던 것이다.

"이런, 망할! 그래! 네 입은 아주 무겁다. 나는 너를 믿어! 결코 그딴 소리를 소문내지 않을 거라고 믿어 의심치 않으마. 이제 됐냐?"

"물론이죠. 이런 믿음직한 동행자를 얻을 수 있다는 것도 진 형의 복이 아니겠어요? 자, 그럼 어디로 여행하실 건지 말씀해 주세요. 계획을 세워 보기로 하죠."

"왜 내가 너하고 여행을 해야 하는데?"

황당하다는 듯 퉁명스럽게 묻는 진팔에 비해, 조령의 표정에는 여유가 넘치고 있었다. 진팔의 약점을 틀어쥐고 있는 쪽은 조령이었기 때문이다.

"그야 당연히 진 형께서는 입이 무거운 동반자를 필요로 하시니까요. 그래야 술주정도 받아 줄 거고, 이리저리 말벗도 되어 줄 것 아닙니까? 만약 저를 거부하시는 이유가 제 입이 너무 가벼울지도 모른다는 오해 때문이라면, 진 형을 위해 그 오해를 진실로 만들어 드릴 각오도 되어 있습니다만······."

그 말을 듣고 있는 진팔의 안색은 일그러질 대로 일그러져 있었다.

왠지 정감이 가더라니

　마사코는 두려움에 질려 아르티어스의 뒤편에 서서 덜덜 떨고 있었다. 아무리 떨리는 몸을 진정시키려고 노력해 봐도 소용이 없었다. 그녀는 지금껏 주인과 함께 다니는 아르티어스라는 이방인을 거의 입만 살아 있는 덜떨어진 인간으로 치부하고 있었다.
　그도 그럴 수밖에 없는 것이 말만 많았지 실제 행동이 필요할 때는 거의 모든 것을 주인에게 팔밀이했었기 때문이다. 하지만 그녀는 오늘에서야 그의 실체를 알 수 있었다.
　그 무시무시한 덩치의 황금빛 괴물. 머리와 꼬리는 전설상에 나오는 용과 닮았지만, 어마어마한 몸통에 커다란 날개까지 돋아 있었다. 아르티어스는 자신의 등에 주인과 그녀를 태우고 이곳 대국까지 단숨에 날아온 것이다.
　정신이 핑핑 돌 정도의 엄청난 속도, 그리고 까마득한 하늘 위에서 내려다보는 바다와 육지…….
 모든 것이 비현실적이었다.
 '도대체 이것은 꿈인 것일까?'
 주인은 항상 이곳 대국으로 돌아오고 싶어 했다. 그리고 대국이 바로 가까이 있다는 것을 알고부터 주인은 바다에 자주 나갔다. 그는 하염없이 바다만을 바라보고 있었다. 주인에게 주어진 일이 없었기에 딱히 할 일이 없어서이기도 했지만, 그래도 바다를 바라보고 있는 시간이 너무 길었다.
 주인은 바다를 두려워하고 있었다. 아르티어스 사마와의 대화를 통해, 그 원인이 뱃멀미라는 사실을 알 수 있었다. 그것을 알고 그녀는 깊은 슬픔을 느꼈다. 꿈에도 가고 싶어 하시는 고향 땅에 뱃멀미 때문에 못 가시다니, 얼마나 불쌍하신 분이란 말인가? 그분의 강인함을 생각한다면 웃음이 터져 나와 당혹스럽기 그지없었지만…….
 '아무리 그렇다고 해도 내가 바다를 건너는 것을 원하지는 않았는데, 이런 꿈을 꿀 수 있는 것일까?'
 두려움에 떠는 와중에도 그녀의 머릿속에는 수많은 생각이 교차하고 있었다. 그런데 갑자기 도깨비라도 나타나듯 회색 물체가 퍽 하고 모습을 드러냈다. 그녀는 깜짝 놀라 헛바람을 삼켰다. 하지만 그것은 회색의 이상하게 생긴 옷을 입고 있는 주인이었다.
 '나는 철저하게 교육을 받은 후지와라 가의 사무라이야. 어떻게 이렇게 깜짝깜짝 잘 놀란다는 말이야? 저 주인을 만나고 나서부터 그런 횟수가 증가하고 있는데, 그건 나의 모자람을 드러내는 거야. 더 침착하자. 너는 해낼 수 있어, 마사코. 그리고 꼭 해야만 해. 벌

써부터 이러면 어떻게 주군께서 내린 명령을 완수할 수 있겠니.'

마사코는 시선을 주인에게로 돌렸다.

짙은 눈썹, 각이 진 턱선, 전체적으로 선이 굵고 강인한 인상이었다. 물론 몸매가 나약하고 가늘게 보였기에 그 인상은 크게 완화되어 있었다. 하지만 처음 그 모습을 봤을 때, 마사코는 기절하는 줄 알았다.

금발의 그 아름답던 주인이, 여기에 도착한 후 갑자기 그 모습으로 변해 버린 것이다. 그런 다음, 비명을 지르고 있는 마사코를 멀뚱하게 쳐다보며 한마디 했다.

"내 모습은 원래 이래. 잊어버리지 말도록!"

너무 당황해서 그녀는 대답도 제대로 하지 못했었다.

주인은 손에 들고 있던 것을 그녀에게 던져 주며 말했다.

"그건 벗어 버리고 이 옷을 입어라."

마사코는 아르티어스와 묵향이 보는 앞에서 서슴없이 옷을 벗어 버렸다. 그런 다음 바닥에 떨어져 있는 허름한 옷으로 재빨리 갈아입었다. 갈아입으라고 명령을 받았으면 장소가 어디건 곧바로 실행해야만 했다. 그녀는 그렇게 교육받으며 성장했으니까 말이다.

몇 가지 사소한 장식물 따위를 달 때는 그것을 어디다 다는지 헷갈리기 십상이겠지만, 다행이 주인이 던져 준 옷은 매우 단순한 것이었다. 어떻게 입어야 하는지 질문할 필요도 없었다.

마사코는 옷을 다 갈아입은 후, 공손히 고개를 조아리고 다음 명령을 기다렸다.

"뭐 하고 있어요? 아버지도 빨리 변하시라구요. 그런 모습으로 돌아다니면 너무 티가 나서 안 된다니까요."

곧이어 아르티어스의 몸에서 하얀빛이 뿜어져 나왔다. 잠시 후 그 빛이 사라진 순간, 아르티어스는 없어지고 한족의 옷을 입고 있는 웬 중년의 남성이 서 있었다. 왼쪽 눈을 중심으로 훑고 지나간 긴 검상이 독특한 분위기를 풍기고 있었다. 그는 검은 수염을 슬쩍 쓰다듬으며 말했다.

"어때? 멋있지?"

사부 유백의 모습을 또다시 보게 된 것이다. 묵향은 처음에는 매우 놀란 듯하더니 갑자기 왼손에 들고 있던 검집을 꽉 움켜쥐었다. 이런 놀람은 한 번으로 족하다. 아르티엔에게 느껴지던 정감······. 그리고 그를 잃었을 때의 슬픔.

이제 더 이상은 당하고 싶지 않았다.

"죽고 싶어요?"

무시무시한 살기. 하지만 아르티어스는 그 엄청난 살기의 밑바탕에 깔려 있는 묵향의 슬픔을 느꼈다. 슬쩍 장난 삼아 해 봤을 뿐, 다른 의도는 없었다. 그런데 아들이 이렇게 나오자 아르티어스는 당황스럽지 않을 수 없었다.

아르티어스는 멋쩍은 듯 웃으며 중얼거렸다.

"쳇, 아버지는 통했는데, 나는 안 되는 모양이군."

또다시 아르티어스의 모습이 변하기 시작했다. 이번에는 쭈글쭈글한 피부에 허연 수염이 덮여 있는 촌로의 모습이었다. 아마도 묵향이 아랫마을로 옷을 훔치러 내려간 사이, 이곳에서 기다리다 그 노인을 봤던 모양이었다.

묵향은 애써 고개를 돌리며 퉁명스레 말했다.

"이제 가죠."

아르티어스는 묵향의 쓸쓸한 뒷모습을 보며 아들의 깊은 슬픔을 느꼈다.

'생각보다는 정이 많은 놈이란 말씀이야. 저런 놈들이 이용당하기 딱 좋지. 위대하신 나를 만나지 않았다면, 이리저리 휘둘리다가 객사하기 딱 좋았을 거야. 아무렴, 흐흐흐흐……'

묵향은 번화한 거리로 들어서자 전장(錢場 : 은행과 유사함)부터 찾기 시작했다.

「大陸錢場(대륙전장)」

묵향은 간판을 보고는 곧바로 안으로 들어갔다. 대륙전장은 자신의 기억이 맞는다면 중원에 있는 수많은 전장들 중에서도 꽤 신용 있는 곳 중의 하나였다. 그들이 들어오는 것을 보고 중년의 점원이 다짜고짜 화부터 냈다.

"아니, 이것들이 감히 여기가 어딘 줄 알고! 빨리 나갓!"

묵향은 단숨에 그의 멱살을 틀어쥐었다. 멱살이 잡혀 있는 점원이 자신이 어떻게 이런 꼴을 당하게 된 것인지 이해가 가지 않을 빠름이었다. 멍청한 표정으로 서 있는 점원의 목을 놔 주며 묵향은 차갑게 말했다.

"모르고 한 것은 죄가 되지 않는 법, 하지만 두 번째는 용서하지 않는다."

점원의 옆에는 경비 무사도 몇 명 있었지만, 그들은 단 한마디 참견도 하지 않았다. 점원의 멱살을 쥐는 그 빠름. 자신들의 눈으로 따라가지도 못할 고수였다. 그런 고수가 거지일 리는 없는 법.

거지와 고객을 알아보지 못한 멍청한 점원이 순간의 실수로 목숨을 잃는다 해도 그들은 신경조차 쓰지 않을 것이다. 물론 그 고수가 이곳을 털러 들어왔다면 얘기가 달라지겠지만 말이다.

묵향은 경비 무사들을 지나쳐 쇠창살이 쳐져 있는 창구 쪽으로 갔다. 그는 커다란 궤짝을 창구 위에 턱 올려놨다. 아르티어스가 둥루젠 족장에게서 받았던 바로 그 궤짝을 말이다.

쿵!

묵향이 가볍게 한 손으로 올려놓은 궤짝이 낸 소리였다. 경비 무사들의 안색이 조금 더 창백하게 질렸지만, 그들보다 좀 더 허옇게 질린 인물이 한 명 더 있었다. 바로 창구에 쳐진 쇠창살 뒤쪽에 서 있던 뚱뚱한 중년인이었다. 그는 궤짝 속에 들어 있는 물건이 뭔지 어느 정도는 짐작하고 있었다는 듯 묵향에게 질문을 던졌다. 사실 전장에 들고 올 물건이야 대충 정해져 있으니까 당연하다면 당연한 반응이었다.

"어, 어떻게 해드릴 깝쇼?"

묵향은 중년인에게 짤막하게 대답했다.

"은자 50냥은 현금으로. 그중 한 냥은 동전으로 주게. 그리고 나머지는 모두 전표로 줘."

그 말에 중년인은 미세하게 떨리는 손으로 궤짝을 열어 봤다. 묵직한 궤짝. 그 안에 은이 가득 차 있다고 해도 그 가치는 상상을 초월할 것이다. 하지만 궤짝 안에 들어 있는 것은 은괴가 아니었다.

궤짝이 열리는 순간 그 안에서 쏟아지는 황금빛 광채.

"세상에……! 이 모든 게 황금이라니! 그 엄청난 양에 기가 질린 중년인은 떨리는 목소리로 말했다.
"이, 이렇게 많이? 자, 잠시만 기다려 주십시오, 손님. 뭐, 뭣들 하는 것이냐? 빨리 셈을 시작해라."
한동안 창구 뒤쪽에서는 금 덩어리들의 전체 무게를 재느라고 많은 사람들이 바쁘게 움직이기 시작했다.
이어 금괴의 전체 무게가 나오자 중년인은 식은땀을 흘리며 묵향에게 말했다.
"저, 손님, 저희 전장에는 황금 1천 냥을 바꿔 드릴 만큼 전표가 없습니다."
중년인의 목소리에는 짙은 아부가 깔려 있었다. 그도 그럴 것이 이걸 전부 전표로 바꿔 준다면, 이곳에는 엄청난 양의 황금이 고스란히 남게 되는 것이다.
황금 1천 냥을 굴릴 수 있다면, 엄청난 파생 수입이 발생할 것이다. 그렇다면 나도 이 시골구석이 아닌 좀 더 근사한 곳으로 진급할 수 있을 것이고……. 거기까지 생각한다면 아부를 안 할 수가 없는 것이다.
"그렇다면 바꿔 줄 수 있는 만큼만 바꿔 주게."
"옛, 손님."
중년인의 지휘 하에 또다시 창구 뒤쪽에서는 난리가 벌어졌. 창구 위에 1백 장은 족히 넘어 보이는 전표가 차곡차곡 쌓이기 시작했다. 은자 한 냥짜리 전표까지 간혹 보이는 것을 보면 정말 있는 대로 닥닥 긁어모은 모양이었다.
중년인은 작은 은덩이 마흔아홉 개와 동전들을 전표 옆에 올려놓았다. 그런 다음 점원과 함께 낑낑거리며 궤짝을 창구 위에 다시

되돌려놓은 후, 숨을 헐떡거리는 것을 보면 궤짝의 무게를 짐작할 수 있었다. 그는 땀을 닦으며 말했다.

"자~, 모두 해서 은자 2천 냥입니다. 나머지 금괴는 여기 있습니다. 저희 전장은 신용과 정확성을 생명으로 하고 있는 만큼, 확인해 보실 필요도 없으실 겁니다. 저희 전장은 시골의 작은 분점이라서 황금 1백 냥분밖에 교환해 드리지 못한 점, 너무나도 송구스러울 따름입니다."

묵향은 확인해 보지도 않고 궤짝을 가볍게 들어 아르티어스에게 넘겼다. 그런 후 창구 위에 쌓인 전표와 현금들을 품속에 쑤셔 넣은 다음 뒤돌아서려고 하는데 중년인이 다급하게 말했다. 아무래도 그냥 보내기에는 너무나도 미련이 남았던 것이다.

"내일, 내일 한 번만 더 방문해 주시면 안 될까요? 그때까지는 전표를 마련해 놓겠습니다."

하지만 묵향은 생각해 볼 가치도 없다는 듯 곧바로 출구로 걸어 나가 버렸다. 그 뒷모습을 바라보는 중년인의 얼굴에는 아쉬움이 가득했다. 하지만 그것도 잠시, 중년인은 지금껏 배어 있던 습관에 따라 깊숙이 고개를 숙이며 말했다.

"앞으로도 많은 이용을 부탁드리겠습니다. 다음에 또 오십시오."

잔돈이 마련되자 묵향은 일행을 이끌고 옷가게로 갔다. 그런대로 마음에 드는 옷을 고른 다음 그가 발길을 돌린 곳은 그 마을에서 가장 큰 음식점이었다.

확실히 번드르르한 옷을 입고 들어서자 점소이의 반응부터 차이가 있었다.

"어서 옵쇼. 자, 이쪽으로 앉으시죠."

아르티어스는 의자에 앉자마자 기대가 된다는 듯 점소이에게 뭐가 이 집에서 가장 맛있는 것인지 질문을 던지기 시작했다. 아들놈에게 수없이 들어왔던 중원에서의 첫 식사인 것이다. 과연 이곳의 음식 맛은 어떨까나? 아르티어스의 두 눈은 기대감으로 반짝이고 있었다.

묵향이 주위를 둘러보니, 객잔 한구석에는 웬 장님 늙은이가 어떤 소녀의 부축을 받으며 이야기에 열중하고 있었다. 모두들 그 늙은이의 이야기를 듣기 위해 귀를 쫑긋거리고 있는 것을 보면 아마 전문적인 이야기꾼인 모양이다.

묵향은 이야기에 열심히 귀를 기울였다. 여기까지 오는 길에 사람들을 붙잡고 물어본 결과 대충 자신이 중원을 떠난 지 20년쯤 흘렀음을 알 수 있었다. 그동안 무림은 어떻게 되었는지 궁금하기 짝이 없었다.

이야기꾼 노인의 입담은 아주 재미있게 이어지고 있었다. 전설적인 무림의 영웅담이 전개되기도 했고, 또 요 근래에 있었던 무림의 비화들이 튀어나오기도 했다. 그렇기에 20여 년의 공백을 안고 있는 묵향에게는 주옥과도 같은 정보였던 것이다.

묵향이 가장 재미있게 들은 이야기들 중의 하나가 옥화무제에 얽힌 비사였다. 그 간교하기 그지없는 계집이 무슨 짓을 했는지 몰라도 무림맹의 봉공이 되어 있었다. 그리고 매우 겸손하면서도 지혜로운 여인으로 묘사되고 있었다.

이야기를 듣던 묵향은 도저히 참지 못하고 한바탕 웃음을 터뜨렸다. 그러자마자 주위에 앉아 있던 험악한 인상의 젊은이가 시비를 걸어 왔다.
 "이보시오. 옥화 봉공님의 이야기가 한창 진행되는데, 왜 그렇게 경박한 웃음을 터뜨리는 것이오? 뭔가 저 이야기에 잘못이 있다는 거요?"
 그 말에 묵향은 애써 웃음을 참으며 중얼거렸다.
 "그게 아니라 일행이 재미있는 이야기를 했기에 웃는 것일 뿐. 신경 쓰지 마시오."
 "이봐, 시기와 장소를 봐 가면서 웃으라구."
 청년은 단 한마디의 이야기라도 더 들을 욕심인 양 더 이상 시비를 걸지 않고 자신의 자리로 돌아가 버렸다. 시비를 더 이상 걸었다면, 이 객잔을 걸어서는 나가기 힘들었을 거라는 사실을 모른 채.
 이야기꾼 노인은 또 한 편의 이야기를 끝낸 후, 헛기침을 하며 말했다.
 "허흠, 이거 이야기를 너무 많이 했나? 목이 마르구먼. 이래서야 나만이 알고 있는 비장의 전설을 들려줄 수가 없겠는데?"
 노인이 그런 식으로 능청을 떨자, 손님들 중에서 꽤나 돈이 있어 보이는 중년인이 점소이에게 외쳤다.
 "이봐! 빨리 술과 안주를 가져다 드리거라."
 노인은 술 몇 잔을 연거푸 들이켠 다음, 안주를 한 점 집어서 씹어 먹었다. 그런 다음에야 목청을 가다듬더니 다시 이야기를 시작했다.
 "어흠, 지금은 세인들의 뇌리에서 잊혀진 숨겨진 옛 이야기를 들어 보시구려. 이 이야기는 저 사악하기 그지없는 악마들의 단체에 대한 이야기라오. 1백여 년 전, 평화롭기 그지없던 무림을 뒤흔들어 놓을 악의 씨앗이 음습한 대지에서 태어났다오. 바로 그가 저 사악하기 그지없는 악마들의 지배자, 암흑마제(暗黑魔帝)라는 마인이지요."

여기까지 이야기가 전해지자 아르티어스는 궁금하기 짝이 없다는 듯 묵향에게 질문을 던졌다.

"너 20년쯤 전에는 여기에 살았다고 했지?"

"예."

"암흑마제가 누구냐? 저 정도 욕을 들을 정도면 너도 알 거 아니냐?"

묵향은 어리둥절한 표정으로 고개를 가로저으며 말했다.

"저도 잘 모르겠는데요. 보통 정파에서 마교의 뛰어난 고수들을 부를 때, 뒤에 '왕(王)' 자를 붙이는데, '제(帝)' 자까지 붙은 걸 보면 대단한 놈인 모양이네요."

그 사이에도 노인의 이야기는 계속 이어지고 있었다.

"전설에 따르면 암흑마제는 무림에서 금기시되고 있던 가장 사악하고도 추잡하기 그지없는 악마적인 무공을 연성했다고 전해지고 있소. 얼마나 극악무도한지 그 무공의 이름조차 전해지지 않고 있는, 사악하기 그지없는 무공이지요. 하지만 아니 땐 굴뚝에 연기가 날까? 그 무공을 어떻게 수련했는지는 곳곳에 증거가 남아 있기 때문에 조금만 생각해 보면 알 수 있소. 암흑마제의 탄생 후 무림에는 대규모 납치 사건이 자행되었다고 하오. 뛰어난 자질을 갖춘 수천 명의 동남동녀가 실종된 것이지요. 그것으로 미루어 보면, 그의 악마적인 내공의 원천은 동남동녀들의 정혈(精血)임이 분명하지 않겠소?"
 어쩌구저쩌구, 노인의 이야기는 재미있게 이어지고 있었다. 인간으로서는 도저히 할 수 없는 갖가지 악질적인 행동이 나열되는 것을 듣고, 아르티어스 어르신은 연신 감탄사를 터뜨리고 있었다. 아르티어스는 묵향에게로 시선을 돌리며 말했다.
 "세상 어디를 가 봐도 저런 때려죽일 놈이 꼭 한두 놈은 있기 마련이지."
 묵향은 황당해하면서도 맞장구를 쳐 줬다. 그 때려죽일 놈의 목록에 아르티어스도 능히 포함되고도 남음을 잘 알고 있었기 때문이다.
 '주제 파악을 좀 하시죠.'
 하지만 그대로 말했다가는 무슨 일이 벌어질지 알 수 없으므로, 묵향의 입에서는 생각과는 전혀 다른 대답이 튀어나왔다.
 "그러게 말이에요."
 "암흑마제라는 놈, 정말 악랄하기 그지없구먼. 내가 소싯적에 하던 것보다 더 하잖아. 쩝, 나도 저런 방법이 있는 줄만 알았다면 해 봤을 텐데 말이야."
 아쉬운 듯 쩝쩝 입맛을 다시고 있는 아르티어스의 표정에는 약간의 존경심마저 떠올라 있었다. 그것을 보고 묵향은 고개를 설레설레 저으며 투덜거렸다.
 "농담도 골라가면서 하세요. 그딴 짓을 한다고 무공이 올라갈 리가 없잖아요."
 "그럴까?"
 "당연하죠."

이야기가 끝나자, 술과 안주를 제공했던 그 중년인이 노인에게 질문을 던졌다.

"이보시오. 그런데 그 암흑마제라는 사람이 누구요? 그 별호를 듣는 것이 처음이라서 그렇소만……."

중년인의 말에 노인이 딱하다는 듯 반문했다.

"아니, 마교의 절대자 암흑마제를 모른다는 말씀이시오?"

탁자에 앉아 있는 손님들 중 몇몇은 '마교의 절대자'라는 말에 뭔가 떠올랐는지 모두들 고개를 주억거리고 있었다.

그동안 묵향의 머릿속에는 별의별 생각이 다 교차하고 있었다.

'그 암흑마제라는 놈이 내가 실종되고 난 뒤에 본교의 실권을 잡았나? 능히 그럴 수 있지. 힘만 강하다면 교주가 될 수 있는 곳이니까 말이야. 그렇다면 본교에 귀환한 후 그놈의 목을 따는 것으로 축하 인사를 대신해야겠군.'

뿌드드득!

묵향의 결심을 드러내는 듯, 그의 꽉 쥔 주먹은 비명을 질러 대고 있었다.

노인은 객잔에 모인 손님들을 쭈욱 둘러본 후, 아무도 모르는 비밀을 자신만 알고 있다는 듯 의기양양하게 떠들어댔다.

"암흑마제는 마교가 낳은 최강의 고수지요. 가장 사악하고, 가장 무자비함에도 불구하고, 그의 이름은 거의 알려져 있지 않아요. 아마도 그건 그의 이름이 피 냄새하고는 거리가 너무 멀기 때문이라고 노부는 생각하고 있소이다. 그의 이름은 바로……."

결정적인 순간에 암흑마제의 이름은 말하지 않고 노인은 천천히 술잔을 기울였다. 느긋하게 한잔하고 있는 노인을 청중들은 애타

게 지켜보고 있었다. 분위기를 좀 더 고조시킨 후에야 노인은 비밀스런 얘기를 하듯 소근소근 말했다.
"그의 이름은 묵향(墨香)이라오."
푸헉!
갑자기 자신의 이름이 튀어나오자, 묵향은 식후 입가심으로 마시고 있던 차를 뿜어내고야 말았다. 왜 거기서 갑자기 자기 이름이 튀어나온단 말인가? 묵향은 재빨리 마사코에게로 시선을 돌렸다. 묵향의 예상대로 그녀의 눈은 화등잔만 해져 있었고, 안색은 창백하게 질려 있었다.
 이번에는 아르티어스에게로 시선을 돌렸다. 자신과 오랜 시간을 보낸 아르티어스라면 저게 거짓말임을 이해해 주리라 생각하면서 말이다. 하지만 그의 예상은 여지없이 무너졌다. 아르티어스도 마사코만큼이나 놀란 듯했지만, 그가 놀란 이유는 그녀와 본질적으로 달랐다.
 아르티어스는 곧이어 연신 고개를 끄덕거리더니 감탄스럽다는 듯 묵향에게 말했다.
"너도 옛날에는 정말 대단했던 모양이구나."
그 말에 묵향은 발끈해서 대답했다.
"너·도라니요? 아니, 지금 나를 어떻게 보고 그런 말씀을 하시는 겁니까? 나를 아버지하고 동급으로 생각하지 말란 말입니다. 아주 불쾌하니까요. 빨리 가자구요. 여행을 하려면 말도 사야 하고, 아주 바쁘단 말입니다. 젠장, 괜히 듣고 있었네."
 묵향은 투덜거리며 일어서서는 서둘러 계산을 한 다음 밖으로 나가 버렸다. 아르티어스는 흐뭇한 표정으로 고개를 끄덕이며 중얼거렸다.
"어쩐지…, 왠지 처음부터 정감이 가더라니……."
 아르티어스가 묵향의 뒤를 따라 일어선 후, 그 뒤를 새파랗게 질린 하나코가 고개를 푹 숙이고 뒤따르고 있었다. 아마도 그녀는 묵향을 따라온 것을 뼈저리게 후회하고 있을 것이다.

완옌 아구다

옥화무제가 맹주를 배알하고 무영문으로 돌아왔을 때, 서둘러서 그녀를 마중 나오는 중년 사내가 있었다. 그는 옥화무제에게 깊숙이 예를 올렸다.
"어서 오십시오, 태상문주님."
옥화무제는 가볍게 고개를 끄덕여 답을 한 후, 내실로 걸어 들어가며 총관에게 질문을 던졌다.
"여기까지 총관이 무슨 일인가요? 나한테까지 보고를 올려야 하는 급한 일이라도 있나요?"
"예."
그 말에 옥화무제는 의아하다는 듯 질문을 던졌다. 왜냐하면 대부분의 일은 그녀의 딸인 문주가 알아서 처리해 왔기 때문이다.
"문주는 지금 어디 있나요?"

"예, 문주께서는 사천에 가셨습니다."
"사천에?"
"예, 마교의 움직임이 포착되었다는 보고가 올라왔기에 급히 사천으로 가셨습니다."
이미 옥화무제는 그것을 예상했다는 듯 중얼거렸다.
"흐음… 마침내 올 것이 오고야 마는 것인가? 그렇다면 총관이 보고할 사항이라는 것도 바로 마교와 관계된 것인가요?"
총관은 서둘러서 손을 내저으며 말했다.
"아닙니다. 그게 아니라, 오늘 아침 황궁에서 전서구(傳書鳩)가 도착했습니다."
황궁에서 보내온 전서구라는 말이 옥화무제에게 얼마나 큰 동요를 줬는지는 단번에 알 수 있었다. 잠시 그녀의 걸음을 멈칫하게 했을 정도였으니 말이다.
전서구를 이용하면 빠르다는 이점도 있지만, 도중에 발각될 우려도 높았다. 하지만 그런 위험을 감수하고라도 전해야 할 만큼 긴급을 요하는 보고서라는 말이었다.
"무슨 일인가요?"
"예, 일전에 문주께서 태상문주님께 상의드렸던 그 문제 때문입니다."
"세금 문제 말인가요? 그 문제라면 이미 문주를 통해 지시를 내렸지 않나요? 술을 전매하는 것까지는 괜찮겠지만, 전매 품목을 더 이상 늘려서는 절대로 안 된다고 했었는데 말이에요."
송은 건국 이래 소금 전매를 정착시켰다. 그 때문에 밀염(密鹽)을 취급하는 자들도 많이 생겼지만, 막대한 세수 증대가 있었다.

그렇지만 요와 대치하고 있는 지금, 엄청난 군사비 지출로 인해 극심한 재정 압박을 받고 있었다. 그것을 탈피하기 위해서는 좀 더 세수를 증대시킬 필요가 있었다.

소금 전매에 착안해서 옥화무제가 생각해 낸 방법이 술을 전매하는 것이었다. 그 효과는 아주 만족스러운 것이었다. 술을 전매함으로써 세수가 비약적으로 증대된 것이다. 거기에다가 술은 소금처럼 생필품이 아니었다. 술값을 서너 배 올린다고 해서 백성들에게 타격이 갈 리 없었다. 거기에다가 판매용이 아닌 각 가정에서 담가 먹는 술은 제약을 가하지 않았기에 크게 불만이 쌓일 리도 없었다.

"예, 물론입니다 태상문주님. 하지만 황실의 지출이 너무 극심하다는 것이 문제입니다. 1년에 한 번씩 요의 황제에게 세폐(歲幣)로 지불하는 돈만도 은자 20만 냥에 비단 30만 필이 아닙니까? 하지만 그것만으로는 절대로 평화가 유지될 리 없다는 것을 태상문주님께서도 잘 알고 계시지 않습니까? 이쪽에 힘이 없으면 요는 언제라도 맹약을 헌신짝처럼 던져 버린 후 대군을 몰아 침공해 올 것입니다."

중원에서 일어선 국가가 힘이 약화되어 이민족에게 공물(貢物)을 바치지 않으면 안 될 상황에 몰렸을 때, 그들은 그것을 공물이라 하지 않고 세폐라고 불렀다. 나약한 민족이 강한 민족에게 물건을 갖다 바친다는 뜻을 지닌 공물보다는 새해에 한 번씩 약소국의 국왕에게 화친을 지속하자는 의미에서 하사하는 예물이라는 의미를 지닌 세폐가 훨씬 대국(大國)의 체면을 세워 주는 말이었기 때문이다.

"그건 나도 잘 알고 있어요. 그 때문에 요와의 국경선에 80만에 이르는 정예가 집결해 있잖아요."

"예, 하지만 가장 큰 문제는 돈입니다. 요에 건네주는 세폐와 군사비로 지출되는 금액만 재정의 8할에 이르고 있습니다. 이런 상황에서 황실의 재정이 건실할 수 없는 노릇이 아니겠습니까? 동관(童貫)의 보고에 따르면 채 재상의 주도하에 새로운 조세법을 준비하고 있는 모양입니다. 그것 때문에 동관은 태상문주님이 지시를 내려 주시기를 원하고 있습니다. 지금이라면 그가 채 재상을 설득해서 새로운 조세법이 시행되지 않게 막을 수 있으니까요."

동관이라면 현재 황제의 총애를 한 몸에 받고 있는 내시였다. 그리고 그 내시를 통해 그녀는 암암리에 황실에 영향력을 행사하고 있었다. 이것도 다 황제가 등극하는 데 그녀가 결정적인 도움을 줬었기에 가능해진 연줄이었다. 그리고 채경(蔡京)은 동관이 추천하여 재상(宰相)이 된 인물이었다.

그렇기에 그는 동관의 말을 거역하기가 힘들었고, 동관은 옥화무제가 조종하고 있었다. 결국 그녀는 간접적으로 재상인 채경을 이끌고 있는 셈이었다. 그렇게 해서 무영문의 태상문주인 그녀가 대 송제국의 정치에 깊숙이 개입하고 있었다.

"새로운 조세법이라고?"

"예, 태상문주님. 현재의 재정 압박에서 탈피하기 위해 각종 생필품들에 대해 더욱 폭넓게 과세를 하자는 것이지요. 현재 전매하고 있는 소금이나 술뿐 아니라 차(茶), 백반 등 일용 필수품에 폭넓게 과세를 한다면 일거에 재정 문제를 해결할 수 있을 거라고……"

그 말에 옥화무제는 어이가 없는 듯 소리쳤다.

"말도 안 되는 소리! 만약 그렇게 한다면 백성들이 가만히 있을 것 같아요? 곳곳에서 민란이 일어날 수도 있어요. 그 멍청이들은 그것도 모른다는 말인가요?"

"하지만 어쩔 수 없습니다. 일단 요를 격파할 때까지 만이라는 단서를 붙여 그렇게 세금을 거두는 수밖에 도리가 없습니다. 안 그러면 몇 년 지나지 않아 국경에 배치된 어림군에게 군량조차 보낼 수 없는 사태가 벌어지고 맙니다. 그렇게 되면 송은 파멸입니다."

잠시 대화를 멈추고 생각을 정리하던 옥화무제는 이윽고 결심한 듯 중얼거렸다. 그녀의 안색은 약간 창백해져 있었다. 어쩌면 이것 때문에 대 송제국이 파멸할 수도 있음을 알기 때문이었다.

"어쩔 수 없지요. 방법이 그것뿐이라면……. 하지만 그렇다면 무슨 수를 써서라도 요를 멸망시키는 것을 서둘러야 해요. 그토록 무거운 과세를 백성들에게 지운다면, 잠시는 괜찮을지 모르지만 언젠가는 폭발할 수밖에 없을 테니까요. 그 전에 모든 일을 끝내야만 해요."

"예, 태상문주님."

방에 도착하자, 문 앞을 지키고 있던 경비 무사가 그녀에게 예를 올렸다. 그녀는 살포시 의자에 앉으며 총관에게 질문을 던졌다.

"뭔가 방법이 없을까요?"

총관에게도 좋은 생각이 떠오르지 않는지 그는 고개를 숙인 채 침묵을 지키고 있었다.

"몽고를 이용할 수는 없을까요? 몽고인들은 아주 용맹한 유목 부족이니 그들을 이용해서 요의 서북부를 공격하게 하고, 남쪽에서부터 어림군이 치고 올라간다면 어쩌면 승산이 있지 않겠습니까?"

총관은 고개를 가로저으며 대답했다.

"옥영진 대장군이 몽고를 정벌한 이래, 아직까지 몽고를 통일할 만한 실력자가 나오지 못했습니다. 분열된 몽고의 힘으로는 별로 도움이 되지 않을 것입니다. 전에 진길영 원수가 요를 침공할 때 동원했던 여진족의 예가 있지 않습니까? 여러 부족을 끌어들인 결과 30만이나 되는 여진족을 끌어 모았었지만, 전력에 크게 보탬이 되지는 않았다고 들었습니다."

"통일이라……. 아참! 여진족이 있잖아요. 얼마 전 총관이 올린 보고서 중에서 여진족의 동태에 관한 것이 있었던 것 같은데요. 현재 여진족을 통일하고 있는 자가 있다고 말이에요."

"예, 태상문주님. 그가 바로 완옌 아구다라는 자입니다. 아주 용맹한 전사로서 고려의 북쪽 완옌부를 본거지로 삼아 세력을 규합하고 있습니다. 예전에 진길영 원수가 대군을 이끌고 요를 정벌했을 때, 그와 함께 싸우면서 전략과 전술을 배웠다고 합니다. 제법 세력이 커지자 아예 '금'이라는 칭호를 쓰며 황제로 등극했다고 합니다."

"잘됐군요. 바로 그자예요. 아구다를 이용하는 거예요. 아구다를 중심으로 급속히 성장하는 신흥 제국이라면 강력한 힘이 있을지도 몰라요. 그들을 이용해 보기로 해요."

"그렇다면 금과 연합하여 요를 공격하자는 말씀이십니까?"

"물론이에요."

"하지만 그것은 너무 위험합니다. 금의 힘이 아무리 강하다고 해도 대 제국 요에 견줄 수는 없습니다. 만약 요를 끝장낼 수 없다면, 호랑이의 코털을 뽑는 것과 같은 사태가 벌어질 겁니다. 요가 전력을 다해 본국을 공격해 온다면 지금의 재정 상태로는 몇 년 버티지도 못할 것이 자명합니다."

"하지만 지금으로서는 그것 외에는 선택할 수 있는 다른 방법이 없어요. 또, 어떤 의미에서는 금이 너무 강하지 않다는 것도 이점이 있어요. 일단 금과 힘을 합쳐 요를 몰아내고, 그다음에는 금을 격파하는 것이 최선의 길이죠. 그러려면 금이 너무 강해선 안 되는 것이죠. 알겠어요?"

"현명하신 판단이십니다, 태상문주님."

"동관에게 전서구를 띄우세요. 채 재상에게 지시해서 비밀리에 금과 동맹을 맺으라고 말이에요. 그리고 몽고 쪽으로도 사람을 보내서 세력이 큰 부족들이 있으면 포섭하라고 하세요. 몽고, 금과 협공을 가한다면 요에 치명타를 가할 수 있을지도 몰라요."

"예, 태상문주님."

"물론 이 일은 비밀리에 행해야 해요."

"명심하겠습니다."

밖으로 나가려는 총관을 향해 옥화무제가 다급히 말했다.

"잠깐! 좋은 생각이 떠올랐어요. 혹시 비밀이 샐 우려도 있으니 이 모든 일은 구법당(舊法黨)에 맡기세요."

"예? 하지만 비밀을 유지하려면 채 재상이 이끌고 있는 신법당(新法黨)의 사람을 써야 하지 않겠습니까? 반대파에게 일을 맡기려고 하시다니 속하는 도대체 이해하기가……."

그럴 수밖에 없는 것이 구법당(舊法黨)을 이루는 것은 사마광(司

馬光)을 계승한 화북 지방의 대지주, 대상인 출신들이었다. 그렇기에 그들의 정책도 매우 보수적이었다. 하지만 왕안석(王安石)을 계승한 신법당은 남방 출신의 지위가 낮은 자들이 많았다.

그런 만큼 그들은 진보적이고 혁신적이었기에 뒤에서 정치를 조종하고 있는 옥화무제의 입맛에는 신법당 쪽이 훨씬 더 잘 맞았다. 뭔가 정책의 변동이 크게 있어야 떨어지는 콩고물도 많은 법이니까 말이다.

"호호홋. 아무리 신법당, 구법당 해서 싸우고 있지만 그들도 같은 한인(漢人)이에요. 오랑캐에게 빼앗긴 연운16주를 회복하자는데 당파를 따지겠어요? 아마 그들도 전폭적으로 협조할 거예요. 만약 협조하지 않겠다고 한다면 총관이 뒤처리를 하면 될 거 아니에요?"

이제야 대충 감이 잡힌다는 듯 총관은 고개를 끄덕이며 대답했다.

"예? 예."

"또, 그렇게 해 놔야 만약에 일이 뒤틀렸을 때 뒤처리가 쉬워져요. 상처 입은 요의 황제를 달래려면 누군가가 속죄물이 되어 줘야 할 테니까요. 물론 더불어서 반대 세력도 싹쓸이해 버리고 말이에요."

총관은 음흉스런 미소를 지으며 말했다.

"흐흐흐, 지당하신 말씀이십니다. 태상문주님. 명하신 대로 동관에게 지시하도록 하겠습니다."

성큼성큼 앞장서서 걸어가고 있는 진팔에게 조령이 말했다.

"여기서 식사를 하고 가는 게 좋지 않을까요? 겉으로 보기에는 그래도 지금까지 지나온 음식점들 중에서 제일 낫잖아요."

그 말에 진팔은 서두르던 걸음을 멈추고 마지못해 대꾸했다.

"아니, 여기는 겉만 번지르르하지 음식 맛은 형편없어."

지금까지 보아 온 진팔의 행동으로 봤을 때, 그는 배고픈 것보다 이곳을 빨리 벗어나는 것이 급선무라는 듯이 행동하고 있었다. 오히려 그 점이 조령의 장난기를 발동시키고 있었다. 그렇기에 조령은 여기저기 보이는 모든 객잔과 객점들을 가리키며 상대의 인내심을 시험하고 있는 중이었다.

"그렇게 형편없어요?"

"물론이지. 정말 돼지나 먹을까…, 사람이 맨정신으로 먹기는 힘들지."

그녀는 멀리 보이는 다른 객잔을 손으로 가리키며 물었다.

"그렇다면 저곳은요?"

"저기도 마찬가지야. 어디 한적한 곳으로 가서 육포나 씹어 먹자고. 그게 제일이야."

"지금까지 그런 말로 지나온 객잔이 한두 개인 줄 알아요? 저는 지금 배가 몹시 고프다구요. 아무리 맛이 없다고 해도 참고 먹을 수 있어요. 시장이 반찬이라고 하지 않아요?"

"이 근처 객잔은 모두 다 그래. 예전에 내가 여기서 지내면서 다 가 봤으니까 틀림없다니까 그러네. 자, 빨리 가자구."

진팔은 걸음을 옮기려고 했지만, 그녀는 따라갈 마음이 없는 듯 가만히 서서 말했다.

"예, 알았어요. 그건 그렇고, 계속 이런 식으로 여행할 건가요?"

"왜? 지금까지 오면서 그런대로 구경할 거리는 있었잖아."

"물론 그런대로 괜찮은 여행이었어요. 하지만 저는 이런 여행이 아니라 무림이라는 것을 보고 싶다구요. 무림 말이에요."

조령의 말에 진팔은 조금 난처하다는 듯 대꾸했다.

"무림이라…, 지금까지 봐 온 모든 게 무림인데……."

"진 형은 맨날 그 소리지만, 저는 좀 더 직접적인 걸 보고 싶다구요. 예를 들면, 유명한 문파를 구경한다든지…, 아니면 피 튀기는 비무 같은 거 말이에요."

"쩝…, 꼭 그런 거를 봐야 하겠어?"

"예. 마침 이 근처에 문파가 하나 있다고 하던데요."

조령의 말에 진팔의 안색이 굳어졌다.

"남궁세가 말이군."

"예, 바로 그 남궁세가 말이에요. 나는 거기를 구경하고 싶어요."

"흐음…, 그건 쉬운 일이 아니야. 남궁세가가 객점도 아니고, 아무나 들어갈 수 있는 데가 아니거든. 그러니 빨리 가기나 하자구. 괜찮은 객잔을 찾아서 식사는 해야 할 것 아니냐?"

이렇게 시간을 끌고 있을 때, 누군가가 큰 소리로 외치는 소리가 들려왔다. 그 목소리는 반가워하는 기색도 있는 듯했지만, 조금 다른 각도에서 들으면 한껏 비꼬는 듯한 어조도 가미된 듯싶었다.

"호오, 이게 누구야! 진 형이 아니신가?"

진팔의 목이 소리가 들려온 곳으로 반사적으로 휙 돌아갔다. 그리고 조령의 얼굴 또한……. 그곳에는 준수하게 생긴 중년인이 서 있었다. 그의 허리에 매여 있는 화려한 장검과 그가 입고 있는 값비싸 보이는 비단옷이 그의 신분을 약간이나마 속삭여 주고 있었다. 그리고 그의 뒤에는 10여 명의 무사들이 뒤따르고 있었다. 하나같이 태양혈이 불끈 솟아 있는 고수들이었다.

그 중년인을 보자마자 진팔의 안색은 급격히 굳어졌다. 하지만 상대를 외면할 수는 없었는지 진팔은 정중히 포권하며 대답했다.

"오랜만에 남궁 형을 뵙는군요."

"오랜만일세. 여기까지 왔는데 나도 안 보고 그냥 지나갈 생각이었나? 진 형이 나를 그렇게 어렵게 생각했다니 이거 섭섭하구먼."

주고받는 대화의 내용상으로 봤을 때는 서로가 아주 절친한 사이인 듯싶었지만, 그들 사이에 흐르는 기운은 뭔가 묘한 구석이 있었다. 조령은 그것을 재빨리 감지했다. 그녀 자신이 여태껏 살아온 환경이 그것을 가능하게 해 줬던 것이다.

그녀는 지금까지 이렇듯 드러나 보이지 않는 치열한 암투의 와중에서 살아왔다. 겉으로는 부드럽지만 속으로는 각자 딴마음을 먹고 서로가 서로를 견제하는 그런 곳에서 말이다.

저 남궁 형이라는 자와 만날 가능성이 있기에 그렇게 길을 서둘렀던 것인가? 거기까지 생각이 미치자 조령은 갑자기 진팔에게 못할 짓을 한 게 아닌가하는 생각이 일기 시작했다. 그래서 조령은 가능한 한 진팔에게 폐가 되지 않도록 가만히 서서 눈치만 살피고 있었다.

"그럴 리가 있겠습니까? 다만, 동행이 있었기에……."

진팔이 눈짓으로 동행들을 가리키자 상대는 한결 느긋한 표정으로 대꾸했다.

"진 형의 친구면 내 친구기도 한 것 아니겠나? 자, 소개나 시켜주게."

진팔의 얼굴이 무표정하기 그지없는 것을 보면 남궁 형이라는 사내와 그리 친한 사이는 아닌 모양이었다. 진팔이 아무런 말없이 가만히 서 있자 사내는 곧바로 조령에게 가볍게 포권하며 말했다.

"처음 뵙겠소. 나는 남궁세가에 적을 두고 있는 남궁길이라고 하오. 진 형의 친구는 나의 친구와 같으니 편히 대해 주시기 바라오."

조령도 마주 포권하며 인사를 갖췄다.

"조령이라고 합니다. 잘 부탁드립니다."

개도 주인을 봐 가면서 때린다고, 무림에서 미심쩍은 상대와의 통성명은 매우 중요했다. 괜히 후환을 만들 이유가 없는 것이다.

상대의 이름을 들은 후, 남궁길은 머리를 쥐어짰지만 아무리 생각해도 조령이라는 이름은 기억에 없었다. 하지만 조심해서 손해 볼 것은 없지 않은가?

"혹시 서문세가에 적을 두고 계신 혁련검(赫聯劍) 조풍(趙風) 대협을 아십니까?"

무림에 수많은 조 씨들이 있기는 했지만, 남궁길이 건드려서는 안 될 조 씨는 조풍뿐이었다. 그는 많은 사람의 존경을 받고 있는 무림의 명숙이었고, 뛰어난 무공의 소유자였다. 하지만 남궁세가를 등에 업고 있는 남궁길에게 있어 그것은 결코 장애 요인이 될 수 없었다.

문제는 남궁길이 그러하듯 조풍의 뒤에는 서문세가가 있었다. 서문세가는 현재 5대세가 중 가장 강력한 힘을 과시하고 있었다. 그런 그의 분노를 산다는 것은 아무리 남궁세가를 등에 업고 있다고 해도 위험 부담이 너무 컸다.

하지만 조령은 이런 질문을 던진 상대의 속셈까지는 눈치 채지 못하고 고개를 가로저으며 대답했다. 그녀는 상대가 혹시 혁련검과 잘 알고 있는 사이일지도 모른다고 생각했기에 실례되지 않도록 정중하게 말했다.

"저는 혁련검 대협의 존성대명(尊性大名)을 들어 보았으나, 아직 인연이 없어 직접 뵙지는 못했습니다."

오히려 그 대답이 남궁길의 마음에 든 듯 반색을 하고 대답했다.

"호오, 그렇습니까?"

약간 이죽거리듯 대답한 후, 남궁길은 더 이상 조령에게 미련이 없다는 듯 진팔에게로 시선을 돌렸다.

"이렇듯 오랜만에 만났는데 길거리에서 인사나 하고 헤어질 수야 없지 않겠는가? 마침 본가가 멀지 않으니 며칠 묵으며 담소나 나누세. 오랜만에 벗을 만났는데 대취(大醉)하지 않을 수 있겠는가?"

남궁길의 어투는 매우 은근하면서도 정겨웠지만 그것을 듣는 진팔의 안색은 더욱 차갑게 굳어졌다.

"남궁 형의 제의는 너무나 감사합니다. 하지만 저희는 지금 갈 길이 바빠서……."

하지만 진팔의 말은 더 이상 이어지지 않았다. 남궁길의 뒤편에 서 있는 무사들의 손이 장검의 손잡이가 있는 부분으로 슬그머니 다가가고 있었기 때문이다. 그것을 재빨리 눈치 챈 진팔은 억지로 미소 지으며 말을 이었다.

"하지만 이렇듯 남궁 형이 부탁하시는데 뿌리치기가 어렵군요."

남궁길은 호쾌하게 웃으며 말했다.

"허허헛! 내 그럴 줄 알았다네. 내가 아끼던 좋은 술이 있으니 밤

새 통쾌하게 마셔 보세나."
 아마도 모르는 사람이 곁에서 봤다면 친한 친구 집에 술 마시러 가는 줄 알았을 것이다.

 진팔 일행을 숙소에 안내해 준 다음 남궁길은 콧노래를 부르며 밖으로 나왔다. 그는 밖에서 대기하고 있던 무사에게 나직하게 명령했다.
 "철저하게 감시해라."
 "옛!"
 남궁길은 내당 쪽으로 들어서며 경비 무사에게 질문을 던졌다.
 "가주님께서는 어디에 계시느냐?"

흑백 무림 회색 문파

 전선에 배치된 자를 제외한 대 송제국의 고위급 장군들이 모두 정군관(征軍官)에 집합했다. 정군관의 수장인 임청(任淸) 원수가 작전 회의차 고위급 무장(武將)들에게 소집령을 내렸기 때문이다. 임청 원수는 며칠 전 추밀원(樞密院)으로부터 요를 격파하기 위한 새로운 작전을 하달받았던 것이다.
 송의 군사 편제상으로 봤을 때, 추밀원이 군부를 대표하는 최고 기관이다. 하지만 추밀원의 경우 그 구성원이 전쟁과는 무관한 문관들로 구성되어 있었다. 따라서 그들이 수립한 작전으로 전쟁을 벌이는 데는 다소 무리가 따랐다.
 그렇기에 추밀원에서 대략적인 작전을 수립하여 정군관에 보내면, 정군관에 소속된 무관들이 세부적인 작전을 수립하게 되는 것이다. 즉, 추밀원이 세우는 것이 군의 전략(戰略)이라면, 정군관은 그에 따른 전술(戰術)을 구상하게 되는 것이다.

이렇듯 국가 전체의 군을 지휘하고 통제할 권한인 통수권이 문관들의 집합체인 추밀원에 있었기에, 무관들의 집합체인 정군관은 일종의 보조 작전 기관일 뿐이었다.

20여 년 전 대요전쟁이 참패로 끝난 이유도 송의 군사 편제가 가지는 모순 때문인지도 모른다. 실전에 익숙한 장군들에게 통수권을 주지 않고, 문관들이 통수권을 쥐고 있으므로 해서 군의 효율적인 운용이 불가능에 가까웠던 것이다.

20년 전 북경(北京)을 중심으로 벌어진 요와의 대회전에서 패배한 송은 수많은 우수한 장군을 잃어야만 했다. 요 정벌을 단행했던 진길영 원수와 마롱 대장군 등 수많은 장군들이 이때 전사했다.

하지만 그런 참패를 당한 상태에서도 송이 멸망하지 않을 수 있었던 것은 워낙 땅덩어리가 컸던 이유도 있었지만, 중앙원수부의 수장이었던 이창해 원수의 공로가 컸다. 그는 패퇴하던 송군을 재편성하여 요의 진격로를 차단하는 데 성공했던 것이다. 그래서 요는 북경을 중심으로 하는 연운16주를 집어삼키는 것으로 만족해야만 했다.

그런 뛰어난 명장도 세월에는 견딜 수 없는 것이다. 이창해 원수가 물러난 후 군권을 이어받은 것이 임청 원수다. 그는 진천왕의 반란을 제압한 일등 공신이었고, 그 공로로 원수로 승진, 현재는 정군관의 수장이 되어 있었다.

"제장들을 소집한 것은 요와의 전쟁 계획 수립 때문일세."

"계획은 오래전에 세워 추밀원에 제출했지 않습니까?"

"아아, 그것 때문에 제장들을 소집한 것일세. 현재 수립된 작전은 방어적 성격으로 짜여 있지 않은가? 그런데 이번에 추밀원에서 좀 더 공격적인 계획이 내려왔기에 제장들을 소집한 것일세."

좀 더 공격적인 계획이라는 말에 장군들의 눈에 약간의 기대감이 떠오른 것을 보며 임청 원수가 말을 이었다.

"전에 제장들과 한번 토의했었던 사안이었는데, 바로 여진족을 끌어들이는 것 말일세."

"하지만 그것은 여진족의 힘이 너무나도 미약하기에 포기한 작전이 아닙니까?"

"물론일세. 하지만 지금은 정세가 많이 바뀌었다네. 대족장 아구다의 세력이 요 근래에 비약적으로 성장했다는 말이지. 바로 그를 이용하자는 것이 이번 작전의 핵심이야. 요는 현재 본국과의 국경선에 60만 대병을 집결시켜 두고 있지 않나? 하지만 속국인 금이 요에 반기를 든다면, 어쩔 수 없이 요의 황제는 후방을 튼튼히 하기 위해 금을 정벌하지 않을 수 없을 거라 이 말이지. 요가 금을 정벌하는 데 신경 쓰고 있는 그 틈을 이용해서 뒤통수를 친다면 큰 피해 없이 연운16주를 되찾는 것은 물론이고, 어쩌면 요를 멸망시킬 수도 있을 거라는 것이 추밀원이 수립한 작전의 핵심일세."

그 말에 악비(岳飛) 대장군의 안색이 굳어졌다. 그는 현재 어림군의 핵이라고 할 수 있는 북동원수부의 부원수들 중 한 명이었다. 북동원수부는 현재 요라는 가장 강력한 적을 상대하고 있었다. 그런 만큼 보유하고 있는 병력의 규모도 엄청났고, 또 가장 뛰어난 무장들이 배치되어 있었다.

악비 대장군도 그들 중의 하나였다. 훗날 정군관의 수장이 될 수 있을 거라는 기대를 받고 있는 최고의 장군들 중 한 명이었던 것이다. 그래서 그런지, 악비 대장군은 추밀원에서 문관들이 탁상공론해서 만든 작전에서 뭐가 문제인지 단번에 파악했다.

"원수, 그 작전에는 문제가 있습니다. 일단 그 작전이 성공하려면 금이 요의 공격을 어느 정도 버텨 줘야만 하지 않겠습니까? 하지만 문제는, 금의 군사력이 요와 대적할 만한 수준이 아니라는 것이지요. 요의 군사력은 강대합니다. 국경에 배치된 60만 외에도 전투에 능한 수많은 장정들이 있습니다. 그들을 소집하기만 해도 1백만이 넘는 대군을 순식간에 만들어 낼 수 있는 국력을 갖추고 있습니다. 옛날, 진길영 원수가 요 정벌에 실패한 것도 그런 요의 저력을 살피는 데 등한시한 추밀원의 결정 때문이 아닙니까? 진천왕의 반란이 아무리 위급한 일이었다고 하지만, 대요 정벌을 중단할 필요는 없었습니다. 그 때문에 요의 군대가 재편성될 수 있는 시간적 여유를 줬고, 결과적으로 참패로 연결되었습니다. 척박한 대지에서 성장한 거란족의 특성상 각 부족의 모든 장정들이 전사가 될 수 있다는 점을 유념해야만 할 것입니다."

그 말에 임청 원수는 빙긋이 미소 지으며 대답했다.

"악비 대장군, 귀관의 말도 맞네. 하지만 거란족의 생활이 예전과 많이 바뀌었다는 점 또한 감안해야 할 걸세. 과거 거란족의 장정들은 척박한 대지에서 모진 고생을 하며 커 온 악귀들이었지만, 지금은 아니란 말이지. 그들이 저 풍요로운 연운16주를 차지한 지 벌써 20여 년이 흘렀다네. 거기에다가 본국에서 해마다 20만 냥의 은에다가 30만 필의 비단을 주고 있지. 배에 기름기가 쌓이기 시작한 오랑캐 놈들이 예전처럼 강할 거라고 귀관은 생각하나?"

"죄송합니다, 원수. 그 점까지는 미처 생각하지 못했습니다."

임청 원수는 자애로운 미소를 악비 대장군에게 보낸 후, 장군들을 둘러보며 말했다.
　"금이 독립된 움직임을 보이기 시작하면 요의 황제는 정벌군을 파병할 거요. 아마도 처음에는 10만 정도가 파병될 것이라고 본관은 추측하고 있소. 사실 그 정도만 해도 금을 멸하기에 충분하니까 말이오. 하지만 요의 황제도 우리가 금을 도와줄 것까지는 예상하지 못할 것이오. 바로 그 점을 노리면 승산은 있다고 보오."
　이번에는 중앙원수부의 뇌진(牢振) 원수가 이의를 제기했다.
　"물론 본국에서 도와준다면 금은 요를 막아 낼 것입니다. 하지만 그것은 대단히 어려운 일입니다. 금이 요의 대군을 막을 수 있을 정도의 힘을 지닐 수 있도록 도우려면 막대한 군수물자를 옮길 수 있는 보급로가 우선적으로 확보되어야만 합니다. 한두 명이 싸울 것도 아닌데, 그 많은 무기와 군량을 어떻게 금에다가 지원해 준다는 말씀이십니까?"
　"물론 뇌 원수의 말도 옳다네. 본국과 금의 사이에는 요가 가로막고 있기에 육로로는 지원이 불가능하지. 하지만 해로를 이용한다면 가능하지 않겠나? 요가 요동반도를 차지하고 있긴 하지만 그들은 기본적으로 기마 민족일세. 황해의 제해권을 잡고 있는 것은 본국과 고려란 말이야. 안 그런가?"
　그 말에 뇌진 원수는 고개를 끄덕이며 질문을 던졌다.
　"그렇다면 고려를 통해서 금을 지원하자는 말씀이십니까?"
　"바로 그걸세. 금이 요의 황제가 파병한 정벌군을 격파해 버린다면, 요는 금을 완전히 끝장내 버리기 위해 사생결단을 내려고 할 것 아닌가? 그들로서는 코앞에 강대국 송이 있는데, 배후를 위험한 상태로 놔둘 수는 없을 테니 말일세. 그때를 이용해서 대대적인 공세를 펼친다면 간단히 승리할 수 있을 거라고 보네."

그제야 이해를 하겠다는 듯 고개를 끄덕이며 뇌진 원수가 말했다.

"고려를 끌어들이는 것이 가장 큰 문제겠군요."

단번에 핵심을 집어내는 뇌진 원수를 보며 임청 원수는 믿음직스럽다는 듯 고개를 끄덕였다. 그도 그 점이 가장 마음에 걸렸던 것이다.

고려는 20여 년 전, 강감찬 장군이 주축이 되어 남하해 오는 요의 대군을 격파했다. 그때, 요가 입은 타격이 너무나도 컸기에 하마터면 그것이 요의 멸망으로까지 연결될 뻔했다. 그 이후로 요는 고려를 소 닭 보듯 아예 건드릴 생각도 하지 않았다.

고려는 땅덩어리가 작아서 뺏어 봐야 남는 것도 없는 데다가, 군사력은 영토의 크기에 비해 터무니없을 정도로 강력한 편이었다. 거기에다가 가장 큰 문제는 고려의 지형이었다. 고려의 산세는 매우 험해서 평원에서의 기동전에 익숙한 거란족으로서는 공격해 들어가기가 아주 까다로웠다.

그 덕분에 고려와 요는 20여 년간이나 평화를 유지해 오고 있었다. 그런 상황인데, 고려가 사서 위험을 감수할 이유가 없었던 것이다.

"물론 뇌 원수의 말이 맞네. 하지만 그것까지 우리가 걱정할 필요는 없을 듯하군. 금을 설득하는 것이나, 고려의 황제를 설득하는 것은 다 추밀원에서 알아서 할 테니까 말일세. 하지만 일단 그 둘을 설득하는 데 성공만 한다면 일은 급작스러운 속도로 흘러가게 될 거야. 그때를 대비하여 준비는 어느 정도 해 둬야 하지 않겠나? 본관이 제장들을 소집한 것도 그 때문이라네. 자, 이제 그에 따른 세부적인 사항들을 의논해 보세나."

문주가 기거하는 내전으로 중년 사내가 다급하게 뛰어 들어왔다. 바로 이 건장한 중년인이 남궁세가의 총관이었다.
"무림맹으로부터 긴급 전서(傳書)가 도착했습니다, 문주님."
"긴급 전서라구요?"
문주는 중년인이 건넨 서신을 펼쳐서 꼼꼼히 읽기 시작했다. 원래 전서구를 통해 도착했을 때는 매우 얇고 작은 종이에 빽빽하게 암호문이 기록된 것이었다. 그것을 해독하여 서신에 적어 놓은 것이다.
"드디어 마교가 이빨을 드러내기 시작했다는 말입니까?"
남궁세가의 총관 남궁민은 가주의 사촌 형이었다. 그렇기에 자신이 가주이기는 하지만 존장의 예를 표하는 것이다.
그 말을 듣고 남궁민은 고개를 끄덕이며 대답했다.
"옥화 봉공님으로부터 전해 들은 정보라고 쓰여 있는 것을 보면 틀림없는 것 같습니다."
"큰일이로군요. 아무래도 장로회를 소집하는 것이 좋지 않겠습니까?"
남궁세가는 네 명의 장로가 있었고, 중요한 사안의 경우 그들의 승인을 얻어야만 했다. 이렇게 장로원의 입김이 강한 것은 가주가 아직 젊기 때문이었다.
남궁청은 겨우 세 살에 가주직에 올랐다. 그렇지만 어린애가 가주직을 수행할 수는 없는 노릇이 아닌가? 그런 이유로 그가 성년이 될 때까지 그의 어머니가 가주직을 대리했었다. 남궁청이 수련을 끝내고 연공실에서 나왔을 때, 그의 나이는 서른여덟이었다. 그가 완전히 가주로서의 권한을 행사하기 시작한 지 겨우 5년. 그렇기에 그는 아직까지도 장로원에 크게 의지하고 있었다.

"장로님들을 소집하실 필요까지는 없을 것 같습니다. 마교의 움직임이 확실하게 드러난 것은 없으니까요. 현 단계에서는 세가의 문인들에게, 바깥출입을 할 때 좀 더 주의하라는 당부만 하셔도 될 듯합니다."

가주는 천천히 고개를 끄덕이며 찬동을 표했다.

"그게 좋겠군요. 그리고 세력권 내에 혹시 수상한 점은 없는지 직접 좀 살펴 주세요."

"알겠습니다, 가주."

총관은 예를 마치고 밖으로 나가려고 했다. 그때, 가주는 문득 뭔가 떠올랐는지 돌아서는 총관을 급히 불러 세웠다.

"잠깐만요."

"예? 무슨 일이십니까?"

가주는 지금까지 그 문제에 대해 고심해 왔던 듯 침중한 어조로 말했다.

"길이가 데려온 그들 말씀입니다. 그들을 어떻게 처리하는 게 좋을까요?"

"글쎄요. 그건 좀 더 시간을 두고 생각하는 게 좋지 않겠습니까? 천지문은 마교와 유일하게 협정을 맺은 문파인 데다가, 그들의 세력권은 낙양입니다. 그런데 어떻게 여기서 어슬렁거릴 수 있습니까? 뭔가 꿍꿍이속이 없고서야 머나먼 이곳까지 그놈들이 흘러 들어올 이유가 없지 않겠습니까? 그 의문이 풀리지 않는 한 그놈들을 절대로 놔 줘서는 안 됩니다."

총관의 말에 가주도 고개를 끄덕이며 대답했다.

"확실히, 본가를 정탐하기 위해 온 놈들이라면 용서할 수가 없죠. 하지만 증거가 없지 않습니까?"

"마교가 움직이기 시작했다고 하니, 조금만 기다리시면 될 겁니다. 그놈들이 마교와 내통을 하고 있다면 조만간 꼬리가 밟히겠죠."

"아무리 그렇다고 해도, 마냥 잡아 둘 수는 없는 노릇이 아니겠습니까?"

"일단 며칠만 더 그들을 관찰해 본 후 결정하는 게 좋을 것 같습니다."

바로 이때 요란하게 종이 울리기 시작했다. 종소리를 듣자 그들은 경악감을 감추지 못했다. 왜냐하면 그 종은 비상시에만 울리게 되어 있는 종이었기 때문이다.

곧이어 경비 무사 한 명이 달려왔다.

"무슨 일이냐?"

"옛, 후원에 감금해 놨던 그놈들이 탈출했습니다."

"탈출했다고?"

"옛!"

"무슨 일이 있어도 잡아들여야 한다. 만약 상황이 여의치 않다면 척살해도 무방하다. 하지만 결코 증거를 남겨서는 안 된다. 알겠느냐?"

"옛!"

경비 무사가 달려간 후, 총관은 가주에게 심각한 어조로 말했다.

"아무래도 창궁18수(蒼穹十八手)를 출동시키는 것이 좋을 듯합니다."

창궁18수라면 남궁세가 내에서 네 번째로 강한 무력 단체였다. 하지만 가주가 독단적으로 움직일 수 있는 단체들 중에는 그것이 가장 강했다. 나머지는 장로원의 승인이 있어야만 움직일 수 있었다.

"흐음……."

가주는 한동안 생각하더니 중얼거렸다.

"겨우 다섯 놈을 잡아들이는 데, 창궁18수까지 동원할 필요가 있을까요?"

"물론 노파심일지도 모릅니다. 하지만 최악의 사태를 생각하지 않을 수 없습니다. 그들 중 단 한 명이라도 탈출에 성공한다면 본가의 위신은 땅바닥에 떨어지게 될 것입니다. 우리는 아직까지 그들이 마교도와 내통하고 있다는 증거를 잡지 못했다는 것을 상기하십시오."

총관의 말에 가주는 이윽고 결단을 내렸는지 총관에게 지시했다.

"좋습니다. 창궁18수의 동원을 허가하겠습니다. 기필코 그들을 모조리 잡아들이세요."

"옛, 가주님."

"헉헉헉……."

가쁘게 숨을 내쉬고 있는 진팔. 그의 옷은 여기저기 찢어져 있었고, 곳곳에 난 상처에서는 피가 흘러 옷에 배어 들고 있었다. 하지만 그의 몸 여기저기에 얼룩진 피의 대부분은 그의 것이 아니라 남궁세가 무사들의 것이었다.

마냥 남궁세가에 갇혀 있을 수 없었던 진팔은 탈출을 생각했다. 다섯 중에서 한 명만 탈출에 성공해도, 정파를 표방하고 있는 남궁세가에서는 다른 사람들을 건드릴 수 없을 것이다. 왜냐하면, 그 탈출한 한 명이 남궁세가가 사람들을 무단으로 억류했다는 사실을 퍼뜨릴 것이 분명하기 때문이다. 그래서 진팔은 혼자 탈출하려고 계획을 세웠던 것이다.

그런데 이놈의 조령이라는 계집이 문제였다. 함께 탈출하겠다고 떼를 써 댔던 것이다. 물론 조령이 탈출에 참가한다면 그녀의 부하들 또한 함께 할 것은 당연한 이치였다.

진팔이 앞장서서 길을 열고, 그 뒤를 무사 한 명이 받쳤다. 그리고 얼굴에 흉터가 있는 무사는 제일 뒤에서 따라오며 후방을 맡았다. 아무래도 그가 가장 믿을 만한 실력을 보유하고 있었기 때문이다.

진팔은 얼굴에 묻은 피를 닦으며 일행을 둘러봤다. 조령은 별로 큰 상처가 없는 듯했다. 아마도 두 무사가 철저하게 보호한 모양이다. 그에 비해서 시녀는 별로 상태가 좋지 못했다. 탈출하는 도중에 남궁세가의 무사가 던진 암기에 맞았던 것이다. 진팔은 얼굴에 흉터가 있는 무사에게 투박한 어조로 질문을 던졌다.

"상처를 치료할 줄 아시오?"

무사는 무표정한 얼굴로 고개를 가로저었다. 진팔은 시녀를 엎어 놓고 힘을 주어 등에 깊숙이 박혀 있는 암기를 끄집어냈다. 그런 다음 주머니에서 금창약 등을 꺼내어 상처를 치료하기 시작했다. 하지만 그가 알고 있는 의학 지식이라고 해 봐야 아주 간단한 것들뿐이었다.

"젠장, 내가 이럴 것 같아서 그냥 남아 있으라고 했는데……."

상처 치료를 끝낸 후, 진팔은 조령에게 고개를 돌리며 무뚝뚝한 표정으로 말했다.

"몸은 괜찮나?"

조령은 힘없이 고개를 끄덕였다.

목숨을 걸고 탈출을 감행하는 동안 그녀는 자신이 꿈꾸던 무림이라는 것의 참모습이 뭔지를 깨달았을 것이다. 이야기로 들었을 때야 낭만적이고 멋이 있었을지 모르겠지만, 그건 충분한 실력을 갖춘 자의 얘기다. 햇병아리들에게 있어서 무림은 결코 녹록한 놀이터가 될 수 없었다. 삶과 죽음이 교차하는 치열한 전장으로 다가서는 것이다.

"자, 이제 출발하자. 이 이상 지체할 수 없어. 우리들이 탈출한 이상, 그들은 우리를 억류했던 사실을 숨기기 위해 필사적으로 추격해 올 거야."

조령은 푹 숙이고 있던 고개를 번쩍 들며 따지듯 말했다.

"남궁세가라면 명문 정파가 아닌가요? 그런데 왜 그들이 이런 행동을 하는 거죠?"

"내가 말했잖아. 무림이라는 게 다 그렇다고 말이야."

"그럼, 그들이 왜 정파라고 불리는 거죠? 도대체 이해할 수가 없어요!"

진팔은 초조한 듯 주위를 둘러보며 말했다. 어디서 남궁세가의 추격자가 튀어나와도 당연한 상황이었기 때문이다.

"여기서 이럴게 아니라 빨리 출발하지. 가면서 얘기할 수도 있잖아."

그 말에 조령이 자리를 털고 일어섰다. 그러자 얼굴에 흉터가 있는 무사가 슬쩍 턱짓을 하니, 다른 무사가 시녀를 등에 업었다. 준비가 갖추어지자 그들은 다시 전력을 다해 경공술을 전개해 달려가기 시작했다.

경공술이 가장 떨어지는 것은 조령이었다. 그리고 무사, 얼굴에 흉터가 있는 무사는 그들 중에서 가장 실력이 뛰어났다.

진팔은 달려가며 조령에게 말했다.

"내가 여태껏 경험한 바에 의하면, 정파라는 것들은 대부분 겉으로는 광명정대한 척하면서도 뒤로는 나쁜 짓을 하는 놈들이더군. 특히 문파의 이익이 관계된 것이라면 무슨 짓이라도 하지."

조령은 이해가 간다는 듯 살짝 고개를 끄덕이며 질문을 던졌다.

"아아, 그럼 진 형은 사파이신 모양이죠? 정파를 별로 좋지 않게 생각하시는 것을 보면 말이에요."

그 말에 진팔은 좀 더 인상을 일그러트리며 거칠게 말을 내뱉었다. 그의 말투로 보면 뭔가 지독한 원한이라도 있는 듯했다.

"사파라는 놈들은 아예 대놓고 나쁜 짓을 하는 쓰레기들이야. 특히 그중에서 가장 질이 나쁜 놈들이 마교 놈들이구."

조령은 진팔의 출신이 아리송하지 않을 수 없었다. 정파도 욕하고, 사파도 욕한다면 과연 어디에 적을 두고 있다는 거지? 조령은 무림인들만큼 패를 나누기를 좋아하는 족속은 없다고 들었었다.

흑 아니면 백인 것이다. 그런 세계에서 회색이라는 것은 존재할 수 없었다.

한참을 달린 후, 그들은 다시금 휴식을 취했다. 그런데 아무리 주위를 신경 써서 살펴봐도 추격하는 남궁세가의 무리들이 없었다. 남궁세가에서 탈출하던 초기만 해도 수많은 남궁세가의 무사들이 벌 떼처럼 덤벼들었다. 그 와중에 탈출에 성공한 것은 진팔의 실력도 실력이었지만, 조령이 거느리고 있는 두 무사의 능력이 진팔의 예상보다 월등히 뛰어난 덕분이었다.
"휴우…, 운 좋게 따돌리는 데 성공한 것 같소. 여기서 쉬면서 몸을 추스릅시다."
진팔과 흉터가 있는 무사가 주위를 경비하는 가운데, 조령과 다른 무사는 운기조식을 취하기 시작했다. 그냥 쉬고 있는 것보다 그쪽이 훨씬 회복 속도가 빠르기 때문이었다.
한 식경쯤 흘렀을까? 거의 인기척을 내지 않으며 한 명의 남궁세가의 무사가 모습을 드러냈다. 그는 풀숲을 이리저리 살피며 흔적을 찾고 있었다. 진팔은 그가 지니고 있는 검의 수실이 붉은색이라는 것을 보자마자 시선을 재빨리 그의 옷깃으로 돌렸다. 그의 옷깃에는 독특한 문양이 수놓아져 있었다. 진팔은 무의식중에 욕지거리를 내뱉은 후 흉터가 있는 무사에게 살그머니 말했다.
"빨리 달아날 준비를 하시오. 맞서 싸울 수 있는 상대가 아니오."
조령 등이 운기조식에서 깨어나자마자 그들은 전속력으로 경공술을 전개하여 달려가기 시작했다. 그들의 뒤에서는 날카로운 장소성(長嘯聲)이 울려 퍼지고 있었다. 휘파람 소리에는 상당한 내력이 실려 있었기에 그 소리는 멀리멀리 퍼져 나갔다.

　진팔은 달리는 와중에 흉터 있는 무사에게 말했다.

　"정말 목숨을 걸어야 할지도 모르오."

　"젊던데…, 저자가 그렇게 강하오? 휘파람에 실린 내력으로 봐서 나와 비슷한 것 같은데?"

　"저자 혼자라면 문제가 없겠지만, 저들은 혼자서 움직이지 않소. 당금 무림에서 창궁18수의 공격을 당해 낼 수 있는 고수는 그리 흔치 않다오."

천지문을 잊으셨습니까

 묵향은 일단 무한(武漢) 쪽으로 방향을 잡았다. 마교로 가기 위해서는 송의 수도가 위치하고 있는 중경(中京), 그러니까 개봉을 통과하는 쪽이 도로의 여건도 좋을뿐더러 거리도 짧다. 하지만 그 쪽 길은 서주(徐州), 정주(鄭州), 낙양(洛陽) 등 대도시들이 많기에, 안 그래도 구경하기 좋아하는 아르티어스와 함께 가기에는 별로 좋은 선택이라고 볼 수 없었다.
 가장 좋은 방법은 무한까지 배로 장강을 거슬러 올라가는 것이었다. 일단 배를 타기만 하면 빠르면서도 쾌적하게 무한에 도착할 수 있었다. 그리고 아르티어스를 신경 쓸 필요도 없다는 장점도 있었다. 하지만 그놈의 뱃멀미가 묵향의 발목을 잡았다. 그 때문에 구경할 게 별로 없는 한적한 시골길을 골라서 행로를 잡게 된 것이다.

그들이 한참 길을 가고 있는데, 앞에서 병장기 부딪치는 소리가 들려오기 시작했다. 슬그머니 호기심이 인 아르티어스는 말에 박차를 가해 달려가기 시작했다. 묵향 일행이 가 보니, 그곳에는 20여 명의 검객이 세 명을 포위하여 공격하고 있었다.

 그들 중 남루한 옷을 입은 장한의 무공은 눈부신 것이었다. 그 혼자서 거의 대부분의 적을 상대하고 있을 정도였다. 하지만 상대는 천천히 그를 몰아붙이며 힘을 빼고 있었다.

 이른바 다수로서 소수의 고수를 상대할 때 가장 유효하다고 정평이 나 있는 차륜전(車輪戰)이었다. 앞에서 힘껏 싸운 자들은 뒤로 빠지고, 뒤에서 힘을 비축한 자들은 앞으로 나서서 공격하는 것이다.

 이런 식으로 장시간 공격을 당하면, 결국은 내력이 고갈되어 항복할 수밖에 없게 되는 것이다.

 "더 이상 저항하지 말고, 항복해라."

 진팔은 피에 젖은 몸을 힘겹게 추스르며 악을 썼다.

 "남궁세가의 개들아, 이러고도 네놈들이 정파임을 자부하느냐?"

 물론 이 말은 창궁18수에게 한 말이 아니라, 저쪽에서 말을 타고 다가오는 세 명에게 들으라고 한 말이었다. 행색을 보아하니 무림인 같이 보이지는 않았지만, 그들이 보고 들은 일을 저잣거리에 퍼뜨려 주기만 한다면 이 곤경에서 벗어날 가능성도 있을 듯싶었던 것이다.

 또다시 창궁18수의 연합 공격이 가해졌다. 쌍방 간에 치열한 격투가 벌어졌지만, 아무래도 창궁18수 쪽에서는 아직까지도 이들을 생포하려는 마음이 강한지 결정적인 공격을 가해 오지 않고 있었기에 쌍방 간에 균형이 이루어지고 있었다.

하지만 그 균형은 머지않아 무너졌다. 진팔의 뒤를 맡아 주고 있던 흉터 있는 무사의 오른팔이 피보라를 일으키며 잘려 나갔다. 무사는 믿어지지 않는다는 듯 멍한 시선으로 잘려 나간 자신의 손을 바라봤다. 자신의 발치에 나뒹굴고 있는 그의 손. 그 손은 아직도 묵직한 검을 꽉 쥐고 있었다.

창궁18수들 중 한 명이 돌진해 와 그 무사를 막 베려고 할 때, 진팔이 도를 집어던지며 외쳤다.

"항복하겠소."

진팔은 최후의 희망을 걸고 있는 행인들에게로 시선을 돌렸다. 그들이 지금 있었던 일을 주위에 소문만 내준다면, 남궁세가의 마수에서 풀려 나올 수 있을 것이다. 그는 세 명의 행인 하나하나에게 소망을 담아 눈길을 보냈다.

그런데 그는 말 위에 앉아서 따분한 듯 하품을 하고 있는 청년을 보자마자 온몸이 딱딱하게 굳어져 버릴 수밖에 없었다. 아무리 어렸을 때 일이라고 하지만, 어떻게 저 얼굴을 잊을 수 있단 말인가?

창궁18수 중에서 조금 더 나이가 들어 보이는, 수장인 듯한 인물이 한숨을 내쉬며 중얼거렸다. 그만큼 한계 상황에서 보여 준 진팔의 실력은 그들의 예상을 훨씬 초월하고 있었던 것이다.

"어떻게 저런 녀석이 강호에 알려지지 않았는지 모르겠군. 놈의 동행이 없었다면 잡기 힘들었을 거야……"

그는 검집에 검을 집어넣으며 수하들에게 명령했다.

"너희들은 이들을 본가로 끌고 가라."

"옛."

지시를 받은 자는 흠칫 굳은 채 묵향에게로 시선을 집중하고 있는 진팔을 거칠게 밀며 재촉했다. 방금 전까지 진팔의 엄청난 무위에 가슴 졸였던 것이 그의 화를 더욱 부채질하고 있는 모양이었다.

"이봐, 빨리빨리 걸어. 젠장! 쓸데없이 탈출을 해서 일거리를 만들고 있어."

수장의 명령은 계속되었다.

"나머지는 나와 함께 천천히 되짚어 가며 증거들을 없앤다. 단 하나라도 흔적이 남아 있어서는 안 된다."

"옛."

그들은 시체를 등에 업기도 하고, 여기저기 무공을 사용한 흔적들을 없애기도 했다. 그러는 와중에 몇 개인가 땅에 떨어져 있는 병장기를 회수하는 것 또한 잊지 않았다. 주변의 상황이 정리된 후, 수장은 창궁18수 중의 한 명을 호명했다.

"장진(張瑨)!"

"옛!"

수장은 묵향 쪽을 턱짓으로 가리킨 후 차가운 어조로 지시했다.

"결코 증거가 남아서는 안 된다."

"명심하겠습니다."

그는 묵향 일행의 앞에 선 후, 스르릉 검을 뽑으며 차갑게 말했다.

"당신들에게 죄가 없으나, 이 현장을 본 것은 재수가 없었소. 이렇게밖에 할 수 없는 나를 용서해 주시구려."

이렇게 말을 하면, 보통 사람들이라면 말을 타고 있으니 재빨리 도망치려고 할 것이 틀림없었다. 그렇지 않고, 이들의 복장을 보고 남궁세가의 인물인 것을 알고 있는 자라면 도주를 포기하고 제발 목숨만은 살려 달라고 애원하기 시작했을 것이다. 하지만 상대의 반응은 장진의 예상을 초월하고 있었다.

우선 나이든 노인이 투덜거리기 시작했다.

"젠장, 별 떨거지가 다 까부는군."

그러더니 젊은이에게 턱짓으로 자신을 쓱 가리키며 말했다.

"얘야, 처리하거라."

그 말에 젊은 쪽이 신경질적인 어조로 대꾸했다.

"뭐라구요? 아버지가 하세요."

"아냐, 네가 꼭 해야만 해."

"내가 꼭 해야만 하는 이유가 뭐예요?"

"왜냐하면 나는 그 동남동녀들의 정혈을 빨아들인다는 흡성대법이 과연 어떤 것인지 너무너무 궁금해서 미칠 지경이거든. 이 아비를 생각해서 구경 좀 시켜 주라. 나도 나중에 좀 써먹게 말이야."

그 말에 젊은 쪽이 발끈해서 대꾸했다.

"이런, 젠장! 그거 순 엉터리라고 몇 번이나 말했어요?"

이런 식으로 말다툼을 하기 시작하자, 황당해진 것은 검을 뽑아들고 서 있는 장진이었다. 처음에는 기가 막힐 지경이었지만, 조금 시간이 지나자 그의 얼굴에는 분노가 줄기줄기 뻗쳐 나오기 시작했다. 자신이 이렇듯 무시당한 적이 없었기 때문이다.

그는 싸늘한 미소를 지으며 이죽거렸다.

"더럽게 시끄러운 놈들이군. 오냐! 네놈들의 모가지가 떨어져나간 후에도 그놈의 주둥이를 나불댈 수 있는지 두고 보겠다."

그는 경쾌한 속도로 몸을 날렸다.

캉!

"허억!"

그는 도저히 믿을 수가 없었다. 그는 남궁세가에서 가장 뛰어난 후기지수들 중의 하나였다. 아무리 증거를 남기지 않기 위해 가문의 비전인 창궁무애검법(蒼穹無涯劍法)을 사용하지 않았다고 하지만, 이렇듯 무력하게 튕겨 나갈 수는 없는 노릇이었다. 거기다가 그의 애검은 흡사 강철이라도 두들긴 듯 부러져 있었다. 그가 때린 것이 상대의 병장기도 아니고 머리통이었는데 말이다.

그는 뒤로 비칠비칠 물러서며 경악한 듯 부르짖었다.

"이, 이게 뭐야?"

이 상황을 뒤에서 바라보고 있던 수장이 주위에 흩어져 있는 창궁18수들을 재빨리 불러 모았다. 저들이 주고받던 대화 중에 '흡성대법'이라는 단어가 포함되어 있었음을 그는 잊지 않고 있었던 것이다.

처음에는 청년의 대꾸로 보아 마교가 아니라고 생각했다. 하지만 젊은 나이에 저런 해괴한 사술(邪術)을 익히고 있는 것으로 보아 마교도임이 분명하지 않을까?

하지만 아무래도 상대의 모습이 수상쩍다. 방금 전에 일어난 일만 없었다면, 평범한 젊은이로 치부할 정도로, 그 어떤 무공을 익힌 기운도 느껴지지 않고 있었던 것이다.

'설마…, 반로환동(反老換童)한 마물이라는 것인가? 아니면, 사술을 이용해서 그렇게 보이도록 위장하는 것인가?'

그는 한 발자국 앞으로 나서며 질문을 던졌다. 상대의 내력을 알 수 없기에 그의 어조는 매우 조심스러웠다.

"본인은 남궁세가에 적을 두고 있는 천풍검(天風劍) 곡추(曲抽)라고 하오. 귀하의 성함을 말해 주시오."

"내 이름을 알 자격이나 있을까나?"

묵향의 삐딱하기 그지없는 반응에 곡추의 안색은 노기로 인해 붉게 달아올랐다. 하지만 그렇다고 해서 마구 성질을 부릴 만큼 만만한 대상도 아니라는 게 문제였다. 뭔가 믿는 게 있지 않고서야 저렇게 나올 수는 없을 테니 말이다.

"귀하는 마교(魔敎)에 소속되어 있소?"

그 말에 묵향은 심드렁한 어조로 대꾸했다.

"이 세상에 마교(魔敎)라는 단체가 어디 있다고, 이놈이나 저놈이나 마교라고 떠들어 대는 거지?"

"그럼 뭐요? 소속을 밝히시오."

"이 몸은 마교(魔敎)가 아니라 천마신교(天摩神敎)에 적을 두고 계신 분이시다. 어때? 불만 있냐?"

마교도들은 절대로 자신들을 칭할 때 마교(魔敎)라고 하지 않는다. 천마신교(天摩神敎)라고 칭할 뿐이었던 것이다. 그것을 보면 진짜 마교도임이 분명했다. 곡추의 안색은 눈에 띄게 창백해졌다.

단일 문파로서 가장 강력한 힘을 보유하고 있는 문파가 마교였다. 사파니 뭐니 하며 멸시하고는 있었지만, 그들의 막강한 힘은 결코 무시할 수 없었다. 더군다나 방금 전에 상대방이 쓴 괴이한 사술(邪術)까지 본 후가 아닌가?

그리고 곡추에게는 따로 할 일이 있었다. 강력한 무공을 지녔을 것으로 추정되는 마교도와 노닥거리고 있을 이유가 없었다.

"이 일대는 남궁세가의 영역임을 귀하도 잘 알 것이오. 하지만 이번만은 못 본 것으로 해 줄 테니 빨리 가시오."

곡추는 남궁세가의 체면을 슬쩍 세우면서, 상대에게 피해 갈 길을 열어 주기 위해서 타협안을 제시한 것이었다. 하지만 오히려 그것은 역효과였다.

"뭣이? 이번만은 못 본 것으로 해 주겠다고? 이런 멍청한 놈을 봤나. 제발 가 달라고 무릎 꿇고 빌어도 시원찮은데, 그따위로 말해? 그래, 못 가겠다면 어쩔 건데?"

협상은 결렬되었다.

"이런 젠장, 그렇게 나온 것을 후회하게 될 거다."

곡추는 무심결에 욕설을 내뱉은 후 수하들에게 명령했다.

"소창궁무애검진(小蒼穹無涯劍陣)을 펼쳐라."

곡추의 명령에 따라 검수들이 각자의 자리를 잡고 검진을 펼쳤다. 검진이 발동되는 순간, 눈에 보이지 않는 엄청난 압력이 느껴졌기에 마사코의 안색이 새파랗게 변했다. 그녀는 이런 식의 공격이 있다는 것을 오늘 처음 당해 봤던 것이다.

그리고 저쪽에 상처투성이가 되어 서 있는 진팔 일행도 눈을 크게 뜨고 상황을 주시하고 있었다. 그들의 몸 상태로 도망가 봐야 결과는 뻔했다. 그들로서는 저쪽에 말을 타고 있는 사람들이 창궁18수를 물리쳐 주기만을 간절히 빌 수밖에 없는 입장이었다.

아르티어스는 기대감 어린 눈빛으로 상황을 주시하고 있었다.

소창궁무애검진은 대창궁무애검진과 함께 남궁세가가 자랑하는 최고의 검진이다. 그 둘은 하나의 뿌리에 근간을 두고 있기에 비슷한 점도 많았다. 하지만 결정적인 차이는 그 자유성에 있었다.

소창궁무애검진은 소수의 강력한 고수에 의해 발동됨으로 인해, 그 공격과 수비에 있어 개인에게 훨씬 더 많은 자유를 주고 있었다. 그렇기에 그 변화의 폭이 훨씬 더 심했고, 더욱 상대하기 까다로운 진법으로 인식되고 있었다.

사방에서 압력이 가중되는 가운데에도 묵향의 안색은 태평스럽기 그지없었다. 그는 주변을 여유롭게 둘러본 후, 품속에서 동전들을 꺼냈다. 말안장에 묶어 놓은 검까지 끄집어내기는 귀찮았기 때문이다.

웬만한 고수라면 진법과 마주쳤을 때 생문(生門)과 사문(死門) 등 그 진의 특성을 집어내야만 살아남을 수 있었다. 생문은 그 진법이 지니고 있는 최대의 약점이다. 그곳을 공격해야만 진법을 깨뜨릴 수 있다. 하지만 그 반대로 멋모르고 사문을 공격한다면 진법을 펼치고 있는 자들보다 몇 곱절 강한 실력을 지닌 고수라 해도 그곳에 **뼈**를 묻어야만 했다.

하지만 그것은 일반적인 이야기였고, 묵향의 경우 그들과 실력 차이가 나도 너무 나는 상황이었다.

묵향의 손에서 동전들이 차례차례 던져지기 시작했다. 대기를 가르는 파공성조차 흘러나오지 않았다. 순식간에 남궁세가가 자랑하던 검객들이 피를 뿜으며 바닥에 길게 드러눕기 시작했다.

"이, 이게 어떻게 된 일이냐?"

여기저기서 당황한 듯한 소리가 터져 나왔다. 어떻게 되어 가는지 이유를 알아채기도 전에 다섯 명이 피를 흘리며 드러누웠으니 그럴 수밖에 없었다.

거의 10여 명의 동료가 쓰러진 후에야, 그들은 동료들을 해치고 있는 자가 누군지 눈치 챌 수 있었다. 그만큼 묵향의 공격이 은밀했던 탓이다.

이제 검진이고 뭐고 다 필요 없었다. 살려면 도망치든지, 아니면 죽기를 각오하고 돌진하는 수밖에 없었다. 곡추는 살아남은 수하들을 향해 외쳤다.

"나를 따르라!"

곡추는 최후의 발악이라도 해 보기 위해 돌격해 들어갔다.

이런 상황이 발생하자, 검수들의 행동은 양분되었다. 다섯 명이 곡추를 따라 돌진했지만, 나머지 둘은 그 명령을 무시하고 전속력으로 도망치기 시작했던 것이다.

"최악의 상황이 전개되면 간혹 배신자가 나오는 법이지. 그런데 하나는 모르겠지만 둘은 좀 많군……."

묵향의 손에서 여덟 개의 동전이 한꺼번에 날아갔다. 돌진해 들어오던 남궁세가의 검수들은 묵향의 지척에도 이르지 못하고 한꺼번에 피를 뿜으며 나뒹굴었다. 그리고 도망치던 둘의 신세 또한 그들과 별반 다를 것이 없었다.

"이게 흡성대법이야? 이게 뭐가 극악하다는 거야. 그냥 동전 몇 개 날린 것뿐이잖앗!"

기대감이 깨진 아르티어스가 괴성을 질러 대건 말건, 묵향은 무시하고 말을 천천히 몰아 앞으로 나가며 중얼거렸다.

"추정되는 나이에 비했을 때, 제법 쓸 만한 경지에 오른 녀석이야. 생긴 것도 마음에 드는군. 모름지기 무인의 모습이 저 정도는……."

진팔 일행에게 다가서던 묵향의 눈빛이 묘하게 번쩍였다. 진팔의 체내에 쌓인 공력의 근원을 읽었기 때문이다.

"태허무령심법?"

묵향은 진팔의 앞에 서서 그를 노려봤다. 진팔의 일행은 방금 전에 벌어졌던 사태에 거의 정신을 못 차리고 있었다. 그도 그럴 것이 지금껏 여기까지 쫓겨 오며 창궁18수의 능력이 어느 정도인지 뼈저릴 정도로 느껴 왔기 때문이다.

그런데 그들을 단 한순간에 전멸시키다니, 도저히 인간이라고 생각할 수가 없었다.

묵향은 잡아먹을 듯 진팔을 노려보며 으르렁거렸다. 그가 아는 한 태허무령심법은 이미 무림에서 잊혀진 심법이었다. 그리고 묵향이 그것을 가르쳐 준 사람은 극히 소수였다. 게다가 그 사람들에게 몸으로 직접 체득하도록 해 줬지, 절대로 내공의 구결 따위를 알려 준 적은 없었다.

그렇기에 그들이 누군가에게 심법을 전수해 준다는 것은 있을 수 없는 일이었다. 그런데 어떻게 이 녀석은 그것을 배웠을까? 궁금하기 짝이 없었다.

"네가 익히고 있는 심법을 누구한테 배웠지?"

아직까지도 얼이 빠져 있는 진팔이 질문에 대답할 수 있을 리 없었다. 묵향은 주먹을 꽉 쥐며 중얼거렸다.

"어~쭈. 내 말을 무시해? 이게 죽고 싶어서 환장을 했나?"

상대의 기세가 험악해지자 조령이 재빨리 진팔의 앞을 가로막으며 애원했다.

"저, 대협. 그러니까…, 그냥 말로 하시는 게 좋지 않겠습니까?

폭력은 절대로 사절입니다."

묵향은 가소롭다는 듯 조령의 아래위를 훑어보며 이죽거렸다.

"꼴을 보아하니 사절할 만도 하겠군."

묵향의 말대로 조령의 꼴 또한 말이 아니었다. 여기저기 자신의 피, 남의 피 가릴 것 없이 서로 엉겨 붙어 검붉은 얼룩을 형성하고 있었다. 흐트러진 차림새, 거기에다가 군데군데 찢어진 옷. 그녀가 방금 전까지 얼마나 막심한 고생을 했는지 간단히 짐작할 수 있었다.

"비켜라. 너 같은 꼬맹이가 끼어들 자리가 아니다."

원래 막말을 들었을 때, 상대가 어느 정도 만만한 상대라야 화가 나는 법이다. 묵향의 매서운 눈초리가 가해지자, 조령은 자신도 모르게 말 잘 듣는 멍멍이처럼 재빨리 옆으로 비켜섰다. 상대의 눈빛을 본 순간, 치가 떨릴 듯한 미지의 공포가 엄습해 왔기 때문이었다.

하지만 일단 비켜서자, 그 공포감은 흔적도 없이 사라져 버렸다. 묵향이 그녀에게 가하고 있던 압력을 거둬 버렸기 때문이다. 그 순간, 그녀는 자신이 끽 소리도 못하고 물러났다는 생각이 갑자기 들었다. 그녀는 한심스럽기 그지없는 자신의 작태에 화가 치밀어 올랐다.

하지만 그렇다고 어떻게 할 것인가? 조령은 오히려 그 분노를 진팔에게로 돌렸다.

그녀는 진팔을 툭 치면서 말했다.

"이봐요. 뭐라고 말 좀 해 봐요. 저 사람이 그렇게 겁나는 거예요? 여태까지 강호의 고수랍시고 행세를 했잖아요. 고수 값을 좀 해 보라구욧!"

 조령이 옆에서 호통을 치자, 진팔은 그제야 정신을 차렸다. 하지만 그의 공포심은 누그러들지 않았다. 그는 자신들의 앞에 서 있는 사람이 누군지 알고 있었기 때문이다. 그것도 다 자신이 천지문의 제자였기에 얻어들을 수 있는 정보였다. 바로, 마교와 유일하게 협정을 맺고 있는 천지문의.

 상대는 이미 20여 년 전에 무림 최강이라는 공포스러운 칭호를 부여받았었던 인물이다. 그런 괴물의 신경을 건드려서 득이 될 것은 단 하나도 없었다.

 "무, 무슨 일이십니까?"

 묵향은 짜증 어린 어조로 말했다.

 "몇 번을 말해야 알아듣겠나? 그 심법을 어디서, 누구에게, 어떻게 배웠느냐고 묻고 있잖아. 만약 거짓말을 할 생각이라면 포기하는 게 좋을 거다. 본좌는 거짓말하는 놈을 용서해 줄 만큼 너그러운 사람이 아니거든."

 과연 그럴 것임에 틀림없었다. 저 많은 사람들을 눈 깜짝하지 않고 죽인 것을 보면 말이다. 그것도 저들과 무슨 원수를 진 것도 아니고 말 몇 마디 마음에 안 들게 했다고 저 모양을 만든 것이다.

 과거의 경험과 현재의 경험이 교차되며, 진팔은 평생 단 한 번도 해 본 적이 없는 짓을 하고야 말았다. 왜냐하면 그 길만이 살 길이었으니까.

 진팔은 넓죽 엎드려 최대한의 경의를 표하며 정중하게 외쳤다.

 "천마신교의 지존이시여."

 그 말에 조령은 깜짝 놀랐다는 듯 진팔을 바라봤다. 여태껏 그와 함께 다니면서 대화를 할 때 이토록 극존칭을 사용하는 것을 본 적이 없었기 때문이다. 그런데 가만히 생각해 보니 '지존'이라니……. 그렇다면 저 사람이 마교의 교주라는 말인가? 조령의 시선은 급히 묵향에게로 되돌려졌다.

진팔의 말을 듣고 묵향은 깜짝 놀란 듯했지만, 곧이어 기특하다는 듯 싱글거리며 말했다.

"너, 혹시 사파냐? 어느 문파야. 허, 그것 참. 쫄따구 교육을 아주 제대로 시켰구먼. 나를 알아보다니 말이야."

"사파는 아닙니다."

묵향은 흥미로운 표정으로 물었다.

"그럼 뭐냐?"

"천지문을 잊으셨습니까?"

"엇! 천지문이라고?"

"그때 제게 그 망할 놈의 심법을 강제로 가르쳐 주셨죠. 제가 그것 때문에 무슨 꼴을 당했는지 당신은 알기나 하십니까? 왜 바라지도 않은 그런 일을 해서 저를 괴롭히시는 겁니까? 물론, 교주님 같으신 분들은 장난 삼아 돌을 던지실 수도 있을 겁니다. 하지만 그돌에 맞은 사람의 처지를 조금이라도 생각해 보신 적은 있으신 겁니까?"

말을 하다 보니 울분이 치솟아서 진팔은 마지막에는 거의 절규하듯 외쳤다. 무림에서 자신보다 강한 자에게 따져 봐야 목숨만 잃기 십상임을 그는 잘 알고 있었다. 하지만 지금껏 살아오며 당한 일이 너무도 억울했기에 잠시 이성을 잃었던 것이다. 원래 이런 식으로 말할 의도는 추호도 없었는데 말이다.

그 말을 들은 묵향의 안색은 핼쑥해졌다. 물론 그런 일이 있었다. 그런데 설마 그 꼬마가 저렇게 성장했을 줄은 상상도 못했다. 묵향은 활짝 미소 지으며 말했다.

"네가 그 꼬마였냐? 이런, 내 정신 좀 보게나. 내가 가르쳐 주고도 잊어버렸다니, 내가 잘못했다. 잘못했어."

묵향은 뒤쪽에서 흥미진진하게 구경 중인 아르티어스를 향해 외쳤다.

"아버지, 빨리 이리 와 봐요."

묵향의 말에 진팔 일행은 화들짝 놀랐다. 도대체 마교 교주가 아버지라고 부를 만한 자가 있단 말인가?

아르티어스가 마지못해 어슬렁거리며 다가오자 묵향은 다짜고짜로 말했다.

"저기 있는 저 팔 있죠? 저 녀석한테 붙여 주세요. 그리고 상처 치료도 좀 해 주고 말이에요."

아르티어스는 심드렁한 표정으로 반문했다.

"왜 내가 해 줘야 하는데?"

"아들의 부탁이니까요. 만약 들어줄 생각이 없다고 말씀하실 거라면, 호된 경험을 하시게 될지도 몰라요."

그 말에 아르티어스는 어쩔 수 없다는 듯 어슬렁어슬렁 걸어가며 투덜거렸다.

"쩝…! 팔 하나 없어도 밥 먹고 사는 데 지장은 없는데, 귀찮게스리……."

아르티어스는 심드렁한 표정으로 무사와 시녀의 시체 옆에 놓여 있는 팔을 주워 들었다.

"야, 너 이리와 봐."

손가락을 까딱거리며 아르티어스가 부르자 그의 언행을 지켜보고 있던 무사는 그야말로 똥 씹은 표정이 되었다.

무사에게 있어서 팔을 잃는다는 것은 거의 생명이 끝난 것이나 다름없었다. 그것을 치료하라고 하니까 귀찮다느니 뭐라느니 하며 이죽거리고 있으니, 무사의 성질이 팍팍 치솟을 수밖에 없었던 것이다.

그것을 지켜보고 있던 조령은 자존심이 무척이나 상한 듯 무사에게 명령했다. 사실 통째로 잘려져 나간 팔을 다시 붙인다는 것은 그녀가 생각하기에 도무지 있을 수 없는 일이었다. 그렇기에 그녀는 불구자가 된 자신의 수하를 놀리고 있다고 단정했던 것이다.

"그따위 팔 없어도 상관없잖아. 가지 마!"

하지만 무사의 생각은 달랐다. 아무리 더러워도, 치사해도, 팔을 붙일 수만 있다면 무슨 짓을 못하겠는가? 마교의 교주라면 뭔가 방법이 있을지도 모른다. 그렇게 생각했기에, 그는 지푸라기라도 잡는 심정으로 비실비실 아르티어스에게로 다가갔다.

"이 자식이! 오라면 빨랑빨랑 와야 할 거 아냐! 너, 다리까지 병신이 되고 싶어! 엉?"

아르티어스는 잘린 팔을 원래 있던 자리에 붙인 다음 주문을 외웠다. 푸르스름한 광채가 상처에서 흘러나왔다가 사라졌을 때, 무사의 눈은 화등잔만 해져 있었다. 자신의 팔이 원상태로 되돌아왔음을 알았기 때문이다.

무사는 이리저리 오른팔을 움직여 보고, 손가락을 꼼지락거려 보더니 갑자기 쓰러지듯 아르티어스를 향해 부복했다. 그는 자신의 생명과도 같은 오른팔을 되돌려 준 상대가 아닌가? 만약 자신에게 주군이 없었다면 평생 상대의 종이 되겠다는 의식까지도 치렀을 것이다. 그만큼 무인인 그에게 있어서 오른팔은 소중한 것이었다.

그 외 사람들도 놀라기는 마찬가지였다. 괴이한 사술을 익혀 잘려진 자신의 팔을 붙일 수 있는 인간이 있다는 풍문은 간혹 들어 본 적이 있었다. 하지만 남의 팔을 붙이다니…, 도대체가 전설로라도 들어 본 적이 없는 괴이한 사건이었다. 그렇기에 그들은 눈으로 보면서도 자신의 눈을 믿지 못하고 있었다.

아르티어스가 진팔의 상처를 치료해 주고 있을 때, 묵향이 슬그머니 다가와 은근슬쩍 진팔에게 말을 걸었다. 그로서는 파격적이라고 할 수밖에 없는 친절을 베푼 이유가 바로 이것을 위한 포석이었다. 묵향은 천지문에 있는 수양딸의 안부가 너무나도 궁금했던 것이다.

"진양 문주는 잘 있냐?"

진팔은 아르티어스의 행동에 경악한 상태였기에 묵향의 질문을 제대로 알아듣지 못했다. 하지만 질문한 인물이 누군가? 없는 기억이라도 짜내야 했다.

"예…? 예. 지금은 은퇴하셔서 유유자적한 생활을 즐기고 계십니다."

"호, 너무 빨리 은퇴했군. 그 망할 놈의 할망구는 아직까지도 일선에서 뛰는 모양이던데. 그래, 천지문에 별일은 없느냐?"

그래도 협정을 맺은 문파라고 신경을 조금은 써 주는군. 하지만 천지문의 문주가 바뀐 게 얼마나 오래전의 일인데, 그런 것도 모르는 것을 보면 마교는 천지문 따위에 거의 신경을 쓰지 않는 모양이라고 진팔은 생각했다.

"아직 이렇다 할 큰일은 없습니다. 앞으로 벌어질지도 모르지만요."

"하하핫, 앞으로 벌어질 일은 걱정하지 않아도 된다. 내가 있는데, 무슨 걱정이 필요하겠느냐. 그건 그렇고, 진양 문주가 키운 제자들이 몇 있다고 들었는데, 혹시 변을 당한 사람은 없냐?"

갑자기 왜 그런 것을 묻나 당황하면서도, 진팔은 아는 대로 성심껏 대답했다.

"제가 알기로는 없습니다. 그런데 대사형과 둘째 사형은 따로 문파를 세워 독립하셨기에, 그 속사정까지 알고 있지는 못합니다만…, 제가 듣기로는 잘해 나가고 계신 것으로 알고 있습니다."

"그래, 없단 말이지. 허허헛."

진팔의 말을 토대로 유추해 보면, 자신의 수양딸은 천지문에서 잘 지내고 있는 모양이었다. 그것을 확인하고는 웃음을 터뜨리던 묵향의 뇌리를 번쩍 스치는 것이 있었다. 그가 오래전 자신을 헤치기 위해 들어왔던 자객 흑월야사(黑月夜死) 전룡(全龍)에게 자신의 수양딸을 부탁했던 일이 떠올랐던 것이다. 하지만 그 임무는 3개월을 기한으로 한 것이었다.

"설마, 흑월야사(黑月夜死)가 내가 없는 동안 계속……?"

"네……?"

"아, 아니야. 너는 알 필요 없는 일이다."

수양딸이 무사하다는 소식을 듣자, 묵향은 매우 기분이 좋아졌다. 게다가 이 녀석은 딸과 같은 문파에 소속된 제자가 아닌가? 묵향은 진팔의 모습을 지긋이 바라본 후 말했다.
"그건 그렇고, 옷이 이게 뭐냐? 대 천지문의 제자가 그런 꼴을 하고 다니면 안 되지."
묵향은 품속에서 집히는 대로 전표 몇 장을 끄집어내어 진팔에게 줬다.
저 옛날, 이 인물에게 걸려 끔찍한 경험을 한 진팔이다. 그는 주는 대로 받았다. 안 받는다고 한다면 기필코 받게 만들고야 만다는 것을 경험을 통해 이미 알고 있었기 때문이다. 그런데 받고나서 보니 전표의 액수가 예상보다 훨씬 컸다.
'헉! 은자 1백 냥?'
"저…, 이건……."
"왜? 너무 적냐?"
다시 품속으로 손을 집어넣고 있는 묵향을 향해, 진팔은 손을 내저으며 다급히 말했다.
"아, 아니요. 은자 1백 냥이라니! 이건…, 너무 많습니다."
"아냐, 그따위 푼돈 가지고 신경 쓰지 말거라. 그건 그렇고, 저 소저하고는 일행인 모양이지? 소개나 시켜 주거라."
원래가 주인이 예뻐 보이면, 그가 기르는 개가 설혹 잡견이라 해도 예쁘게 보이는 법이다.
"예, 제 동료인 조령이라고 합니다. 그리고 저쪽은 그녀의 호위무사입니다. 그리고 저쪽은……."
진팔은 더 이상 소개할 수가 없었다. 나머지 인물들은 시체가 되어 싸늘하게 식어 가고 있었기 때문이다. 그때까지 신기한 듯 마교의 교주와 진팔이 주고받는 이야기를 경청하고 있던 조령은 그제야 수하들이 죽었음에 생각이 미쳤다.
 그녀는 부하들의 주검에 비틀비틀 다가가 무릎을 꿇고 앉았다. 자신이 이번 유람(遊覽)을 결심하지 않았다면, 결코 이런 꼴을 당했을 리 없는 그들이었다. 조령은 미안하다는 말을 반복하며 눈물을 떨구었다.

오해의 시작

　묵향과 진팔 일행이 자리를 뜬 후, 지금까지 죽은 듯이 누워 있던 자들이 꿈틀거리며 신음성을 흘리기 시작했다.
　천풍검 곡추 또한 수하들과 다르지 않았다. 동전이 그의 몸을 꿰뚫었을 때 엄청난 충격파가 그의 온몸을 뒤흔들었다. 게다가 호신지기(護身之氣)가 순간적으로 붕괴되며 몸 전체에 흩뿌린 충격의 여파 또한 작은 것이 아니었다. 그렇기에 그는 동전이 꿰뚫리는 순간 어마어마한 고통을 느낄 사이도 없이 기절해 버린 것이었다.
　"으으윽!"
　온몸의 뼈마디가 안 아픈 곳이 없었다. 이리저리 둘러봤지만, 곳곳에서 신음하고 있는 수하들 외에 그 어떤 인기척도 느껴지지 않았다. 그는 곧장 자신의 상처를 살펴봤다. 뭐가 몸속을 뚫고 왔다 갔는지는 모르겠지만, 깨끗한 관통상이었다. 그것도 치명적인 사혈(死穴)에서 정확히 1촌 위.

'우연인가? 아니면 인정을 베푼 것인가?'

끙끙거리며 자리에서 털고 일어선 그가 수하들의 상처를 봤을 때, 흠칫 몸이 굳을 수밖에 없었다. 똑같은 위치에 가해진 똑같은 상처. 어떻게 이럴 수가 있다는 말인가? 천풍검 곡추의 간담이 서늘해지는 순간이었다. 그 정도 고수를 상대로 못 본 것으로 해 주겠다느니, 빨리 가라느니 하며 까불었으니, 아직까지 살아 있다는 것이 기적과도 같은 상황이었던 것이다.

한참 생각을 정리하던 곡추는 고개를 주억거리며 중얼거렸다.

"참! 마교가 자랑하는 악마적인 암기, 천마구뢰(天摩九雷)라면 못할 것도 없겠지. 그렇다면, 장로급이 먼 이곳까지 왔단 말인가? 왜? 도대체 이해할 수가 없군."

마교가 자랑하는 전설적인 무기들을 마도10병(魔道十兵)이라고 부른다. 마도10병은 다양한 무기로 이루어져 있기에 그 우열을 가늠할 수는 없다. 무기도 강력한 것들이지만, 그것을 사용하는 주인들도 공포스럽기 그지없는 존재들이었다. 마교 교주와 9대 장로가 그 주인들이었기 때문이다.

이때, 장진이 비틀비틀 다가와서 보고를 올렸다.

"두 명이 죽었지만, 그 외에는 그런대로 무사합니다."

천풍검이 고개를 돌리니, 시체들은 모두 적이 있던 방향과 반대 방향을 보고 길게 누워 있었다. 최후의 돌격 때 도망치던 놈들이라는 말이었다. 그는 곧장 그곳으로 달려가 시체의 상흔을 살펴봤다.

그들의 몸에도 암기에 의해 관통된 흔적이 남아 있었다. 자신이 입은 상처보다 정확히 1촌 밑. 사혈을 관통당한 것이 그들이 죽은 원인이었다.
천풍검 곡추는 고개를 주억거리며 말했다.
"배신자들에게까지 인정을 베풀 필요는 없다는 말인가? 나는 오늘 진정한 무인을 만났구나."
그는 수하들을 향해 명령했다.
"자, 시신을 수습하고 빨리 본가로 돌아가자."
"옛."

조령은 객점에 들러 따뜻한 음식과 술을 앞에 두고 보니 마교 교주라는 작자한테 너무나도 무시당했던 것에 대해 뒤늦게 울분이 치솟는 모양이었다. 하지만 그렇다고 누구에게 분풀이를 한다는 말인가? 다시 돌아가서 그 당사자에게 하는 것이 원칙에는 맞겠지만, 사실 그런 식으로 했다가는 내일 떠오르는 해를 볼 수 있을 가능성이 전무 했다. 그렇다면 제일 만만한 상대에게 화풀이를 하는 것이 당연한 것이 아닌가.
조령은 생존 본능이 강하다는 점 말고는 아무 잘못도 없는 진팔을 향해 이죽거렸다.
"그렇게 안 봤는데, 아부하는 실력 하나만큼은 타고난 것 같더군요."
연거푸 술 몇 잔을 들이켠 후, 그다음부터는 천천히 마시고 있던 진팔이 술잔을 내려놓으며 침중한 어조로 말했다.
"자네는 그가 얼마나 무서운지 몰라서 그런 말을 하는 거야."
조령은 뾰족한 어조로 쫑알거렸다.
"나도 다 안다구요. 우리들을 그렇게도 괴롭혔던 남궁세가의 그

창궁 뭐라는 자들을 순식간에 쓰러뜨리는 것을 보면……."

그때가 생각나는지 조령은 부르르 진저리를 쳤다. 사실 교주가 목숨을 건져 주고 치료까지 해 줬으니 구명지은(救命之恩)을 입은 셈인데, 전혀 고마움이 느껴지지 않는 이유가 뭘까?

한 잔 쭉 들이켠 후, 진팔이 말했다.

"그자는 성격이 아주 이상해. 한마디로 지랄 같지."

"지랄 같다구요?"

눈을 동그랗게 뜨고 자신을 바라보는 조령을 향해 진팔은 고개를 끄덕인 후 말했다.

"자기가 하고 싶은 일은 무슨 짓을 해서라도 하고야 말지. 그때, 상대의 의견은 철저하게 무시되지. 그게 지랄 같다는 거야."

그 말에 조령은 이해가 된다는 듯 고개를 끄덕였다. 아마도 오늘 있었던 일에 대해 전혀 고마움이 느껴지지 않는 것도 그와 상관이 있는 것 같았다.

진팔은 과거 자신과 묵향의 만남에 대해 털어놨다. 그 말을 들은 조령의 눈은 점점 더 커지기 시작하더니, 이윽고 참지 못하고 말했다.

"그건 진 형에게 있어서 엄청난 복이 아닌가요? 무림인들이 말하는 기연을 만났다고 할 수 있는 거잖아요."

그 말에 진팔은 신경질을 버럭 내며 소리쳤다.

"무슨 말도 안 되는 소리. 물론 무공이 강해졌다는 것은 인정해. 하지만 그 때문에 나는 지금 본문에 돌아가지도 못하고 떠도는 신세가 됐어. 그리고 본문의 경우도 그 빌어먹을 마교와 협정을 맺은 덕분에 완전히 박쥐 신세로 전락했지. 정파에도, 사파에도 끼지 못하고 떠도는 박쥐 말이야! 알겠어?"

그 말에 조령은 언젠가 정사(正邪)에 대해 물었을 때, 진팔이 양쪽을 다 씹었던 것을 기억했다.

'맞아, 그 때문에 흑백논리가 지배하는 무림에서 회색이 존재했던 거였군.'

울분이 치솟는지 술 몇 잔을 연거푸 들이켠 후 진팔이 중얼거렸다.

"그와 만났을 때는 자신이 할 수 있는 한 최선을 다해서 아부를 하는 것이 장수에 보탬이 되지. 그리고 그가 원하는 것은 뭐든지 해 주는 것이 좋아. 안 그러면 그는 무슨 짓을 해서라도 그걸 꼭 해내고야 마니까 말이야. 사실, 그렇게 강한 고수의 말을 거역한다는 것 자체가 자기 무덤을 파는 짓이 아니겠어? 휴~, 그리고 보면 나는 정말 어렸을 때부터 이놈의 무림에서 살아남는 법을 배웠던 것이군."

진팔은 잠시 뭔가 생각을 하는 듯하더니, 조령에게 물었다.

"혹시 암흑마제라는 명호를 들어 본 적 있어?"

요 근래에 들어서야 무림에 발을 담그기 시작한 조령으로서는 알 도리가 없었다. 조령이 고개를 살래살래 가로젓는 것을 보고, 진팔은 오히려 그것이 다행이라는 듯 안도의 한숨을 내쉬었다.

"휴~, 너의 그 무지 덕분에 위기를 한차례 넘겼는지도 모르겠군."

무지라는 말에 조령이 살짝 눈초리를 치켜올리며 따졌다.

"그거 좋은 뜻으로 하는 말이에요?"

"물론, 좋은 뜻으로 하는 말이야. 그가 한참 활동하던 때의 마교는 엄청난 위세를 떨치고 있었지. 그런 만큼 마교 부교주였던 그가 활동할 일은 거의 없었어. 그러다 보니 그는 아주 굵직굵직한 일에만 모습을 드러냈지. 물론 비밀스럽게, 조용히 말이야. 그래서 그가 왕성한 활동을 하고 있을 때, 그에게는 명호가 없었어."

"그럴 수도 있겠군요. 그런데 암흑마제는 뭐예요?"

"그가 무림에서 모습을 감춘 후, 남을 씹기 좋아하는 쓰레기들이 퍼뜨린 거지. 그는 어떻게 해서 그렇게 강한 걸까? 그리고 그 지랄 같은 성격. 그와 맞대면해서 살아남은 자가 거의 없을 정도의 잔인한 손속. 이 모든 게 조합되어 만들어진 것이 암흑마제라는 명호야. 결코 좋은 뜻이 아니지. 그의 앞에서는 결코 암흑마제라는 말을 하지 마. 그냥 천마신교의 지존이나 아니면 교주님이나 뭐 그런 식의 호칭은 상관없겠지만 말이야. 어쩌면 그 한마디에 지옥을 경험할 수도 있어. 알았어?"

"알겠어요."

순순히 대답은 했지만, 그것만 가지고는 양이 안 찼는지 조령은 궁금하다는 듯 질문을 던졌다.

"그런데, 명호 하나에 그 정도 반응이 나올까요?"

"그가 암흑마제에 얽힌 무림에 떠도는 소문을 들었다면 당연히 그럴걸? 암흑마제는 그야말로 최악의 악당을 지칭하고 있으니까 말이야."

"어떤 소문인데요?"

"그가 익힌 무공이 왜 그렇게 강한지에 대한 별의별 중상모략이라고 봐야 하겠지. 채음보양부터 시작해서, 흡성대법을 통한 정혈 갈취, 수많은 시체를 이용한 시독(屍毒) 흡수, 내공에 있어 음양의 조화를 이루기 위한 각종 엽기적인 내공 흡수법, 그 소문들의 대부분이 막강한 그의 내공이 어떤 식으로 형성되었는지를 말하는 거야. 왜냐하면 그런 편법을 쓰지 않고서야, 그 젊은 나이에 그렇게도 막강한 내공을 쌓는다는 게 불가능하다고 여기는 거지."

"젊은 나이라구요? 하기야…, 젊기는 되게 젊더군요. 어쩌면 진 형보다도 더, 어? 아까 말했을 때, 진 형이 어렸을 때 그를 봤다고 하지 않았나요? 그렇다면 그의 나이는 어느 정도란 말이죠?"

"무림의 고수는 겉에 드러난 모습만 보고 판단할 수 없지. 현재 추정하기로는 1백 살 전후야. 정확한 나이는 아무도 모르지만 말이야."

"1백 살이라구요? 세상에……."

한동안 침묵이 이어졌다. 그런 침묵이 견디기 힘들었는지 조령이 다시금 말을 꺼냈다.

"그런데, 교주가 아버지라고 부르던 그 노인 말이에요. 그분이 마교의 태상교주인가요?"

"아니, 태상교주는 따로 있어. 독수마제(毒手魔帝) 한석영(韓夕英)이지. 나도 얼굴을 본 적은 없지만, 대충 어떻게 생겼는지는 소문을 통해 알고 있어. 그는 결코 태상교주는 아니었어. 일단 무엇보다 너무 늙었잖아. 그 정도 고수라면 겉모습이 아주 젊어야 정상이야. 거기에다가 독수마제의 아들은 따로 있어. 그가 부교주일 때, 교주였던 흑마대제(黑魔大帝) 한중길(韓中吉)이라는 사람이지."

"혹시 일부러 겉모습을 그렇게 꾸미고 다니는 것은 아닐까요? 한순간에 팔을 붙이는 거 봤잖아요. 무림의 고수가 아닌 이상, 어떻게 그럴 수가 있단 말이에요?"

"그럴까?"

생각해 보면 생각해 볼수록 조령의 말이 그럴듯했기에, 진팔은 고개를 끄덕거리며 중얼거렸다.

"어쩌면 그럴지도 모르겠네."

"뭣이 놓쳤다고?"

보고를 접한 가주의 안색은 보고를 듣기 전과 거의 변함이 없었다. 하지만 천풍검 곡추는 알고 있었다. 가주가 튀어나오려는 욕설을 초인적인 인내력으로 참고 있음을 말이다. 곧이어 가주의 눈가에 경련이 일기 시작하는 것이 보였다. 가주는 도저히 참을 수 없었는지 근엄한 표정을 유지한 채 천천히 일어서며 말했다.

"잠시 급한 볼일이 있어서 나갔다 오겠네."

"예, 가주님."

잠시 후, 가주의 목소리가 옆방에서 새 나왔다. 그 속에는 '병신 같은 놈'부터 시작해서 가지각색의 육두문자가 총망라되어 있었다.

가주는 열이 뻗쳐서 도저히 참기 어려울 때, 옆에 마련해 놓은 밀실을 애용했다. 밀실은 방음 시설이 매우 잘되어 있었는데도 그 안에서 얼마나 고함을 질러 댔으면 그 소리가 밖에까지 새어 나오고 있는 것이다.

태사의 옆에 서 있던 총관은 곡추를 볼 면목이 없었는지 난처한 듯한 표정으로 이리저리 실내를 둘러보며 딴청을 부리고 있었다.

가주는 매우 폭급한 성격을 지니고 있었다. 그렇다고 신경질이

오해의 시작

날 때마다 부하에게 욕설을 내뱉는다면 명문세가의 가주로서 품위가 떨어지지 않겠는가.

게다가 남궁세가의 경우 그 특성상 수하들 중에 친족이 많을 수밖에 없었다. 특히나 족보상으로 봤을 때 가주보다 항렬이 높은 가신들도 있었다. 그런 그들에게 욕설을 퍼부을 수는 없는 것이 아닌가? 그래서 생각해 낸 것이 회의실 옆에 만들어 놓은 밀실인 것이다.

잠시 후, 가주는 개운한 얼굴로 밀실에서 나와 태사의에 앉으며 곡추에게 물었다.

"왜 놓쳤나? 설마, 진팔이 녀석의 무공이 그렇게 높았나? 그렇지 않다면 진팔이 동행의 실력이?"

"물론 진팔의 능력이 상상 이상으로 높았던 것은 사실입니다. 하지만 속하가 실패할 정도까지는 아니었습니다, 가주."

"그렇다면?"

"결정적인 순간에 마교도가 나타났기 때문입니다."

가주는 이제야 이해가 가는지 고개를 끄덕이며 중얼거렸다.

"마교도? 호오, 마교도가 나타나서 그들을 구출해 갔단 말이지? 그렇다면 천지문이 마교와 모종의 밀월 관계를 형성하고 있다는 결정적인 증거가 되겠군."

"그게 아닙니다, 문주님."

"그렇다면 뭔가?"

"저…, 그게……."

잠시 망설이던 곡추는 이윽고 결심한 듯 입을 열었다. 아무리 마교도라고 하지만 그는 진정한 무인이었다. 아예 보고를 안 했으면 안 했지, 거짓을 입에 올려 사건을 왜곡할 생각은 전혀 없었다.
　곡추의 보고를 들은 가주는 아연한 표정으로 말했다.
　"그렇다면 그 마교도와 진팔이는 아무런 관계가 없었군."
　"예, 속하가 고수를 몰라본 죄입니다."
　가주는 떨떠름한 표정으로 중얼거렸다.
　"그건 그렇지만, 여기까지 마교도가 어슬렁댄다는 것이 왠지 찝찝하군. 안 그래도 무림맹에서 마교가 활동을 개시했다는 정보를 입수한 후라서 그런지 더욱 그래."
　가주는 잠시 생각을 정리하는 듯하더니 곡추를 향해 말했다.
　"수고했네. 듣고 보니 자네의 잘못은 아닐세. 누구를 보냈다고 해도, 상대가 마교도인 이상 그런 식으로 말했을 게 분명하거든. 다만 상대를 잘못 만난 것이지. 자, 빨리 가서 치료를 받고 몸을 추스르게."
　"옛!"
　곡추가 나가고 난 후 가주는 총관에게 말했다.
　"아무래도 장로회를 소집해야 할 것 같습니다."
　"속하도 그렇게 생각합니다."

　남궁세가의 밀실에서 장로회의가 은밀하게 진행되었다. 회의가 끝난 후, 남궁세가에서 가장 강력한 고수 네 명이 은밀하게 세가를 벗어났다. 그리고 수십 마리의 전서구가 사방을 향해 날아올랐다.

무영신마 장영길

 무림맹은 긴급히 장로회를 소집했다. 남궁세가에서 긴급한 결정을 요구하는 정보가 날아왔기 때문이다.
 "무량수불, 남궁세가에서 보내온 정보에 따르면 마교의 장로급 한 명이 동료 둘과 함께 무림에 나왔다고 하오."
 맹주의 말에 장로들은 웅성거리기 시작했다. 맹주는 손을 들어 좌중을 조용하게 만든 후, 말을 이었다.
 "무량수불, 그는 남궁세가가 자랑하는 창궁18수를 순식간에 제압했다고 하오. 천풍검의 증언으로 유추해 봤을 때, 아무래도 그 마교도의 무기가 천마구뢰인 듯하다는 개방(丐幇)의 보고서가 올라와 있소이다."
 "천마구뢰라구요? 천마구뢰라면 무영신마(無影身魔) 장영길(張影吉)이 교주에게 하사받은 마도10병이 아닙니까?"

이때, 허름한 옷을 입고 있는 장로가 천천히 입을 열었다. 그의 허리에는 일곱 개의 매듭이 지어져 있는 허리끈이 매어져 있었다. 개방도의 경우 바로 이 매듭의 수로 자신의 직위를 표시한다. 일곱 개의 매듭이니 장로급이다. 하지만 그들은 이런 공식적인 자리가 아니라면 매듭진 허리끈을 차는 경우가 거의 없었다. 정보로 먹고 사는 개방인 만큼, 허리끈을 차서 자신들의 정체를 노출시킬 이유가 없기 때문이다.

"본방에 보관된 자료에 따르면 그렇소이다. 물론 마교 내에서 또 다른 지각 변동이 있었다면, 그 주인이 다른 사람으로 바뀌었을 수도 있겠지요."

그러자 또 다른 장로가 입을 열었다.

"무영신마라면 마교 서열 12위로서 자성만마대를 책임지는 고수외다. 그런 엄청난 직위를 가진 장로가 겨우 동행 둘만 거느리고 무림을 활보할 리가 없소."

개방출신 장로는 그에게로 고개를 돌려 말했다.

"무영신마로 추정되는 인물이 안휘성에 나타난 것은 틀림없소이다. 하지만 본방의 지도부에서는 그게 어쩌면 함정일 수도 있다는 가능성에 관심을 기울이고 있소이다. 어쩌면, 마교는 우리가 무영신마를 잡자고 주력 고수들을 움직이기를 원하고 있는지도 모르지요."

여기까지 말한 개방 출신의 장로는 맹주에게로 시선을 돌리며 말했다.

"맹주님, 이것이 마교가 파놓은 함정일 가능성도 고려해 주시는 것이 좋을 듯합니다."

무림맹주는 잠시 생각해 보더니 입을 열었다.

"무량수불, 공수개(空手丐) 장로님의 의견 외에 또 다른 의견을 지니신 분은 없소이까?"

"이것이 함정이든 아니든, 무영신마는 반드시 척살해야만 한다고 생각합니다. 그는 마교에서 멀리 떨어진 안휘성에서 활보하고 있습니다. 그런 만큼 마교가 아무리 잔꾀를 부렸다손 치더라도 파고들 여지는 충분히 있다고 생각합니다."

"무량수불, 또 다른 의견은 없으시오?"

또 다른 장로가 자신의 의견을 발표했다.

"이렇게 하면 어떻겠습니까? 일단 본맹의 주력 고수들은 만일의 사태에 대비해서 대기하는 것이 좋을 듯합니다. 그렇다고 무영신마를 그냥 놔둘 수도 없는 노릇이니, 그 처리는 안휘성 주변의 문파들에 도움을 청하는 것이 좋지 않겠습니까?"

그 말이 끝나자마자 공수개 장로가 입을 열었다.

"그렇게 하는 것이 좋겠습니다. 무영신마와 소수의 호위만을 척살하는 데 맹의 상승고수들을 파견할 필요는 없을 겁니다. 안휘성 근방에 포진한 모든 분타의 고수들을 동원하고, 주위 문파들에 도움을 청한다면 충분히 그를 척살할 수 있을 거라고 생각됩니다. 특히, 지금 소주에는 패력검제(覇力劍帝) 대협이 내려와 있습니다. 그분을 이 일에 끌어들일 수만 있다면, 맹에서 고수를 파견할 필요조차 없을 겁니다."

그 말에 맹주는 아주 흡족한 듯 미소를 지었다. 패력검제라면 화경에 이른 고수다. 극마에도 미치지 못하는 마교의 장로 정도는 그 혼자서도 충분히 처치할 수 있을 것이 분명했다.

"무량수불, 그 의견이 가장 옳은 듯싶소이다."

맹주는 장로들을 둘러보며 힘 있는 어조로 말했다.

"각 파에 도움을 청하는 전서구를 띄우시오. 무영신마의 척살을 명하는 바이오."

총관은 옥화무제의 집무실로 들어서며 말했다. 문주가 자리를 비운 지금, 모든 중요한 문제는 태상문주인 옥화무제가 처리하고 있었기 때문이다.

"무림맹에서 재미있는 정보가 날아왔습니다."

옥화무제는 궁금하다는 듯 총관에게 질문했다.

"무슨 정보인데 그러나요?"

"옛, 이것을……."

옥화무제는 총관이 건네는 서류를 훑어본 후 놀랍다는 듯 말했다.

"사실인가요?"

"어느 정도 사실인 모양입니다. 본문에 보관 중이던 천마구뢰에 대한 자료와 천풍검의 증언이 거의 일치하고 있습니다. 무서운 정확도. 그리고 그 악마적인 살상력. 속하의 소견으로는 천마구뢰가 등장한 것이 틀림없다고 사료됩니다. 본문의 자료가 틀림없다면 천마구뢰의 주인은 무영신마가 아니겠습니까? 무영신마라면 마교 서열 12위의 절대고수입니다. 그를 없애려고 한다면 이쪽도 엄청난 피해를 각오해야 할 것입니다."

옥화무제는 감탄사를 터뜨리며 말했다.

"호오, 놀랍군요. 무영신마가 소수의 수행원만 거느리고 무림에 나오다니 말이에요. 간이 배 밖으로 나오지 않고서야……."
 잠시 생각을 정리하던 옥화무제가 총관에게 예리한 시선을 던지며 질문을 던졌다.
 "무림맹의 반응은 어떤가요?"
 "물론, 모든 수단을 총동원해서 그를 척살하기로 의견을 모은 모양입니다. 이런 기회는 흔히 오는 게 아니니까 말입니다."
 잠시 궁리를 하던 옥화무제는 고개를 끄덕이며 총관에게 지시했다.
 "좋아요. 본문의 고수들을 파견하세요. 단, 그와의 정면충돌은 안 됩니다. 멀리서 그의 동태를 파악하여 무림맹에 알려 주는 정도로만 하세요. 괜히 본문이 피를 흘릴 이유가 없으니까요."
 "현명하신 판단이십니다, 태상문주님"
 "단, 본문이 무림맹에 전폭적인 협조를 아끼지 않는다는 인상을 줘야 해요. 알겠어요? 이번 일이 잘 마무리된다면, 본문은 더욱 맹주의 신임을 얻을 수 있게 될 거예요. 게다가 이번 작전에 참가했던 모든 문파를 통해 소문까지 퍼진다면……."
 옥화무제는 슬그머니 뒷말을 흐렸지만, 그것도 못 알아들을 총관이 아니었다. 그는 음흉스런 미소를 지으며 대답했다.
 "수하들에게 철저히 주지시켜 놓겠습니다."
 총관은 예를 갖춘 후 서둘러 밖으로 나가려 했다. 그런데 갑자기 옥화무제가 그를 불러 세웠다.
 "잠깐만!"
 "예? 또 하명하실 것이 있으십니까?"
 옥화무제는 심각한 표정으로 말했다.

"그러고 보니, 한 가지 놓치고 있는 게 있군요."

무엇을 놓치고 있다는 것인가? 총관은 어리둥절해서 반문했다.

"예? 무슨 말씀이신지?"

"갑자기 무영신마가 자성만마대(紫星萬魔隊)도 거느리지 않고 마교를 벗어났다는 것이 이상하지 않나요?"

"그거야 그렇습니다만……."

"그가 왜 움직였는지, 그리고 혹시 자성만마대가 비밀리에 마교를 벗어난 것은 아닌지 철저하게 조사해 보세요. 어쩌면 무림맹의 이목을 그쪽에 집중하게 해 놓고, 뭔가 딴 노림수가 있을지도 몰라요."

"옛. 명심하겠습니다."

옥화무제의 지시를 받고 밖으로 나서며 총관은 자신을 질책했다. 어떻게 그런 간단한 것을 생각하지 못하고 있었단 말인가? 눈앞에 드러난 대어를 잡을 궁리만 했던 자신이 한심스러웠다. 그 정도 대어를 미끼로 던져 줄 정도라면, 정작 마교가 노리는 것은 더욱 큰 것일 게 뻔한 이치가 아닌가?

도대체 어떤 놈이야

중원 천지에서 가장 아름다운 도시를 꼽으라면 단연 소주(蘇州)가 그 수위를 차지한다. 태호변에 자리 잡은 소주는 도시 전체가 운하로 이루어져 있어, 아주 독특한 아름다움을 자아낸다.

소주에서도 유명한 주루인 태진루.

지금 이곳에선 강호에서 가장 뛰어난 후기지수들의 모임이라는 7룡4봉에 들어가는 젊은이 몇이 경치를 감상하며 담소를 나누고 있었다.

7룡4봉도 처음에는 세인들의 입에 오르내리는 가장 뛰어난 소수의 후기지수들을 칭하는 말이었을 것이다. 공식적인 단체도 아니었기에, 그 어떤 구속력도 없었다.

하지만 세월이 지나면서 7룡4봉도 조금씩 변모했다. 자의건 타의건 간에 하나의 단체에 소속되면 아무래도 서로 간에 조금씩이라도 유대 관계가 생기지 않을 수 없다.

　그러다 보니 '도대체 저놈은 어떤 이유로 7룡4봉에 이름이 올랐지?' 하는 마음에 서로 만나 보고 싶게 되는 것은 인지상정이다. 그러다가 친분이 깊어지면, 그 우정이 먼 훗날까지도 연결되는 경우가 허다했다. 게다가 과거 7룡4봉에 들어갔었던 선배들의 후광도 맛볼 수 있었다. 그렇다 보니 7룡4봉은 세월이 흐르면서 무림 최고의 사교 단체(私交團體)로 자리 잡고 있었다.

　대화를 주도하는 것은 7룡 중의 하나인 매화검(梅花劍) 옥대진(玉大振)이었다. 그의 증조부는 전임 무림맹주인 옥청학, 할아버지는 무림맹의 장로 옥진호였다. 그렇다보니, 강호에 거의 알려지지 않은 흥미 있는 비사들을 남들보다 더 많이 알고 있었다.

　그의 얘기에 귀를 기울이고 있는 것은 두 명의 미녀였다. 4봉에 속해 있는 그녀들은 옥대진의 인솔로 이곳 소주에 유람차 온 것이었다. 물론, 이들 중의 한 명을 꼬셔 보려는 옥대진의 음흉스런 마음도 함께 작용한 것이겠지만 말이다.

　한참 얘기를 진행하던 옥대진은 황급히 주루에 들어서는 청년을 바라보고는 중얼거렸다.

　"허참, 호랑이도 제 말 하면 나타난다고 하더니…, 저 친구가 바로 폭풍검(暴風劍) 서량(徐梁) 소협입니다."

　그와 동석하고 있던 미녀들의 시선이 그쪽으로 쏠렸다. 훤칠한 키에, 당당한 체구, 그리고 명문의 자제답게 교양이 배어 있는 절도 있는 몸놀림. 서량은 약간 쑥스러운 듯한 표정으로 포권하며 사과했다.

　"늦어서 죄송합니다."

"역시 가장 가까운 곳에 사는 사람이 제일 늦게 나타나는군. 그래, 패력검제 대협께서는 평안하신가? 자네도 먼 소주까지 내려와서 고생이 많구만."

제령문(諸令門)은 산서성에 둥지를 틀고 있었지만, 요가 침입해 오는 통에 터전을 잃고 남하했다. 그리하여 지금은 임시로 소주에 자리를 잡고 있는 상태였다. 아무래도 낯선 곳에 새로운 터전을 마련한다는 것이 쉬운 일이 아니기에 옥대진이 그런 인사를 건넨 것이다.

서량은 이미 옥대진과는 어느 정도 친분을 유지하고 있는 상황이었기에 그에게 정중히 포권하며 화답했다.

"예, 감사합니다, 형님. 물론 아버님께서는 잘 계십니다."

"이쪽은 초씨세가의 초미(礎美) 소저, 그리고 이쪽은 화산파의 능비화(凌芘花) 소저일세."

옥대진의 소개에 따라 서로 간에 인사를 교환했다. 하지만 서량은 자리에 앉지 않고 정중히 사죄했다.

"이런 귀중한 자리에 소생을 불러 주셔서 감사할 따름입니다. 하지만 소생은 지금 급한 일이 생겨서 가 봐야 합니다. 그래서 여러분께 죄송하다는 말씀을 전하려고 이렇게 달려온 것입니다."

옥대진은 혀를 차며 투덜거렸다.

"허~참, 멀리서 오신 귀한 손님들을 앞에 두고 할 말이 아니구만. 천하의 제령문에 무슨 그런 급한 일이 있다는 말인가? 무슨 일인지 말이나 좀 해 보게. 우리 모두 7룡4봉에 꼽힌 형제들이 아닌가? 급한 일이 있다면 도와야지."

제령문은 문도 수는 적지만 대단히 힘 있는 문파였다. 강호상의 그 누구도 제령문을 깔볼 수 없을 정도로 말이다. 그도 그럴 것이 지금껏 화경의 고수를 셋이나 배출한 최고의 명문이었던 것이다.

서량은 그 제안을 거절했다. 하지만 상대의 마음이 상하지 않도록 그의 말투는 아주 정중했다.

"말씀만이라도 고맙습니다. 하지만 도우실 필요는 없을 것 같습니다. 아버님께서 직접 나서실 테니까요."

"문주님께서 직접?"

그 말에 모두들 경악감을 감출 수 없었다. 그도 그럴 것이 제령문의 문주는 패력검제 서진(徐眞)이었다. 패력검제라는 명호가 말을 해 주듯 그는 화경의 고수였다. 도대체 무슨 일이 벌어졌기에 화경의 고수가 직접 움직인다는 말인가?

"도대체 무슨 일인데 그러나?"

"오늘 아침에 무림맹에서 첩지가 날아왔습니다. 마교의 장로가 남궁세가 인근에 나타났다고 합니다. 그것 때문에 지금 그를 척살하기 위해 군웅들이 몰려들고 있습니다. 아버님께서도 거기에 동참하시겠다고 하셔서……."

무림맹은 무영신마를 추살하기 위해 맹의 주력 고수들을 동원하지는 않았다. 왠지 그가 혼자 나와 있다는 것이 음모가 아닌가하는 가정도 무시할 수 없었기 때문이다. 그들은 안휘성 인근에 포진하고 있는 분타의 고수들에게만 동원령을 내렸다. 하지만 이런 식으로는 절정고수들의 수가 절대적으로 부족하게 된다. 무림맹은 그 문제를 주위 문파들에 도움을 청하는 것으로 해결했다.

물론 패력검제에게도 무림맹에서 보낸 첩지가 날아왔다. 그는 사파라면 자다가도 이빨을 갈 정도로 증오심이 대단했다. 그런 만큼 마교 장로의 목을 벨 수 있는 이런 절호의 기회를 그냥 지나칠 리가 없었다.

　서량의 얘기를 들으며 가만히 생각을 굴리던 옥대진이 서량에게 정중한 어조로 말했다.

　"그런 일이 있었는가? 그렇다면 우리도 미약하나마 힘을 보태야 할 게 아니겠는가?"

　패력검제의 그 패도적인 무공을 견식할 수 있는 절호의 기회가 생긴 것이다. 그런 기회를 놓칠 수는 없는 것이 아닌가. 또, 그와 함께 동행한다면 자신들이 검을 들 일도 없을 게 뻔했다.

　옥대진과 동행하고 있는 4봉의 경우, 무림명가의 여식들이기는 했지만, 무공이 매우 고강한 편은 아니었다. 원래가 7룡4봉의 가입 조건이 무공 수위와는 무관하다는 점도 있었기 때문이다. 그런 상황에서 엄청난 고수와 함께 동행할 수 있다는 것은 크나큰 혜택이 되는 것이다.

　옥대진의 제안에 그녀들도 이구동성으로 찬성했다. 4봉은 말이 4봉이지 행동에 많은 제약이 따랐다. 모두들 명문가의 여식들인 만큼 수행원도 없이 외출할 생각은 감히 할 수도 없을 정도였다. 그런 가운데, 이런 엄청난 사건을 직접 견식할 수 있는 기회가 생긴 것이다. 어찌 찬성하지 않겠는가?

　모두들 부탁을 하는데, 그것을 거절할 수는 없는 노릇이었다. 그렇기에 서량은 마지못해 대답했다.

　"그렇게 말씀해 주시니 사양할 도리가 없군요."

　그 말에 옥대진과 두 미녀는 환호성을 지르며 자리에서 일어섰다.

천풍검 곡추가 요양하고 있는 장소에 남궁세가의 총관이 다급히 달려 들어왔다.

"총관 어르신, 어쩐 일이십니까?"

곡추의 물음에 총관은 다급히 말했다.

"아, 자네한테 물어볼 것이 있어서 들렀네."

"예, 무슨 일이십니까?"

"자네와 싸웠다는 마인이 이자가 맞는가?"

총관이 건넨 종이에는 웬 인물의 초상화가 그려져 있었다. 곡추는 초상화를 대충 훑어본 것만으로도 알 수 있었던지 곧장 대답했다.

"이자가 아닙니다."

그 말에 총관은 기가 막힌다는 듯 대꾸했다.

"뭐라고? 좀 더 자세히 보라구. 그자가 바로 무영신마네. 마도10병 중의 하나인 천마구뢰의 주인이지. 자네는 그자가 사용한 암기가 천마구뢰일지도 모른다고 말하지 않았나?"

하지만 곡추의 대답은 단호했다. 그 마인의 얼굴은 그의 뇌리에 생생하게 박혀 있었다. 그리고 초상화의 인물은 결코 그가 아니었다.

"물론 그렇게 말씀드렸습니다. 하지만 이것만은 분명합니다. 그자는 저와 싸웠던 마인이 아닙니다."

"이런 제기랄. 그럼 어떻게 한다? 그렇지. 내가 화공을 보내 주겠네. 자네 수하들도 모두 불러들여서 초상화를 그려 보게. 그걸 무영문에 보내면 누군지 바로 알 수 있겠지."

"예, 알겠습니다."
당부를 끝낸 총관은 화공을 부르러 달려가며 투덜거렸다.
"빌어먹을. 모두들 무영신마를 잡기 위해 총력을 다하는 판국인데, 그가 아니라니……. 그럼 도대체 어떤 놈이야?"

"그런데, 너 혹시 약 먹었냐?"
아르티어스의 물음에 묵향은 짐짓 딴청을 부려 댔다.
"갑자기 그건 무슨 말씀이에요?"
"아니, 그렇지 않고서야 도저히 네가 지금 하고 있는 행동을 이해할 수가 없잖아. 미쳤다고 보기에는 눈빛이 너무 생생하고……."
"뭐가 이상하다는 거예요?"
"저 쓰레기들을 따라다닌 게 지금 며칠째냐?"
말로 만족하지 못하고, 아르티어스는 손짓으로 저 아래쪽 계곡을 가리켰다.
마사코는 아르티어스가 손짓한 방향을 뚫어지게 바라봤다. 하지만 저 먼 지평선까지 보이는 것은 아무것도 없었다. 도대체 뭘 가지고 저러는 거지? 이해할 수가 없었다.
묵향은 아무것도 아니라는 듯 대꾸했다.
"에이, 그거 때문이었어요? 그놈들이 좀 앞서 가고 있는 거지, 결코 따라가는 거 아니에요."
"헷! 며칠째 계속 이 정도 거리를 유지하고 있는데, 그게 우연이라고 우기는 거냐? 감히 나를 속이려고 들다니."
아무리 해도 아르티어스를 속일 수 없다고 느낀 묵향은 오히려 될 대로 되라는 듯 배짱 있게 나갔다.

"좋아요, 따라가고 있어요. 됐어요?"

아르티어스는 묵향이 실토하자 고개를 끄덕이며 말했다.

"이제야 실토하기 시작하는군. 그래, 왜 따라가는 거냐?"

"천지문은 본교와 아주 인연이 깊은 문파죠. 그들이 위험을 당하고 있는데, 그냥 놔둘 수는 없잖아요. 안전한 곳에 다다를 때까지만이라도 뒤를 봐 주는 게 좋지 않을까 싶어서요."

그 말에 아르티어스는 손가락질까지 하며 말했다. 그의 의문은 바로 거기에 있었기 때문이다.

"바로 그거야."

"뭐가요?"

"바로 그거라니까. 여태까지 네가 해 온 행동들을 생각해 봐라. 이게 비정상이라는 거야. 그딴 놈들 죽든지 살든지 그냥 내버려 두면 끝날 일인데, 왜 이렇게 신경을 써 주는 거야?"

물론 그렇게 할 수도 있었다. 하지만 진팔이 놈은 딸의 사제였다. 그놈이 죽으면 딸아이가 아마도 슬퍼할 게 뻔했다. 묵향은 그것이 싫었던 것이다.

"에잇, 그만 두자구요. 며칠 있으면 끝날 건데, 쓸데없이 아버지하고 싸우고 싶지 않아요. 그 얘기는 그만 두고, 식사나 하는 게 어때요?"

그 말에 단순하기 그지없는 아르티어스 어르신의 안색이 환해졌다. 이곳에서 먹은 음식이 꽤 마음에 들었던 것이다.

"저쪽에 있는 객잔이 괜찮을 듯하구나. 풍겨 나오는 냄새가 그럴 듯하거든."

아르티어스의 말에 마사코는 놀라지 않을 수 없었다. 그가 손가락으로 가리킨 객점은 일행들로부터 꽤 멀리 떨어져 있었기 때문이다. 그런데 어떻게 거기서 풍겨 나오는 냄새를 맡을 수 있단 말인가? 하긴, 가만히 생각해 보니 못할 것도 없지 않은가? 저건 사람이 아니라 황금빛 나는 괴물인데……

아르티어스가 점소이에게 주문을 하고 있을 때, 옆 탁자에 앉아 있던 장한들의 목소리가 들려왔다. 그들은 술 몇 병을 시켜 놓고 담소를 나누고 있는 중이었다.
"이보게, 봉황이 나타났다는 말 들었나?"
"아, 물론일세. 황금빛 찬란한 봉황이 나타났다고 하더군. 봉황이라면 상서로운 동물이 아닌가? 그걸 보면 이제 좀 살기가 좋아지려나……"
객잔에서 오가는 얘기를 흥미진진하게 듣고 있던 아르티어스가 묵향에게 물었다.
"도대체 봉황이라는 게 뭐냐?"
묵향은 시큰둥한 어조로 대답했다. 전설상의 영물 따위는 믿지도 않았기에.
"저도 본 적이 없어서 잘 모르겠는데요. 봉황이라는 새는 아주 좋은 일이 일어난다는 것을 상징하죠. 오색 무지갯빛을 띠고 있다고 들었는데…. 뭐, 전설에나 나오는 소리들이니까 믿거나 말거나죠. 세상이 어수선할 때가 되면 꼭 어떤 놈이 봉황을 봤다느니, 뭐 그런 식으로 헛소문을 퍼뜨린단 말이에요."
묵향의 얘기를 들은 장한이 벌떡 일어서서는 묵향이 있는 쪽으로 다가왔다. 그는 뭔가 모욕이라도 당한 듯 인상을 구기고 있었다. 그는 묵향 등이 앉아 있는 탁자를 쾅 내리치며 으르렁거렸다.
"아니, 그럼 내가 거짓말을 하고 있다는 말이냐?"
"헛소문을 유포한다고 했을 뿐이오."
장한은 커다랗게 콧김을 뿜어내더니 악을 써 댔다.
"헛소문? 이런 빌어먹을 놈을 봤나. 내가 직접 봤단 말이다. 나 말고도 수많은 사람이 봤다고 증언하는데, 감히 그것을 거짓말이라고?"
묵향도 장한에 못지않은 커다란 콧김을 거칠게 뿜어내며 말했다.
"흥. 그래, 그놈의 잘난 영물을 어디서 봤소?"
"태호(太湖) 근처에서 봤다. 저 멀리 황해 바다에서부터 날아왔으니, 그 인근에 있는 모든 사람들이 다 본 거지. 지금 소주나 항주 일대에는 봉황을 봤다는 사람이 부지기수야."
"태호? 태호라고? 으하하핫!"
묵향은 배꼽이 빠져라 웃기 시작했다. 아르티어스가 날아가는 모습을 밑에서 보면 아마도 봉황으로 보이는 모양이었다. 황금빛 봉황으로……. 사실 봉황이라는 것을 본 사람이 없으니, 아무거나 거대한 게 날아가기만 한다면 봉황으로 생각하지 않을까? 어쨌건 그의 비행하는 모습을 봉황으로 착각했다는 것이 묵향으로서는 유쾌하기 그지없었다.
"이봐, 간만에 재미있는 얘기를 했으니 내 용서해 주마. 빨리 가서 술이나 마셔."
으드드득!
장한은 이빨을 갈더니, 곧장 주먹을 날려 왔다. 하지만 묵향은 가볍게 주먹을 낚아챘다. 손목을 쥔 손에 서서히 힘을 가하자 장한의 얼굴이 점점 더 붉게 달아올랐다.
"이제 장난은 그만 치고 술이나 마시지?"
한순간 장한의 손목에 가해지던 힘이 사라졌다. 묵향이 풀어 줬기 때문이다. 장한은 떨리는 음성으로 다급히 말했다. 그의 얼굴에는 이미 짙은 공포가 어려 있었다.
"하, 하늘을 몰라 뵙고 실례를 저질렀습니다. 이, 인정을 베풀어 주셔서 감사합니다."
장한은 물러나자마자 일행과 함께 슬그머니 눈치를 보며 객점에서 도망쳐 버렸다. 괜히 무림인들을 건드렸다가 경을 칠 수 있음을 잘 알기 때문이다.
아르티어스는 묵향을 향해 장난기 어린 어조로 말했다.
"이런 너절한 놈들과 놀지 말고, 어서 봉황이나 잡으러 가자. 응? 영물이라고 하니까 뭔가 좋은 게 있을지도 모르잖아."
그 말에 묵향의 표정은 묘하게 변했다. 묵향은 아르티어스를 향해 비비꼬인 어조로 질문을 던졌다.
"호오, 저보고 드·래·곤·슬·레·이·어가 되라는 말씀이세요?"
그 말에 아르티어스는 놀랍다는 듯 대꾸했다.
"뭐? 드, 드래곤? 설마, 여기도 내 동족이 살고 있단 말이냐?"
"아뇨, 저자들이 말하는 봉황을 잡는다면…, 어쩌면 저는 부친 살해의 죄를 저지른 패륜아가 될지도 모르는데요?"
묵향의 말에 아르티어스는 그제야 일이 어떻게 된 건지 깨달았다. 그놈의 봉황이라는 것이 자신을 뜻한다는 것을 말이다.

"제, 젠장."

투덜거리는 아르티어스를 뒤로하고 묵향은 창밖을 유심히 지켜보았다. 거리에는 어쩐 일인지 거지들이 떼거리로 이동하고 있다. 물론 떼거리로 몰려다니는 것이 이상한 건 아니다. 문제는 거지들의 눈빛이 하나같이 매우 맑고 깊다는 데 있었다. 무공을 익힌 자들이다. 그렇다면 결론은 하나, 개방의 거지들이다.

"저…, 아버지."

아르티어스는 점소이가 가지고 온 오리 다리를 신나게 뜯고 있다가 대꾸했다.

"왜 그러냐?"

"잠시 화장실 좀 갔다 올게요."

그 말에 아르티어스는 신경질적으로 대답했다.

"빌어먹을! 그런 일은 그냥 슬그머니 갔다 와. 음식 맛 떨어지게 말하지 말고."

묵향은 객점 밖으로 나서며 중얼거렸다.

"거지들을 족치는 것은 오랜만이군. 역시 정보 획득에는 개방의 떨거지들을 조지는 것이 최고지, 흐흐흐흐."

묵향은 음흉스런 미소를 흘리며 어딘가로 바삐 걸어가는 개방도들을 따라갔다.

방금 전에 일어난 참상을 이야기해 주듯 현장은 비참하기 그지없었다. 세 명의 거지가 길게 뻗어 있었고, 나머지 거지들은 공포에 질린 채 부들부들 떨고 있었다. 그리고 몇몇은 오줌까지 지렸는지 아랫도리가 축축한 상태였다. 도대체 무슨 일을 당했길래?

"짜식들, 빨리빨리 털어놓을 일이지. 개기기는……."

묵향은 손을 탈탈 털면서 이죽거렸다. 개방의 하급 요원들이라서 그런지 족쳐 봐야 아는 것도 별로 없었다. 역시 느긋하게 주리를 틀려면 분타주급은 되어야 제 맛이 나는 것이다. 시간이 흐를수록 주옥과도 같은 정보가 술술 튀어나오는 게, 고문하는 재미가 쏠쏠하다고나 해야 할까?

'분타주를 찾아서 족쳐 볼까?'

그런데 가만히 생각해 보니, 이것만으로도 꽤 쓸 만한 정보를 획득한 셈이다. 묵향은 객점으로 돌아가며 품속에서 종이 한 장을 꺼냈다. 방금 전에 개방도들에게 뺏은 것이다.

"사내답게 잘생겼군. 이놈 얼굴 보는 것도 오랜만인걸?"

장인걸을 제압한 후, 그의 수하였던 무영신마 장영길을 받아들일 때가 생각났다. "자네는 어찌할 생각인가?" 하고 묵향이 질문을 던졌을 때, 장영길은 자신을 똑바로 쳐다보며 분명한 어조로 대답했다. 그의 표정에는 결코 비굴함 따위는 찾아볼 수 없었다.

"장인걸 교주를 향한 의리는 충분히 지켰다고 생각합니다. 받아만 주신다면 충성을 다하겠습니다."

대답이야 어떻든 간에, 묵향은 장영길의 사내다운 태도가 마음에 들어서 그의 목숨을 살려 줬다. 사실, 장인걸에게 충성을 맹세했던 고수들의 대부분이 그때 처형당했었던 것을 생각하면, 그에 대한 사후 처우는 파격적이기까지 했었다. 왜냐하면 묵향은 그의 능력을 높이 사서 자성만마대를 맡겼기 때문이다.

"클클클, 아마 그때 무영신마 녀석, 속으로는 식은땀깨나 흘렸을 거야. 제법 마음에 드는 놈이라서 자성만마대를 맡긴 것이었는데,

그놈이 왜 무림에 튀어나온 거지? 그것도 호위도 거의 없이."

묵향이 객잔에 돌아왔을 때, 아르티어스는 아주 만족스럽다는 표정으로 배를 쓰다듬고 있었다. 아르티어스는 이빨에 고기가 끼었는지 이쑤시개를 쑤셔 대며 말했다.
"꺼억! 이쪽 음식은 정말 마음에 드는군."
"정말이세요? 잘됐네요. 아무래도 이 근처에서 좀 더 돌아다녀야 될 것 같으니까요."

드러나는 정체

 개방은 무림맹이 진행 중인 무영신마 추살 작전을 적극 지원하고 있었다. 중원에서 손꼽히는 정보 단체 개방. 하지만 거지로 이뤄진 단체였기에 다른 문파와는 다른 독특함이 있었다.
 마을에서 조금 떨어진 허름한 관제묘(關帝廟).
 원래 삼국지의 영웅들 중 한 명인 관우 장군을 추모하기 위한 사당이었지만, 현재는 거지 떼의 본거지로 활용되고 있었다.
 관제묘는 얼마나 오랫동안 사람의 손길이 닿지 않았는지, 문짝은 떨어져 나가고 지붕의 일부는 무너져 안에까지 햇볕이 쏟아져 들어오고 있었다.
 지붕 틈으로 스며드는 따스한 봄볕을 받으며 끄덕끄덕 졸고 있던 늙은 거지는 늘어지게 하품을 한 후, 품속에 손을 넣어 벅벅 긁으며 일어섰다.

"젠장, 이놈의 이는 잡아도 잡아도 끝이 없군."

온몸을 벅벅 긁던 늙은 거지는 관제묘의 한쪽 구석으로 시선을 돌렸다. 좀 어둡기는 했지만 그곳에는 낮은 탁자가 하나 놓여 있었고, 거지 몇이 뭔가를 끄적이고 있었다. 잠시 물끄러미 그들의 모습을 바라보던 늙은 거지는 문짝 밖으로 상체를 내밀었다. 그리고는 햇볕이 잘 드는 뜰에 삼삼오오 사이좋게 모여서 이를 잡고 있는 거지들을 향해 버럭 소리쳤다.

"혹시 연락 온 것 없었냐?"

"아직 없습니다."

"젠장, 귀신이 곡을 할 노릇이로군. 도대체 어디로 숨어 버린 거지?"

이때 밖에서 거지 하나가 허겁지겁 달려 들어오며 외쳤다.

"타주님, 큰일 났습니다."

큰일이라는 말에 늙은 거지의 눈빛이 불타듯 빛났다. 과연 방금 전까지 나태하기 그지없던 늙은 거지가 맞는지 의구심이 들 정도였다.

"무슨 일이냐?"

"취풍개(醉風丐) 일행이 괴한의 습격을 받았다고 합니다!"

분타주는 고개를 갸웃하며 말했다.

"괴한의 습격을 받았다고? 그건 또 무슨 말이냐? 누가 무슨 목적으로 우리 거지를 습격했단 말이냐?"

"그놈은 갑자기 나타나서 단번에 형제들을 제압했다고 합니다."

그 말에 분타주의 눈이 휘둥그래졌다.

"그럴 수가, 취풍개라면 꽤나 무공이 뛰어난데, 어찌 그렇게 가

드러나는 정체 167

법게 제압을 당했다는 말이냐? 그리고 그를 따라간 형제들의 수가 10여 명인데…….”

"어쨌건 일순간에 제압했다는 것으로 보아 대단한 고수인 모양입니다. 그는 형제들을 붙잡고 차마 입에 올리기도 거북할 만큼 지독한 고문을 가했다고 하는데, 그 이유가 좀 이상합니다.”

"뭔데 그러느냐?”

"왜 이 근처를 얼쩡거리느냐고 했답니다. 그러면서 대답을 안 하면 자근자근 짓밟았다고…….”

도무지 짐작조차 안 간다는 듯 분타주는 고개를 갸웃거리며 말했다. 그러는 중에도 그의 손은 무의식적으로 가려운 곳을 찾아 북북 긁어 대고 있었다.

"거참 이상하군. 고문을 하려면 뭔가 이유가 있을 텐데……. 그래, 어떤 정보에 그가 가장 관심을 보였다고 하더냐?”

"예, 무영신마에 대해 가장 큰 관심을 보였다고 합니다. 형제들이 지니고 있던 그의 초상화까지 뺏어갔다고 하더군요.”

그 말에 분타주는 손바닥을 치며 탄성을 질렀다.

"옳거니. 그렇다면 놈이 원했던 정보는 처음부터 그것일 가능성이 크겠어. 나머지는 연막이겠지. 그건 그렇고, 그런 무지막지한 놈을 피해서 용하게 살아서 탈출한 형제가 있었던 모양이군.”

거지는 어리둥절한 표정으로 대꾸했다.

"예? 죽은 자는 하나도 없는뎁쇼? 몇 명이 의원에 실려 갈 만큼 엉망이 되기는 했지만, 생명에는 지장이 없답니다.”

거지의 대답에 분타주는 이해할 수 없다는 듯 되물었다.

"뭐야? 단 한 명도 죽지 않았다고? 어떻게 그럴 수가 있느냐?”

거지는 당연하다는 듯 대꾸했다.

"워낙 순식간에 제압을 당하다 보니, 사상자가 있을 수가 없었죠. 반항하며 치고받아야 누가 다치든지 죽든지 할 것 아니겠습니까? 그리고 의원에 실려 간 형제들은 정보를 누설하지 않기 위해 버티다가 그렇게 되었답니다. 그놈은 모질게 고문하며 알아낼 것은 다 알아낸 후에 홀연히 사라져 버렸다고 하더군요."

거지의 말에 분타주는 인상을 찡그리며 한동안 고민을 할 수밖에 없었다.

"요상하네. 고문을 한 후에 왜 죽이지 않았지? 보통 뒷감당이 두려워서 살인멸구(殺人滅口)를 하는 것이 정석인데 말씀이야."

이리저리 생각을 정리하던 분타주는 이윽고 뭔가 떠올랐는지 버럭 소리쳤다.

"그놈이 감히 개방을 우습게보고 그냥 살려 둔 건가? 뒷감당 따위는 겁나지도 않는다고?"

분타주는 곧이어 고개를 가로저으며 중얼거렸다.

"아니야, 그렇지 않을 수도 있어. 일부러 흔적을 남겨 우리의 이목을 혼란스럽게 하려는 것인지도 몰라. 에잇, 젠장. 도무지 짐작할 수가 없구먼."

원래 분타주는 이런 식으로 자신의 생각을 말로 내뱉는 경우가 많았기에, 거지는 분타주의 생각이 정리될 때까지 끈기 있게 기다리고 있었다.

한동안 이리저리 머리를 굴리던 분타주는 갑자기 뭔가 떠올랐다는 듯 버럭 소리쳤다.

"그러고 보니 멀쩡한 놈들은 고문당하는 게 무서워서 나불나불

드러나는 정체 169

다 실토했다는 소리 아냐? 멀쩡한 놈들 다 튀어오라고 그래! 고문이 무서운지, 내 몽둥이찜질이 무서운지 단단히 가르쳐 줘야겠다. 썩을 놈들!"

그 말에 보고를 올리던 거지의 안색이 창백하게 질려 버렸다. 분타주의 그 난폭하기 그지없는 성정을 잘 알기 때문이었다. 거지는 밖으로 나가며 중얼거렸다.

"이놈들, 그냥 고문 좀 당하고 의원에 실려 가고 말지. 분타주 성격상 반쯤 죽여 놓을 텐데, 젠장! 한동안 골병 든 놈들 뒤치다꺼리하려면 허리가 휘겠군."

남궁세가에서 협조 공문과 함께 날아온 초상화는 무영문에 소속된 하급 무사들의 손을 떠돌다가, 이윽고 총관에게로까지 올라왔다.

"무슨 일이냐?"

"남궁세가에서 보내온 초상화입니다. 그가 누구인지 빨리 파악해 달라는 것이었는데, 도무지 알아낼 방법이 없어서……."

수하의 말에 총관은 짜증 어린 어조로 대꾸했다.

"아무리 나라고 해도, 초상화 한 장만 가지고 그게 누군지 알 재주가 있다고 생각하나? 그리고 지금 그따위를 조사할 시간이 어디 있나? 마교의 장로를 척살하는 일만 해도 일손이 딸리는데……."

"남궁세가에서는 그자가 마교의 장로라고 주장하고 있습니다. 사실 그것 때문에 속하가 나름대로 조사를 해 보긴 했지만 도무지……."

총관은 신경질적으로 초상화를 뺏어 들며 말했다.

"그런 일이 있었으면 나한테 빨리빨리 가져와야 할 것 아닌가? 마교의 고수들만 조사해 보면 곧바로 알 수 있는데 말이야."

그러자 수하는 난처한 듯한 표정으로 변명을 늘어놨다.

"그게 말처럼 쉽지 않습니다. 보시면 아시겠지만 그 어떤 장로의 초상화와도 일치하지 않습니다."

"젠장, 또 새로운 고수인가? 어쨌거나 마교 놈들 워낙 보안이 철저해서, 상층부 고수들의 얼굴은 거의 알려진 게 없으니……."

총관은 투덜거리며 초상화로 시선을 돌렸다. 그리고 곧이어 초상화를 쥐고 있는 총관의 손이 부들부들 떨리기 시작했다. 그는 알고 있었던 것이다. 바로 이 인물을…….

초상화를 움켜쥔 총관은 곧장 옥화무제에게 달려갔다. 그가 얼마나 다급하게 뛰어들었는지, 옥화무제가 그의 경망스러움을 탓할 정도였다. 하지만 총관의 얘기를 듣자 그녀도 깜짝 놀라고 말았다.

"뭣이라고?"

옥화무제는 총관의 손에 들린 초상화를 뺏듯이 잡아들었다. 그런 다음 종이를 쫙 펴니 드러나는 얼굴.

세부 묘사에서 약간의 차이가 있는 듯했지만, 전체적인 모습은 틀림이 없었다. 옥화무제의 손이 미세하게 떨리는 것을 보며, 총관은 조심스럽게 입을 열었다.

"어떻게 하는 게 좋겠습니까? 이 일을 당장 남궁세가와 무림맹에 통보하는 것이 좋지 않겠습니까?"

옥화무제는 편두통이라도 시작되는지 이마에 손을 짚으며 말했다.

"자, 잠시만요. 그렇게 쉽게 생각할 일이 아니에요."

말을 마친 옥화무제는 마음이 심란한지 실내를 서성거리기 시작했다. 하지만 노회한 그녀였기에 곧 마음을 추스르고 생각을 정리하기 시작했다.

왜 이 인물이 여기서 갑자기 튀어나왔다는 말인가? 여태껏 20여 년이 흐르는 동안, 그는 너무나도 조용하게 지냈다. 그게 오히려 그녀를 더욱 불안하게 만들곤 했었다. 그가 그렇게 조용히 있을 이유가 없었기 때문이다.

그가 무림에 20여 년 동안 그 모습을 보이지 않자 강호에는 죽었을 거라는 둥, 생사경을 깨닫기 위해 무공수련을 한다는 둥 구구한 억측이 나돌았다.

어쩌면 그녀도 그런 식으로 편하게 생각하는 것이 정신 건강상 더욱 이로웠을지도 모른다. 그렇지만 그녀는 마교 교주가 새로이 선택되지 않았다는 사실을 간과할 수는 없었다.

그는 죽지 않았다. 그렇다면 이 기다림의 세월은 무엇을 위한 것일까?

"왜, 이제야 출도하는 것인가? 그동안 도대체 뭘 하고 있었다는 말인가? 설마, 생사경의 벽을 깬 것은 아니겠지?"

자신의 생각이 너무 터무니없다고 생각했는지, 옥화무제는 고개를 세차게 흔들며 중얼거렸다.

"말도 안 돼. 생사경이라는 것 자체가 호사가들이 만든 헛소리야. 절대로 그럴 리가 없지."

옥화무제는 갑자기 총관에게로 시선을 돌리며 차가운 어조로 지시했다.

"당분간 이 사실은 총관 혼자만 알고 있으세요."

총관은 어리둥절한 표정으로 물었다.

"예? 그건 어쩐 연유에서 그러시는 것인지 이해하기가……."

"어쩌면 그가 가짜일 가능성도 배제할 수 없어요. 그리고 만약 그가 진짜라 할지라도 이번 기회에 그의 실력을 볼 수 있는 절호의 기회가 되지 않겠어요?"

총관은 당황스러운 듯 대꾸했다.

"하, 하지만 그렇게 했다가 잘못되면 정파는 회복할 수 없을 정도의 타격을 받을 수도 있습니다. 상대는 탈마의 고수입니다. 겨우 마교의 장로급을 처치하기 위해 동원한 무림맹의 고수들로는 상대도 안 될 겁니다."

옥화무제는 그렇지는 않다는 듯 고개를 가로저으며 말했다.

"과거에도 그는 그렇게 대량 학살을 저지르며 다니던 사람은 아니었어요. 특별한 이유가 없는 한, 그의 행동은 정당했죠. 그걸 믿는 거예요. 가짜라면 천라지망에서 살아나올 수 없을 것이고, 진짜라면 무분별한 살행을 저지르지는 않을 테니까요."

총관은 감탄스럽다는 듯 말했다. 사실 어떻게 되더라도 무영문에는 피해가 없지 않은가. 무림맹으로서는 막대한 피해를 입을지도 모르겠지만 그렇게 되면 오히려 아무 피해도 입지 않은 무영문의 입지는 무림맹 내에서 더욱 커지게 될 것이다. 더군다나 이번 기회에 마교에 대한 정보를 조금이라도 더 얻을 수 있으니 금상첨화라고 총관은 생각한 것이다.

"오, 그렇게 깊으신 뜻이 있으셨다니……."

하지만 옥화무제가 총관에게 말하지 않은 가능성이 하나 있었다.

20여 년이라는 세월이 흐르는 동안 묵향의 성격이 혹 변하지 않았는가하는 점이었다. 일부 고수들 중에서 폐관수련 중에 인간성이 완전히 바뀌는 경우가 간혹 있었다.
  정종무공을 익힌 정파의 고수들 중에도 간혹 그런 경우가 발생하는데, 패도적인 마공을 익힌 마교의 경우는 더 말할 나위가 없지 않겠는가. 만에 하나 만약 그가 잔혹한 성격으로 바뀌었다면 아마도 무림은 피에 잠기게 될 것이 뻔했다. 그는 충분히 그럴 능력과 세력이 있었다.
  생각하는 것만으로도 질리는지 가만히 고개를 흔들던 옥화무제는 총관을 바라보며 나직한 음성으로 지시했다.
  "아무래도 내가 안휘성분타로 직접 가 보는 것이 좋겠군요. 여기서 보고를 듣고 판단하기에는 사안이 너무 중요하니까요."
  확실히 시시각각 변해 가는 상황에 빠르게 대처하려면 안휘성분타와 총단과의 거리는 너무도 큰 방해 요소였다. 그렇기에 총관은 고개를 살짝 끄덕이며 말했다.
  "예, 그런데 호위는 어느 정도 규모로 하는 것이 좋겠습니까?"
  잠시 궁리하던 옥화무제는 마음을 정했는지 총관에게 입을 열었다.
  "그와 싸울 게 아니니 호위는 필요 없고, 가만있자…, 부문주는 어디 있죠?"
  "아마 집무실에 있을 겁니다."
  "좋아요. 모든 업무를 중단하고 지금 당장 이쪽으로 오라고 전해 주세요."
  "옛, 그럼 속하는 물러가겠습니다."

무림고수 안휘성 집결

"사형과 함께 왔으면 좋았을 것을……."

말을 타고 앞서 나가던 패력검제가 중얼거리자, 그의 아들인 폭풍검 서량이 의아한 듯 질문을 던졌다.

"마교의 장로기는 하지만, 수행원도 몇 없다고 하는데 사숙의 힘을 빌릴 필요는 없지 않을까요?"

"물론 그렇기는 하지. 하지만 나중에 이 일을 아시게 되면 부리나케 달려오셔서 노화를 터뜨리시지 않겠느냐? 그래서 출발하기 전에 사형께 연락을 넣어 두기는 했다. 하지만 긴급을 요하는 일이라 그렇게만 처리해 놓고 바로 출발한 것이다. 사형이 오시기를 기다리고 앉아 있다가, 오랜만에 나온 먹음직한 놈을 남에게 뺏길 수는 없는 노릇 아니냐."

말을 마친 패력검제의 눈은 이글이글 타오르고 있었다.

패력검제는 중년의 호위 무사 둘을 대동한 채 아들과 함께 앞서 나갔고, 그 뒤로 멀찍이 떨어져서 7룡4봉의 젊은이들이 따랐다. 아직 햇병아리들인 그들이 함께 말을 달리기에는 패력검제의 위상이 너무나도 높았던 까닭이다.
　화경의 고수와 함께 길을 간다는 것이 그들을 들뜨게 하고 있었다. 화경의 고수와 같이 있다는 것만으로도 어깨가 으쓱거려지기도 했지만, 화경은 무예를 익히는 자가 추구하는 궁극적인 목표가 아닌가. 가장 존경하는 사람과 함께 길을 간다는 것은 너무나도 가슴 설레는 일이었다. 그리고 그런 사람이 내뱉는 말에 신경이 쓰이지 않을 리도 없었다. 그렇기에 그들은 적당한 거리를 유지하고 따라가며 앞에서 오가는 얘기에 온 신경을 집중하여 귀를 기울이고 있는 중이었다.
　문득 초미가 옆을 바라보며 살포시 입을 열었다.
　"제령문주님의 사형이 누구시지요?"
　그러자 옥대진은 자신이 무림의 정세에 해박하다는 사실을 과시하려는 듯 교묘하게 화제를 그쪽으로 돌렸다.
　"아, 초 소저께서는 강호에 대해 잘 모르시는 모양이군요. 그분은 고혼일검(孤魂一劍) 여민(呂敏) 대협이시죠."
　고혼일검은 대단히 유명한 검객이었다. 그는 병사했다고 알려진 뇌전검황(雷電劍皇)의 마지막 남은 후손이다. 그렇기에 모두들 그가 문주직을 이어받을 것으로 예상했었다. 하지만 그는 문주직을 그의 사제인 서진에게 양보했다.
　그것 때문에 세간에서는 제령문에서 뇌전검황과 상당수의 고수가 사망한 원인이 돌림병이 아닌 뭔가 다른 이유일 것이라는 소문이 퍼지기 시작했다. 하지만 무슨 이유에선지 제령문은 돌림병 탓이라고만 할 뿐, 입을 꽉 다물고 있으니 알아낼 방법이 없었다.

어찌 되었건, 문주직을 양보하고 문을 나온 여민의 행적은 괴이하기 그지없었다. 강호를 떠돌며 마치 철천지원수라도 되는 양 사파의 씨를 말리기 시작한 것이다. 그것을 보고 강호에서는 제령문에서 일어난 일이 혹시 사파하고 관련이 있는 것이 아닌가하는 소문이 잠시 떠돌기도 했었다. 하지만 사파의 손에 변을 당했다고 하기에는 뇌전검황의 명성이 너무나도 높았기에 그 소문은 곧 사그라들었다.

여민은 아주 뛰어난 검술을 지닌 절정고수였기에, 모두들 대협이라고 칭하고 있었다. 하지만 그가 사파 인물들에게 가하는 손속이 너무나도 잔인했기에, 정파에 적을 둔 무인들조차 그를 멀리하고 있었다. 대협이라고 하기에는 지나치게 혈향(血香)이 짙은 인물이었던 것이다.

그 말에 초미는 놀랍다는 듯 물었다. 사실, 그런 혈귀와 제령문주가 동문이라는 것이 믿어지지 않았던 것이다.

"어머, 그분이 제령문주님의 사형이셨어요?"

"잠시만요."

옥대진은 슬그머니 말고삐를 잡아당겨 앞쪽과의 거리를 한층 늘려 잡았다. 그러자 그녀들도 곧 뭔가를 눈치 챈 듯 그에 맞추어 슬그머니 뒤로 처졌다. 옥대진은 앞쪽의 눈치를 슬금슬금 살피며 속삭이기 시작했다.

"오래전 제령문에 돌림병이 돌아 많은 고수가 죽었다는 소문 들어 보셨습니까?"

그 소문을 들어 본 적이 있는지 능비화가 끼어들었다.

"예, 들어 본 적이 있어요. 그때 문주이셨던 뇌전검황 선배님을 비롯한 많은 제령문의 고수가 돌아가셨다고 하더군요."

"그런데 말이죠. 제가 들은 소문으로는 그게 돌림병이 아니라 마교와 관련이 있다는 겁니다. 마교가 쳐들어와서 그토록 많은 피해를 입었다는 것이죠. 지금도 제령문의 모든 식솔들이 사파나 마교라는 얘기만 나와도 이를 갈 정도로 그들을 증오하는 것을 보면, 아무래도 그게 소문만은 아닌 모양이더군요."

"그런 소문도 있었단 말인가요?"

"예, 대신 제령문 쪽에서도 말 못 할 사정이 있는 듯하니, 그걸 비밀에 붙인 것이겠지요."

이때, 멀리서 장소성이 들려왔다. 상당한 내공이 실린 휘파람 소리가 아련히 들려오자, 모두들 그쪽으로 황급히 시선을 돌렸다. 누군가가 엄청난 속도로 경공을 전개하며 접근해 오고 있었다. 그는 자신이 접근하고 있다는 것을 상대에게 알리기 위해 일부러 장소성을 낸 것이다. 그것을 보면 적대적인 목적으로 접근하는 것은 아닌 듯했다.

상대가 가까이 접근해 오자, 초미의 안색이 확 일그러졌다. 접근해 오는 사람이 누군지 알아봤기 때문이었다.

장소성을 날리며 다가온 자는 패력검제 일행과 거리가 좁혀지자 급격히 속도를 줄였다. 그런 다음 패력검제를 향해 정중하게 포권하며 인사를 건넸다.

"안녕하십니까? 패력검제 대협."

그러자 패력검제는 마주 포권하며 환하게 웃었다.

"오, 어서 오십시오, 일진검(一鎭劍) 대협."

그 말을 듣자 패력검제와 동행하고 있던 모든 사람들이 일진검 초우(礎雨)에게 인사를 건넸다. 그는 젊었을 때 강호행을 하며 가문을 숨기기 위해 검을 이용했다. 그 때문에 도(刀)로서 유명한 초씨세가의 가주 명호가 일진검이 되어 버렸던 것이다. 하지만 오늘 그는 명호와는 달리 거대한 도를 등에 지고 있었다.

모두들 인사를 나눈 후, 패력검제가 초우에게 질문을 던졌다.

"그런데, 어디를 그렇게 급히 가시는 길이십니까?"

"예, 그게 제 여식을 만나려고 말입니다."

그 말에 패력검제의 시선이 초미에게로 돌려졌다. 그녀의 아버지가 급히 따라온 이유야 뻔한 것 아니겠는가? 그녀는 울상을 해가지고 초우에게 말했다.

"아빠, 제발……."

초우는 그녀의 주위를 둘러봤다. 척 보아도 출중한 기량을 지니고 있는 듯한 젊은이가 둘씩이나 보였다.

그들을 보자 가출한 딸을 데리러 온 초우의 마음은 흔들릴 수밖에 없었다. 아무래도 결혼할 나이에 다다른 딸을 가진 부모의 심정은 똑같을 것이다. 파락호 같은 놈팡이 놈들하고 어울려 다니는 것도 아니고, 명문의 자제들하고 어울리겠다는데 반대할 이유가 없지 않겠는가? 더군다나 믿음직스럽기 그지없는 패력검제마저 곁에 있으니 더욱 마음이 놓이는 초우였다.

'딸아이의 강호 초출 기회로 이보다 더 좋을 수는 없겠군.'

초우는 딸아이를 손짓해서 불러 한쪽 구석으로 데리고 간 후, 음흉스런 표정을 지으며 전음으로 말했다.

〈혹시 저 중에서 마음에 드는 녀석이 있는 게냐?〉

그 말에 초미는 발끈해서 큰 소리로 대꾸했다.

"아니, 아빠는 저를 뭐로 보고 그런 말씀을 하시는 거예요? 저는 패력검제 대협께서 마두의 목을 베는 것을 구경하고 싶었을 뿐이라구요."

초우는 저쪽에 서 있는 패력검제 일행을 힐끔거리며 목소리를 낮추어 딸에게 말했다.

"그, 그러냐? 어흠…, 좋다. 나도 함께 가기로 하지. 대신 자유시간은 충분히 줄 테니까 저 둘 중에서 하나를 선택해 봐라. 둘 다 뛰어난 녀석이기는 하지만, 아비인 내 의견을 물어본다면 나는 기생오라비처럼 생긴 왼쪽보다는 오른쪽에 서 있는 녀석을 적극 추천해 주고 싶다."

그러면서 초우가 지목한 것은 폭풍검 서량이었다. 초미는 얼굴을 붉히며 신경질적으로 외쳤다.

"아빳!"

하지만 초미는 그 말이 싫지만은 않은지 서량을 살짝 훔쳐보았다.

"안녕하신가, 흑풍대주."

뜻밖에 모습을 드러낸 홍진을 보자 관지는 반갑게 인사하며 반겼다.

"예, 안녕하셨습니까? 그런데, 어찌 이곳까지 오셨습니까? 사람을 보내셨으면 제가 찾아뵈었을 텐데 말입니다."

"근처에 온 김에 자네 생각이 나서 잠시 들렀네."

"차라도 한잔 드시겠습니까?"

홍진은 혹시 엿듣는 자가 있는지 주의 깊게 주위를 살펴본 후 낮은 소리로 말했다.

"실은, 뭔가 좀 아리송한 정보가 입수되어 그대와 상의 좀 할까 해서 일부러 찾아왔네. 괜히 내가 자네를 호출하면 천리독행 부교주 쪽에서 긴장할지도 모르니까 말이야."

그 말에 관지는 좀 의아하다는 듯 물었다.

"무슨 정보인데 그러십니까?"

"확실한 내막은 알 수 없지만, 현재 무림맹의 고수들이 안휘성에 집결하고 있다는 수하들의 보고서가 올라오고 있네."

마교 내의 가장 강력한 첩보 조직인 비마대(秘魔隊)의 수장인 홍진이 하는 말이니 틀림없을 것이 분명했다. 하지만 관지는 아무리 생각해도 이해할 수가 없었다. 안휘성에 고수들을 파견해서 뭘 한다는 말인가?

"안휘성에 무슨 일이라도 있습니까?"

"그 정도로 많은 고수를 파견할 만한 일은 보고받은 바가 없네. 그래서 내가 그대를 찾은 것이지. 혹시 요즘 들어 천리독행 쪽의 동태에 뭔가 수상한 점은 안 보이던가?"

물론 홍진도 첩보망을 이용해 철영 부교주를 감시하고 있었지만, 수하들에게서 이렇다 할 보고가 올라온 것은 없었다. 그래서 그는 관지를 찾아온 것이다. 관지도 독자적인 첩보망을 이용해서 철영의 세력을 감시하는 중이었기에, 혹시 그쪽에서 알아낸 것이 있을까하는 기대감을 가지고 말이다.

"예? 전에 말씀드린 그것 외에는 별로 수상한 점이 포착된 것은 없습니다만…….."

잠시 궁리해 보던 홍진이 중얼거렸다.

"청해성과 사천성에 비밀 분타를 몇 개 슬그머니 만든 것은 나도 포착했는데……. 설마, 안휘성에까지 뭔가를 만들었다는 말인가? 아무래도 수하들에게 그 방향으로도 조사를 진행하라고 지시해야겠군. 그건 그렇고, 같은 식구들끼리 서로 감시해야 하다니, 참으로 어처구니가 없구먼. 어쩌다 마교가 이렇게까지 됐는지……."

이때, 관지가 갑자기 검을 번개처럼 뽑아 들었다. 천장 위에서 미세한 인기척을 발견한 것이다. 그가 막 손을 쓰려는 찰나, 홍진이 다급히 제지했다.

"아닐세. 내 수하네."

뭔가 서로 간에 전음이 오고 가는 모양이었다. 한동안 말이 없던 홍진이 관지를 향해 입을 열었다.

"새로운 정보가 도착했네. 우려와는 달리 천리독행 쪽의 소행은 아닌 모양일세."

"그럼?"

"아마 사파 쪽에서 말썽꾼이 하나 튀어나온 모양이야. 그자를 척살하기 위해 무림맹의 고수들이 움직이는 것이라는군. 우리로서는 한시름 놓은 셈이지."

그 말에 관지는 잠시 생각을 해 보더니, 홍진과는 정반대의 의견을 내놓았다.

"오히려 시작이 아닐까요? 만약 천리독행 부교주가 이 사실을 알아 보십시오. 그는 그자를 구출하자고 제안할 것이 분명합니다. 이 사건을 본교 진출을 위한 시발점으로 삼고자 말입니다."

그러자 홍진은 손바닥을 탁 치며 말했다.

"맞아, 그럴 수도 있겠군. 수하들 입단속을 잘 시켜야겠어. 그건 그렇고, 나는 이만 가 보겠네. 너무 오래 있으면 자네한테도 폐가 될 테고, 또 나한테도 별로 좋지 않게 작용할 게 분명하니까."

홍진이 가 버린 후, 관지는 한숨을 내쉬며 중얼거렸다.

"젠장, 갈수록 태산이로군."

계속되는 철영 부교주와의 신경전에 지쳐가고 있던 관지였기에, 이런 푸념을 해 보는 것이었다.

뇌전검황의 제자

 각 문파 혹은 무림맹에서 파견된 고수들은 모두들 무영신마 장영길을 찾고 있었다. 모두들 그의 초상화를 들고, 그에 부합되는 인물을 찾으려고 노력하고 있었지만 도무지 그를 발견할 수 없었다. 그렇기에 모두들 이리저리 서성대며 서로 간에 정보를 주고받고 있었다.
 아르티어스는 마을로 들어서며 무사들이 너무 많이 눈에 띄자, 도무지 이해할 수 없다는 듯 질문을 던졌다.
 "오잉? 이상하네. 요 며칠 들어 무장을 하고 있는 놈들이 자주 보이는데, 무슨 일이라도 있냐?"
 "제 부하들 중 한 놈이 이 근처에 있는 모양이에요. 그 녀석을 잡겠다고 저렇게 눈에 불을 켜고 있는 거죠."
 그 말에 아르티어스는 알 만하다는 듯 음흉스런 미소를 지으며 고개를 끄덕이기 시작했다. 그것을 눈치 챈 묵향이 따지듯 물었다.
"아버지! 아직도 그 얘기를 진실로 받아들이고 계신 것은 아니겠죠?"
그러자 아르티어스는 괜찮다는 듯 고개를 끄덕이며 음흉스런 어조로 중얼거렸다.
"짜식, 뭘 그 정도 가지고 숨기려고 해. 내 그 마음 충분히 이해한다니까 그러네. 나도 너 정도까지는 아니었지만 그래도 어지간한 짓은 다 해 봤어."
"이해하기는 뭘 이해해요? 나는 그런 짓 해 본 적도 없다니까요."
둘이서 아웅다웅 싸우면서 길을 가던 묵향은 이상한 광경을 보고 그쪽으로 눈을 돌렸다. 말을 타고 가던 무림인들 중 몇 명이 도무지 믿기지 않는다는 듯 넋이 빠진 표정으로 자신을 바라보고 있었던 것이다. 묵향은 혹시 자신을 보는 게 아닐 수도 있었으므로 뒤편으로 고개를 돌려봤지만, 아무리 봐도 그쪽 방향에는 놀랄 만한 그 무엇도 눈에 띄지 않았다.
묵향은 그들을 향해 씩 미소 지으며 말했다.
"호오, 나를 알아보는 녀석이 있었군. 서로 안면이 있는 모양인데, 우리 같이 오붓하게 대화나 좀 나눠 볼까?"
묵향이 어슬렁거리며 다가오는 것을 보자 초우는 제정신이 아니었다. 어떻게 저 얼굴을 잊을 수 있단 말인가? 과거 자신이 멋도 모르고 함께 여행했었던 악마. 초우는 나중에야 사악하기 그지없는 마두의 소문을 접하게 되었다. 바로 그가 그 마두였다는 사실을 깨닫고 초우는 식은땀을 흘리지 않을 수 없었다. 그를 점혈한 것도 모자라서 결박까지 하고, 거기에다가 여동생들은 그를 허풍쟁이라고 모욕까지 줬었는데, 그러고도 살아 있다는 것이 기적처럼 느껴졌던 것이다.

길을 가던 아버지가 갑자기 멈춰 서서 부들부들 떠는 것을 본 초미는 짜증 어린 어조로 외쳤다.

"아빠, 뭐 하시는 거예요?"

하지만 초우는 그 말을 들을 정신이 아니었다. 그는 떨리는 음성으로 중얼거렸다.

"아, 암흑마제? 당신이… 어, 어떻게 여기에……."

초씨세가주의 입에서 '암흑마제'라는 단어가 튀어나오자, 아직까지 상대의 정체를 모르고 있던 일행의 표정이 경악감으로 물들었다. 하지만 그것뿐. 아직까지 그들은 '패력검제'라는 기댈 곳이 있었기에 절망감까지는 느끼지 않았다.

하지만 그들은 알지 못했다. 묵향을 바라보는 패력검제의 두 눈도 초우처럼 경악감에 물들어 있다는 사실을 말이다.

그 말을 들은 묵향의 눈초리가 하늘로 치솟았다. 안 그래도 아르티어스에게 극악한 인물로 오해받고 있었기에 목구멍까지 짜증이 치밀어 올라 있었던 중이었다.

"네놈도 암흑마제 타령이냐? 오냐, 네놈 눈에는 내가 그렇게 악당으로 보인단 말이지. 그래, 너 오늘 잘 만났다. 악당으로 봤으면 악당답게 행동해 줘야겠지."

갑자기 묵향의 신형이 번쩍 사라진다 싶더니 어느새 그는 초우의 코앞에 서 있었다. 불식간에 당한 일이라 초우가 반사적으로 방어를 하려 했지만 이미 상대의 주먹은 자신의 몸을 꿰뚫고 있었다.

퍽!

"크악!"

그 이후로 가해진 구타는 차마 입으로 말하기도 안타까울 정도였다. 묵향이 초씨세가의 가주를 복날 개 패듯 패고 있었지만, 그 누구도 말리지 않았다. 아니 못했다고 하는 게 옳을 것이다. 처음 그가 초우를 노려볼 때의 그 끔찍한 살기. 고양이 앞의 쥐처럼 모두들 살기에 질려 손가락 하나 꼼짝 못 하고 있었다.

비 오는 날 먼지 나게 패 준 후, 그것도 모자라다고 생각했는지 발로 몇 번 더 찬 묵향은 이빨 갈리는 음성으로 으르렁거렸다.

"다시 한 번 더 그놈의 명호를 말해 봐! 아예 파묻어 줄 테니까."

쿨럭쿨럭!

땅바닥에 나뒹굴어 정신을 잃은 듯 쓰러져 있던 초우는 묵향의 발길질에 정신을 차린 듯 다급히 입을 벙긋거렸다. 이대로 죽을 수는 없다는 삶에 대한 욕구가 그를 그렇게 만들고 있었다. 하지만 얼마나 많이 두들겨 맞았는지 그의 목소리는 가느다랗게 새어 나올 뿐이었다.

"마, 아니. 처, 천마신교의…, 교주."

묵향은 싸늘하게 웃으며 이죽거렸다.

"그래, 이제야 좀 말이 통하는군."

묵향은 말 위에 탄 채 아직도 얼이 빠져 있는 패력검제 쪽으로 시선을 획 돌리며 흥미롭다는 듯 입을 열었다.

"그래, 이쪽은 그래도 제법이야. 화경이라……. 반항하는 맛이 꽤 쏠쏠하겠어."

먹이를 눈앞에 둔 매처럼 잠시 패력검제를 노려보던 묵향이 다시 말을 이었다.

"우리 구면이지? 네 녀석 표정만 봐도 다 알아. 이름이 뭐지?"

이때 패력검제의 뒤편에 서 있던 서량이 우렁차게 외쳤다. 아버지에 대한 모욕이 그 자신의 공포심을 억눌렀던 것이다.

"감히, 아버님께 그따위 언사를 내뱉다니. 각오해랏!"

서량은 말 위에서 순식간에 뛰어올라 어느새 검을 뽑았는지 필살의 공격을 가해 왔다. 그의 검이 휘둘러지며 막강한 검기가 파도처럼 밀려왔다. 그와 동시에 묵향도 손을 썼다. 그의 손이 강기에 싸여 퍼렇게 변하며, 괴이한 곡선을 그렸다. 순식간에 검기와 강기가 부딪치며 불꽃이 튀었다. 하지만 검기가 수강(手剛)을 이길 수는 없는 법. 어느 순간, 묵향의 손이 서량의 화려하기 그지없는 검막을 뚫고 쑥 들어왔다.

절체절명의 순간, 그때 서량의 목숨을 살린 것은 패력검제였다. 그는 아들의 뒷덜미를 잡고 뒤로 휙 던져 버리며, 어느새 뽑아 들었는지 검을 들고 묵향을 향해 짓쳐 들어갔다. 그의 검에서는 서량과는 비교도 할 수 없을 정도로 패도적인 기운이 줄기줄기 뿜어져 나왔다.

쿠콰쾅.

화경의 고수가 펼치는 검무는 장엄하기 그지없었다. 그의 검이 복잡한 궤적을 그리며 엄청난 강기가 끊임없이 흘러나와 허공을 수놓았다. 세인들로서는 상상도 하기 힘들 정도의 파괴적인 기운을 뿜어내고 있었기에, 뒤에 서 있는 일행들은 패력검제의 위용에 압도되는 자신을 느꼈다.

하지만 그런 압도적인 위용을 보이면서도 패력검제의 안색은 점점 창백하게 바뀌고 있었다. 그리고 이마에서는 굵은 땀방울마저 흘러내리고 있었다.

순식간에 60여 초식이 지나가 버렸을 정도로 쾌속하게 벌어진 격투였기에, 주변에 서 있는 일행은 패력검제를 돕겠다고 끼어들 엄두조차 내지 못했다.

챙!

어느 한순간, 두 고수의 격투는 끝나 있었다. 곧이어 하늘에서 핑그르르 돌며 부러진 검신 조각이 날아와 땅에 푹 박혔다. 그제야 일행은 패력검제의 검 끝에 시선을 집중시켰다. 그의 검은 부러져 있었다. 일행의 안 그래도 커다래진 눈이 한층 더 커지는 순간이었다.

이제야 이해가 간다는 듯 묵향은 고개를 끄덕이며 중얼거렸다.

"호, 이제 알겠어. 뇌전검황의 제자였군. 묵직하게 가해지는 검의 압력. 깨끗한 몸놀림. 과연, 그분을 쏙 빼닮았군 그래. 어쩐지 나를 알고 있더라니……."

사부의 이름이 나오자 패력검제의 눈에는 이슬이 맺히기 시작했다.

'이 무슨 악연이라는 말인가? 사부님도 저놈의 손에 당하셨는데, 나까지? 게다가 사부께서 쓰셨을 때는 흠집하나 나지 않았던 패왕검마저 토막이 날 정도라니…….'

뇌전검황은 죽는 순간까지도 복수를 자제하라고 당부했었다. 현경에 이르지 않았다면 복수는 꿈도 꾸지 말라고 당부하지 않았던가. 그제야 사부께서 왜 그런 유언을 하셨는지 이해가 가는 패력검제였다.

패력검제는 고개를 숙인 채 조용한 어조로 말했다. 하지만 그의 어조는 담담하기 그지없었다.
 "량아, 이 아비는 이렇게 간다마는, 너는 결코 복수할 생각을 하지 말거라. 상대는 탈마의 고수. 복수 자체가 불가능함을 깨달아야 하느니라."
 패력검제의 뒤쪽에 도열해 있던 일행은 '탈마의 고수'라는 말에 두 눈을 부릅떴다. 그렇다. 그들은 잠시 잊고 있었지만, 암흑마제를 따라다니는 수식어는 탈마의 고수였다. 별의별 극악한 방법을 통해 마교 사상 그 누구도 깨지 못했던 극마의 벽을 허문 악마. 눈앞에 서 있는 허약해 보이는 청년이 그 악마인 것이다.
 갑자기 분위기를 잡으며 유언을 읊조리고 있는 패력검제가 가소롭게 느껴졌는지, 묵향이 코웃음을 치며 말했다.
 "이봐, 헛소리 그만 하고 묻는 말에나 대답해! 내가 묻고 싶은 것은 바로 이거야. 무영신마는 지금 어디에 있는 거지?"
 패력검제는 잠시 어이가 없는 듯한 표정으로 서 있다가, 이윽고 입을 열었다.
 "나를 죽이지 않을 것이오?"
 "내가 왜 너를 죽여야 하는데?"
 "사부님은 죽이지 않았소? 그런데, 왜 난?"
 묵향은 피식 웃으며 대꾸했다.
 "죽이고 싶다는 생각은 없었어. 다만, 한중길 교주가 그분을 죽여 달라고 지시했었거든. 그래서 죽인 거지."
 "그런… 것이었소?"
 생각을 정리하려는 듯 고개를 숙이고 있는 패력검제에게 묵향이 이죽거렸다.
"왜? 너도 죽여 주랴?"
그제야 패력검제는 한숨을 푹 내쉬며 대답했다.
"후~, 세상에 죽고 싶은 사람이 어디 있겠소. 그건 그렇고 아까 질문했던 게 뭐였소?"
묵향은 짜증이 나는지 신경질적으로 외쳤다.
"빌어먹을! 무영신마 그 새끼가 어디에 있느냐고 몇 번이나 물어야겠어!"
"그건 나도 모르겠소. 우리도 그를 찾고 있던 중이었으니까 말이오."
"흐음…, 모른다는 데야 어떻게 할 수 없지."
한참을 궁리하던 묵향은 도무지 좋은 방법이 떠오르지 않자 짜증이 나는지 투덜거렸다.
"젠장, 이제는 어쩔 수 없다. 무영문이든 거지새끼든 그놈들을 잡아 족치는 쪽이 훨씬 빠르겠어. 이놈들 어디 걸리기만 해 봐라."
묵향은 고개를 획 돌려 뒤를 바라보며 외쳤다.
"아버지, 빨리 가요."
그 말에 패력검제 등은 경악할 수밖에 없었다. 어떻게 마교 교주가 아버지라고 부를 수 있는 인물이 존재할 수 있단 말인가? 그의 나이를 생각한다면, 그건 도저히 있을 수 없는 일이었다. 하지만 가능성이 아예 없는 것은 아니었다. 만약 화경 이상의 경지에 올라 육체를 초월해 버린다면…….
모두들 놀란 눈으로 아르티어스를 바라보는 가운데, 그들 중 한 명을 빤히 바라보던 묵향은 이상하다는 듯 고개를 갸웃거리다가 질문을 던졌다.

"이봐, 너도 나하고 면식이 있었나? 네 녀석 나이를 짐작컨대 그럴 리는 없고. 아무리 생각해도 도무지 짐작이 안 된단 말씀이야."

묵향에게 지명을 당한 옥대진은 화들짝 놀라며 말했다. 단 한 번도 만난 적이 없었는데, 왜 자신을 지명하며 면식이 있다고 한단 말인가. 옥대진은 상대의 공포스런 기세에 질려 버려 목소리조차 나오지 않았다. 하지만 그는 필사적으로 입을 열었다.

"저, 절대로… 교주님을 뵌 적이 매, 맹세코… 없습니다."

그러자 묵향은 고개를 갸웃하며 중얼거렸다.

"그래? 이상한 일이군. 그 눈매가 꽤나 눈에 익은 것 같은데 말씀이야. 그건 그렇고 네놈 이름이 뭐냐? 참, 이 몸한테 거짓말하면 어떻게 되는지 알지? 저렇게 된다구."

그러면서 묵향이 가리킨 것은 아직도 땅바닥에 널브러진 채 신음성을 흘리고 있는 초씨세가의 가주였다. 묵향의 손짓을 따라 시선을 옮겼던 옥대진의 안색은 더욱 창백해졌다.

"히익! 오, 옥대진입니다. 가, 강호에서는 매, 매화검으로 통하죠."

'매화' 하니까 떠오르는 것이 있었다. 바로 무림맹주 옥청학. 그는 백류매화검법(白流梅花劍法)의 달인이었다.

"호오, 옥씨에 매화라. 그러니까 옥청학이 떠오르는군. 그 녀석과 어떤 사이지?"

옥대진은 겁에 질려 온몸이 덜덜 떨려오는 것을 참으며 필사적으로 대답했다.

"즈, 증조부님이십니다."

묵향은 쓴웃음을 짓지 않을 수 없었다. 이 무슨 악연이란 말인가? 세 명이나 되는 옥씨를 자신의 손으로 보냈는데, 그놈의 옥씨들은 바퀴벌레들처럼 끈질긴 생명력을 가지고 아직까지도 눈에 띄고 있는 것이다.

'맞아, 그러고 보니 저 눈매가 그녀와 닮았어. 젠장! 그냥 볼 때는 몰랐는데, 놀래가지고 눈을 동그랗게 뜨니까 알겠군.'

떠오르는 잡생각을 흩어 버리듯, 고개를 좌우로 세차게 흔든 후 묵향은 천천히 걸음을 옮기기 시작했다.

패력검제 일행은 뒤돌아서서 사라지는 마교 교주의 뒷모습에서 강인함이 아닌 생각지도 못했던 '슬픔'을 발견하고 당황하지 않을 수 없었다. 원래가 절대자와 고독은 함께 한다고들 말한다. 하지만 절대자와 슬픔이 함께하는 것일까?

모두들 믿기지 않는다는 표정으로 묵향의 뒷모습을 바라보고 있을 때, 그들의 귓가에 고통스러운 신음 소리가 들려왔다.

"으으윽!"

그때까지도 땅바닥에 길게 드러누워 있는 초씨세가주의 신음 소리가 그들의 시선을 되돌렸다. 그제야 초미는 눈물을 글썽이며 아버지를 부축해 일으켰다.

"아빠! 아빠! 정신 차리세요. 곧 의원한테 모시고 갈게요. 조금만 참으세요."

폭풍검 서량이 다급히 초우를 등에 업고 의원을 향해 달리기 시작했다.

패력검제 일행은 다급히 의원을 찾아갔다. 일단 생명에는 이상이 없다는 의원의 말을 듣고서야 그들은 안도의 한숨을 내쉴 수 있었다. 누가 감히 상상이나 했겠는가. 천하의 초씨세가주가 반항 한 번 제대로 못해 보고 저 꼴이 되다니…. 그런 괴물과 마주한 후, 상처 하나 없이 살아 나왔다는 것만 해도 기적처럼 느껴졌다.

패력검제의 마음은 심란하기 그지없었다. 그는 자신이 그렇게 허망하게 패했다는 것이 아직도 믿겨지지 않았던 것이다. 더군다나 자신의 무공이 돌아가신 사부의 수준에도 훨씬 못 미친다는 것이 더욱 그의 마음을 괴롭혔다. 복수를 위해 그토록 무공수련에 매진했거늘, 사부조차 뛰어넘지 못하고 있었다니.

하지만 패력검제는 모르고 있었다. 묵향의 무공은 뇌전검황과 겨루던 그때와는 비교도 할 수 없는 수준으로 발전했다는 것을 말이다.

패력검제는 부러진 패왕검을 보며 씁쓸한 표정을 지었다. 한동안 패왕검을 바라보던 그가 눈을 들었을 때, 젊은이들의 안색이 말이 아님을 깨달을 수 있었다. 살았다는 안도감 때문인지는 몰라도 모두들 넋이 빠진 듯 축 처져 있었던 것이다.

호통을 쳐서 그들의 기운을 북돋아 줄까도 생각해 봤지만, 그는 이내 고개를 절레절레 흔들었다. 방금 전, 암흑마제의 앞에 섰을 때가 생각났던 것이다. 자신도 밀려드는 공포감에 그렇게 긴장했거늘, 하물며 강호 경험이 미숙한 젊은 아이들로서는 더 이상 말할 나위도 없었을 것이라는 데 생각이 미친 것이다.

패력검제는 생각을 바꿔 젊은이들에게 부드러운 목소리로 말했다.

"자, 모두들 술이나 한잔하러 가세. 아무래도 그게 좋겠구먼."

패력검제는 마지못해 일어서는 젊은이들을 데리고 가까운 객잔으로 향했다. 그런데 가는 도중 객잔 옆 골목 깊숙한 곳에 거지 둘이 쓰러져 있는 모습이 눈에 들어왔다.
"저건 뭐지?"
"혹시, 대낮부터 술을 마신 것은 아닐까요?"
이때, 패력검제의 뇌리를 스치는 말이 있었다.
'무영문이든 거지새끼든 걸리기만 해 봐라.'
악의에 가득 찬 이 말을 내뱉은 인물은 바로 마교 교주였다. 패력검제는 곧장 거지들에게로 다가갔다. 과연 몸을 살펴보니, 내공을 연성한 흔적이 있었다. 바로 개방의 방도라는 말이었다.
"개방도다. 너희들은 이들도 의원에 데려다 주거라."
"옛."
그의 호위 무사 둘이 거지들을 떠메고 의원으로 달려가는 것을 보며, 패력검제는 고개를 좌우로 흔들며 중얼거렸다.
"하여튼, 예나 지금이나 뱉은 말은 반드시 실행에 옮기고야 마는 사람이로군."
패력검제의 일행은 객잔 안으로 들어섰다. 그곳에는 이미 몇몇 손님들이 둘러앉아 두런거리며 술을 마시고 있었다. 패력검제는 객잔 안을 쭉 둘러보다 뭘 발견했는지 눈빛을 빛내며 동행한 젊은이들에게 물었다.
"누가 저 젊은이를 아는 사람이 있느냐?"
패력검제가 가리킨 쪽으로 모두의 시선이 집중되었다. 대부분 모른다는 듯 고개를 가로저었지만, 옥대진이 앞으로 나서며 자신 있게 말했다.

"저 녀석은 천지문의 제자입니다. 대협께서도 아시다시피 마교와의 연줄을 이용해 생명을 부지하는 쓰레기들이지요."

"노부는 저 아이의 이름을 물은 걸세."

딱딱한 어조로 패력검제가 말하자, 옥대진은 찔끔하여 즉시 대답했다.

"진팔이라고 합니다."

그때 진팔은 자신을 손짓으로 가리키며 이야기를 나누는 것도 모를 정도로 얼큰하게 취해 있는 상태였다. 교주에게 받은 막대한 액수의 은자가 있는데, 술값을 두려워하겠는가? 여태껏 돈이 없어서 못 마셨던 술이기에 그 맛이 더욱 각별했는지도 모른다.

진팔이 고개를 들자, 웬 건장한 청년이 무게 있는 목소리로 말을 걸어 왔다.

"같이 합석을 해도 되겠는가?"

'웬 떨거지가…' 라는 말이 튀어나올 뻔했지만, 진팔은 자신에게 말을 건 사람과 동행하고 있는 자들에게로 시선이 돌려졌다. 그를 중심으로 포진하고 서 있는 장한들은 상당한 수준의 무예를 익힌 자들이었다. 특히나 그중에서 뒤쪽에 서 있는 젊은이는 자신과 거의 비슷한 수준이라는 생각마저 들 정도였다.

그런 인물들과 함께 서 있는 젊은이. 고색창연한 보검을 허리에 차고 있었다. 그런 인물이 보통 사람일 가능성은 없었다. 너무나도 무공이 깊어, 자신이 측량할 수 없을 정도일 수도 있었다.

진팔은 상대의 눈치를 살피며 어정쩡한 어조로 대답했다.

"아, 앉으시죠."

패력검제는 동행을 향해 구석 쪽에 있는 탁자를 가리키며 나직한 어조로 말했다.
"자네들은 저쪽에 앉게나. 노부는 이 아이와 잠시 얘기 좀 하고 갈 테니까 말일세."
"예."
그 말을 듣고 진팔은 자신의 선택이 옳았다는 것을 알았다.
'젠장, 암흑마제에 이어, 이번에도 반로환동한 고수란 말인가? 씨팔, 남들은 평생에 하나도 만나기 힘들다던데, 나는 왜 이렇게 자주 만나는 거야?'
패력검제는 자리에 앉으며 슬며시 말을 걸었다.
"내 오늘 자네를 보니, 천지문에 대해 강호에 떠도는 소문이 얼마나 잘못되었는지 알 수 있겠군."
천지문이라는 말이 상대에게서 튀어나오자 진팔은 조금 긴장했다. 상대는 자신의 정체까지 알고 있는 것이다. 그런데 정작 자신은 상대가 누군지 알 수 없으니 약간의 두려움과 함께 짜증이 솟구쳤다. 그렇다고 그 짜증을 드러낼 수도 없는 노릇이었다.
하지만 이런 때, 과거 뼈저린 수업을 통해 얻은 진팔의 학습 효과가 모습을 드러낸다. 그는 접대용 미소를 얼굴 가득 띠며 공손하게 대답했다.
"헤헤. 그, 그러십니까?"
조령과 쟈타르는 진팔과 함께 동행하며 느낀 건데, 그는 용하게 고수를 알아보는 눈이 있었다. 그리고 그런 경우 아주 비굴할 정도로 아부를 잘하는 특징 또한 지니고 있었다. 조령 등은 그걸 이미 알고 있었기에, 눈앞의 상대에게 호기심 어린 시선을 던졌다.
'진 형의 반응으로 봤을 때, 저놈도 고수라는 말이군.'

상대가 엄청난 고수라면 강호의 물정도 모르는 자신들이 대화에 끼어들었다가 무슨 봉변을 당할지 알 수 없었다. 전에 만났던 암흑마제의 경우, 겨우 말 한마디 마음에 들지 않게 했다고 그 많은 사람들을 시체로 만들었지 않았던가. 그런 식으로 저세상에 가기는 싫었던 조령 등은 입을 꽉 다물고 예의 바르게 경청하는 자세만을 보였다.

 그들은 또, 진팔의 신상에 대해 큰 호기심을 느끼고 있는 중이었다. 진팔에게서 들은 것은 매우 단편적인 정보들뿐, 정작 중요한 것은 하나도 없었다. 마교 교주와의 친분, 남궁세가를 탈출하며 목격한 그의 고강한 무공. 그런 것이 거저 얻어질 수는 없는 노릇이 아닌가? 그래서 오늘 이것저것 알아 보려고 그를 꾀어 대낮부터 술을 먹이고 있던 중이었는데, 기회가 저절로 굴러 들어왔으니 참견할 까닭이 없는 것이다.

 "내 하나만 물어봄세. 천지문이 현문(玄門)의 한 갈래인가?"

 현문이라 함은 도가 계열을 말하는 것이다.

 "아닙니다, 어르신."

 진팔이 고개를 가로젓는 것을 보고, 패력검제는 더욱 알 수 없다는 듯 질문을 던졌다.

 "이상하군. 자네의 내공은 분명 현문의 것이야. 현문이 아니고서야 그토록 정순한 내력을 쌓을 수는 없는 노릇이지. 그렇다고 불문의 것도 아니고……."

 이리저리 궁리하고 있는 상대를 보며, 진팔은 술이 확 깨는 듯한 느낌이었다. 한눈에 자신의 내공 내력을 꿰뚫어보다니. 상대는 예감대로 능력을 감히 상상하기도 힘든 고수였다. 역시 자신의 선택은 옳았던 것이다.

"헤헤, 물론 본가에서는 다른 심법을 사용하고 있습니다. 하지만 소생은 어렸을 때 피치 못할 사정으로 이것을 익히게 되었습니다. 선택의 여지가 없었죠. 엄친께서 이것만을 익히라고 딴 건 안 가르쳐 주셨거든요."

물어본 것에 대해 상세히 대답을 했기에 어디 한 군데도 흠잡을 데는 없었다. 하지만 무게감 있게 보였던 청년이 그 첫인상과는 달리 아무래도 아첨꾼인 듯하지 않은가?

'내가 사람을 잘못 봤던 게로군. 자질은 뛰어나나 인성이 저래서야……'

그렇다고 그것을 입에 담을 패력검제는 아니었다. 하지만 입을 여는 그의 어조에는 씁쓸함이 묻어 있었다.

"호, 기연을 얻었던 게로군. 뛰어난 자질에, 뛰어난 심법. 아주 복 받은 젊은이로다."

그 말에 진팔은 마치 엄청난 욕이라도 얻어먹은 듯, 얼굴이 확 달아올랐다. 술기운이 한꺼번에 머리 꼭대기까지 치솟는 것 같았다. 그 순간, 접대용 미소는 사라지고 진팔의 진면목이 노출되었다.

"아니, 이게 복이라는 말씀이십니까? 이런 빌어먹을!"

갑작스럽게 튀어나오는 욕설에 패력검제는 재미있다는 듯 미소를 지었다. 역시 자신의 눈은 틀리지 않았다. 처음의 그 느낌이 맞았던 것이다.

'재미있는 놈이로다.'

진팔은 눈앞에 보이는 술병을 집어 벌컥벌컥 몇 모금 마신 후 노성을 토해 냈다.
 "이따위 복은 줘도 안 받어! 나~쁜 새끼. 분명히 그것도 어린애를 괴롭히는 게 재미있어서 했을 게 분명하다는 것을 내가 모를 줄 알아?"
 패력검제는 미소를 지으며 말했다. 아무래도 깊은 사연이 있는 놈인 모양이다.
 "허어, 이 친구 그러고 보니 술이 많이 되었구먼. 하지만 아무리 취해도 말은 바로 하게나. 무공을 익히는 자가 가장 원하는 것이 최고의 심법이라네. 과정이야 어찌 되었건, 그걸 얻었으면 크나큰 기연을 얻은 것이 아닌가?"
 진팔은 한참 허탈하게 웃더니 술잔을 기울이며 입을 열었다.
 "물론 처음에는 저도 그렇게 생각했습니다. 하지만 제 무공이 높아지면서 주위에는 시기와 질투에 가득 찬 놈들이 늘어나더군요. 동문이라는 놈들이 제가 마교의 심법을 익혔다고 뒤에서 험담을 해 대는 데는 저도 할말이 없더라구요. 노선배께서도 아시다시피, 천지문하면 강호에서 쓰레기 문파로 취급당합니다. 그리고 그 문도들도 쓰레기로 취급되구요. 밖에서 그런 대접을 받는 것도 억울한데, 안에서까지 그따위 취급을 당해야 하겠습니까?"
 패력검제는 고개를 주억거리며 진팔의 심정을 십분 이해한다는 듯 말했다.
 "호오, 그런 일이 있었구먼. 하지만 그건 모함일세. 자네의 심법은 결코 마교도가 익히는 역혈의 심법이 아니거든."
 "노선배께서는 한눈에 알아주시지만, 다른 놈들은 그걸 모르죠. 다만 뒤에서 욕이나 내뱉을 줄 알 뿐…, 개새끼들!"

진팔은 술김을 빌어 이리저리 험담을 늘어놓기 시작했다. 패력검제는 그런 후배를 놓고 야단을 치기는커녕 오히려 그가 더욱 주정을 부리도록 가려운 데를 긁어 주고 있었다.
　'쌓인 것이 있으면 풀어야 하는 법. 게다가 가만히 듣다 보니 꽤나 재미있는 인생을 살고 있는 젊은이로다.'
　한참 듣고 있던 패력검제는 미주알고주알 떠들어 대고 있는 진팔에게 은근한 어조로 물었다. 아무리 생각해도 진팔에게 욕먹고 있는 상대를 짐작할 수 없었기 때문이다.
　"허허 참, 그토록 고절한 심법을 가르쳐 주고도 이렇듯 욕을 먹다니, 그 사람이 누군지 궁금하기 짝이 없구먼……."
　혼자서 중얼거리는 듯했지만, 진팔이 들으라고 한 소리였다.
　원래 이런 질문에 대답을 해서는 안 된다. 천지문의 문도가 마교 교주에게 무공을 배웠다면 다른 사람이 뭐라고 생각할 것인가? 안 그래도 마교와 결탁한 쓰레기들이라는 소리가 강호를 떠도는데 말이다. 하지만 워낙 취기가 오른 진팔에게는 그걸 인식할 정신이 없었다. 과연 패력검제의 의도대로 술에 취한 진팔은 발끈해서 외쳤다.
　"큭큭! 그 빌어먹을 자식은 묵향이란 녀석이죠. 바로 그 잘~난 암흑……."
　말을 하던 진팔은 아차했다. 꺼내서는 절대로 안 되는 말을 내뱉었던 것이다. 그는 찬물이라도 뒤집어쓴 듯 놀라서 상대를 쳐다봤다. 혹시나 몰랐으면 하는 진팔의 기대와는 달리 그는 이미 묵향을 알고 있는 듯 고개를 끄덕이며 중얼거리고 있었다.
　"그래, 그가 한 일이었나?"

진팔은 눈이 둥그레져서 떨리는 목소리로 말했다.

"서, 설마 그, 그를 아십니까?"

"물론일세. 방금 전에 만나서 칼부림까지 했었지."

칼부림까지 했다는 말에 진팔의 놀람은 극에 달했다.

'젠장, 요놈의 방정맞은 주둥이 때문에 오늘이 내 제삿날이구나.'

하지만 패력검제는 사색이 되어 있는 진팔에게는 시선도 주지 않고, 창문을 통해 푸른 하늘을 바라보며 중얼거렸다.

"대단한 사람이로고. 무공도 뛰어나지만, 그 마음 씀씀이도 대범하기 그지없도다. 뛰어난 심법을 아무런 대가도 바라지 않고 그냥 가르쳐 줄 이가 무림에 과연 몇이나 되겠는가? 무공도, 도량(度量)도 노부의 완패로다. 어쩌면 노부는 그를 오해하고 있었던 듯하구먼."

뛰는 놈 나는 놈

"이런 젠장!"

온몸을 북북 긁어 대던 분타주는 도저히 못 참겠는지, 윗옷을 벗어들고 이를 잡기 시작했다. 한 놈 한 놈 잡아내어 손톱으로 꽉 눌러 툭 터트리면, 시뻘건 피가 손톱을 적신다.

"에이, 씨팔! 많이도 처먹었군."

한참 이 사냥에 열을 올리고 있는 분타주에게 거지 하나가 황급히 달려와서 말했다.

"또 당했답니다!"

분타주는 손톱 위에 올려놓은 이를 우악스럽게 바숴 버리며 버럭 화를 냈다.

"뭐? 이런 빌어먹을! 또 당했어? 상태는 어떻다던가?"

"둘 다 의원에 넘겼는데, 생명에는 지장이 없답니다."

확실히 분타주의 몽둥이찜질이 효과가 크긴 컸던 모양이다. 모두들 정보를 누설하지 않기 위해 입을 굳게 다문 것까지는 좋았는데, 생각지도 못했던 부작용이 뒤따랐다. 상대방도 정보를 얻기 위해 악착같이 고문을 하다 보니, 그놈에게 걸린 모든 거지들이 그야말로 걸레쪽이 되어 버리는 것이다.

"떠그랄! 안 그래도 무영신마를 찾는 데 동원할 인원도 턱없이 부족하거늘, 이런 식으로 부상자가 속출하니 나보고 어쩌란 말이야."

분타주는 윗옷을 내팽개쳐 버린 후 주위를 서성이며 생각에 잠겼다. 거지들 중의 하나가 옷을 주워 들며 조심스럽게 말했다.

"지금까지 그놈에게 당한 형제들의 증언으로 미루어봤을 때, 그놈은 무영신마를 찾고 있는 게 분명합니다. 그렇다면 마교에서 무영신마를 구출하기 위해 파견한 고수가 아닐까요?"

"그걸 말이라고 하냐? 이 멍청아. 그놈이 마교도가 아니라면 뭐겠냐?"

분타주가 신경질을 버럭 내자, 거지는 찔끔해서는 뒤로 물러섰다.

"천하의 개방을 감히 자신의 정보통쯤으로 생각하는 놈이 있을 줄이야……. 이런 치욕을 당하고 가만히 있을 수는 없는 노릇이지. 총타에 연락해라. 좀 더 많은 고수를 파견해 달라고 말이다. 설혹 무영신마를 놓치는 한이 있더라도 그놈만은 기필코 찾아내어 척살해야 할 것이다."

분타주는 거지들 중의 한 명에게 지시했다.

"너는 즉시 그놈에게 당한 형제들을 찾아가서 놈의 초상화를 만들어라."
"옛."
분타주의 지시를 받은 거지들은 각자 맡은 일을 행하러 사방으로 달려갔다.

한 시진쯤 후 초상화를 만들러갔던 중년 거지가 고개를 갸웃거리며 돌아왔다. 그걸 본 분타주는 의아한 듯 물었다.
"자네 왜 그러나?"
"이거 한번 보십시오. 어디서 많이 본 듯한 얼굴인데요?"
초상화를 건네받은 분타주는 초상화를 찬찬히 들여다보더니 퉁명스럽게 말했다.
"많이 봤을 수밖에 없지. 이거 그 흉악무도한 암흑마제의 초상화 아냐? 워낙 오랫동안 두문불출하고 있다고 하지만, 본방 최고의 적인 마교의 대가리 얼굴도 기억하지 못하고 있다니…, 쯧쯧. 그런데 왜 이 그림을 가져왔냐?"
분타주의 말을 들은 중년 거지의 안색이 갑자기 창백하게 바뀌었다.
분타주는 고개를 갸웃하며 말했다.
"너 안색이 갑자기 왜 그러나?"
중년 거지는 떨리는 목소리로 말했다.
"이, 이게 형제들을 괴롭히고 있는 그 괴한의 초상화입니다요."
"헉!"
분타주의 얼굴도 창백하게 질렸다. 하지만 분타주는 잠시 후 고개를 가로저으며 중얼거렸다. 그렇지만 그의 어조에는 힘이 하나도 없었다.

"서, 설마 아니겠지. 마교 교주나 되는 놈이 무슨 할 짓이 없어서 우리 같은 거지들을 족치고 있겠어?"

이런 식의 대화가 오갈 수밖에 없는 것이, 마교 교주를 직접 목격한 개방도는 그렇게 많지 않았다. 대부분의 개방도는 교주를 직접 목격한 것이 아니라 초상화를 보고 그를 기억하고 있었다. 수많은 마교의 고수 중에서 알려진 자들의 얼굴이 초상화를 통해 개방도의 머릿속에 자리 잡고 있었다.

"저도 그렇게는 생각합니다만……. 타주님, 과거 본방은 무림맹의 부탁으로 몇 번인가 그를 감시한 적이 있었습니다. 그때, 본방의 형제들이 얼마나 고생을 했었는지는 수많은 자료가 증명하고 있지 않습니까? 그놈은 거지들을 괴롭히는 걸 즐기는 악취미가 있는 게 분명합니다요."

중년 거지의 말을 듣고 보니 분타주는 과연 그럴 수도 있겠다는 생각이 들었다.

"허걱, 그것도 그렇구나. 아무래도 총타에 얼른 연락을 넣는 게 좋겠다."

"옛."

중년 거지는 총타로 연락을 넣기 위해 달려 나갔다.

안휘성분타에 도착한 옥화무제는 인사를 받을 생각도 안 하고 분타주에게 다짜고짜 질문부터 던졌다.

"현재 상황은?"

"예, 감시 대상은 두 시진 전에 패력검제 일행과 충돌했습니다.

상부의 지시대로 최대한 장거리에서 관찰했을 뿐이기에, 서로 간에 무슨 이유로 충돌했는지는 파악할 수 없었습니다."

"충돌한 이유야 뻔하겠죠. 멋도 모르고 그쪽에서 시비를 걸었겠지. 그건 그렇고, 몇 명이나 죽었죠?"

"일진검 대협이 중상을 입었을 뿐, 사망자는 없습니다."

잠시 생각하던 옥화무제가 입을 열었다.

"일진검…, 초씨세가의 가주 말인가요?"

"예."

"자세히 좀 말해 봐요."

분타주는 정찰조의 보고를 토대로 자신이 아는 한 상세하게 옥화무제에게 상황의 전개를 설명했다. 최대한 멀리서 관찰한 것이었기에, 대략적인 겉핥기에 불과한 것이었다. 하지만 그것만으로도 옥화무제는 만족했다.

"아주 잘되었군요. 그 정도로 끝낸 것을 보면 성격은 옛날 그대로인 모양이에요. 그런데 그가 왜 개방도들을 붙잡아서 고문하고 있는지 그걸 이해할 수가 없네요. 개방 쪽에 연락은 해 봤나요?"

"예."

"그가 무슨 목적으로 개방도를 고문하고 있었던 거죠?"

"도무지 이해하기 힘듭니다만, 그는 무영신마를 찾고 있다고 합니다."

"뭐라구요? 무영신마? 오호호홋!"

한동안 배꼽이 빠지게 웃음을 터뜨리던 옥화무제는 간신히 진정하고 중얼거렸다.

"정말 재미있는 정보였어요. 아마도 서로 간에 오해가 오해를 부른 모양이군요. 진짜 무영신마가 여기에 있었다면 벌써 누군가가 그를 발견했을 거예요. 처음부터 그는 여기에 없었다는 말이죠. 일이 아주 재미있게 돌아가는군요. 자기 부하의 행방도 모르는 상관이 있을 수는 없죠. 그걸 보면, 그는 꽤 오랜 시간 마교와 연락을 끊고 있었다는…….”

분타주는 약간 놀란 듯 질문했다.

"그도 마교의 사람이었습니까?”

옥화무제는 정색을 하며 말했다.

"아, 그것까지는 알 필요 없어요. 그건 그렇고, 이왕에 이렇게 된 거, 그와 만나는 것이 좋겠군요. 그에게로 안내하세요.”

"옛.”

몇 시진 후, 분타주의 안내로 옥화무제 일행은 작은 마을에 도착했다. 그리고 그곳에서 그녀는 묵향을 만났다. 자신만만한 그의 얼굴은 하나도 변한 게 없었다.

'20여 년이 흘렀건만, 하나도 변한 게 없는 저 얼굴을 다시 보니 갑자기 짜증이 나는군. 아니! 오히려 더 젊어진 것 같잖아? 정말 그 동안 어디 처박혀서 수련이라도 한 건가?'

하지만 그런 속마음과는 달리, 옥화무제는 화사하게 미소 지으며 인사를 건넸다.

"안녕하세요? 교주님.”

"이게 누구신가. 아주 반갑구먼.”

필요할 때에 딱 나타난 것이다. 사실 거지새끼나 무영문 떨거지 찾아다니기도 귀찮은 노릇이었는데, 옥화무제가 나타난 것을 보면 뭔가 속셈이 있을 것은 당연한 일이 아닌가?

묵향의 반응을 보고 아르티어스가 궁금하다는 듯 물었다.

"아는 사람이냐?"

"예."

묵향의 대답에 아르티어스는 괴상한 표정을 지으며 말했다.

"어? 지금까지 너를 안다던 녀석들과는 사뭇 반응이 다르군. 거~참, 이상한 일이네~! 혹시 옛날에 너하고 잠자리를 같이 했다던 가 뭐 그런 여자냐?"

"말도 안 되는 소리 하지 말고 가만히 좀 있어요."

둘이 아옹다옹하는 것을 보며, 순간적으로 옥화무제의 안색은 묘하게 변했다. 묵향의 분위기가 뭔가 과거와는 사뭇 다르다는 것을 느낀 탓이다.

'누구지? 저자가 존대어를 쓸 인간이 과연 무림에 있었던가?'

생각이야 어떠하든, 옥화무제는 의도한 대로 대화를 하기 위해 운을 띄웠다.

"오랫동안 출도를 하지 않으셔서 돌아가신 줄 알았어요. 그동안 구석진 시골에서 좀이 쑤셨을 텐데 어떻게 참으셨어요?"

"이런이런, 만나자마자 시비를 걸다니……. 수련에 빠져 있다 보니 세월이 이렇게 흐른 줄도 몰랐군."

묵향의 거짓말에 옥화무제는 긴장하지 않을 수 없었다.

'진짜 이놈이 생사경이라도 깨달은 거야?'

"그건 그렇고, 마침 잘 만났어. 부하 한 놈을 찾고 있는데 말씀이야."

옥화무제는 이미 알고 있다는 듯 즉시 대답했다.

"무영신마 말씀이시군요."

묵향은 고개를 끄덕이며 말했다.

"맞아, 바로 그 새끼지. 좀 알려 주지 않겠나?"

옥화무제는 상큼한 미소를 지으며 대꾸했다.

"정보에는 언제나 대가가 따른다는 것을 잊지 않으셨겠죠? 무엇을 주실 수 있나요?"

상대의 태도에 묵향은 거칠게 콧바람을 뿜으며 투덜거렸다.

"흥! 오랜만에 보니 간덩이가 많이 커졌군. 감히 나를 상대로 거래할 생각을 하는 걸 보면……."

"호호호, 여태껏 그래 왔잖아요. 자, 대가를 주세요. 그럼 알려 드리죠."

어떻게 보면 교태롭다고 할 정도로 화사한 미소를 짓고 있는 옥화무제를 보고, 묵향은 퉁명스레 말했다.

"내가 새파란 젊은이도 아니고 그런 모습에 혹할 사람도 아닌데, 무슨 짓이야? 나잇값 좀 하라구. 다 늙은 할망구가 겉만 번지르르하다고, 참내."

옥화무제의 뒤편에 서 있던 분타주와 호위 무사들의 이마에 굵은 힘줄들이 솟아오르는 순간이었다. 하지만 그들은 감히 발작하지 못했다. 극심한 모욕을 당한 태상문주도 가만히 있지 않은가. 상관의 명령도 떨어지지 않았는데, 감히 앞으로 나설 수는 없는 노릇이었다. 그렇기에 그들은 속만 부글부글 끓이고 있을 뿐, 참을 수밖에 도리가 없었다.

옥화무제는 심사가 뒤틀린 듯 이죽거렸다.

"내 나이를 생각해서 존장의 예의를 갖추지도 않는 주제에 그딴 망발을 내뱉을 이유는 없잖아요? 나를 너무 젊게 보는 것 같아서 그러고 있었을 뿐이에요. 존장의 예의를 갖춰 준다면, 나도 현숙한 여선배로서의 모습을 보여 드리죠."

"이런 망할! 좋다. 그걸 대가로 바라는 거냐?"

옥화무제는 새침한 어조로 대꾸했다. 존장의 예의 따위가 뭐 그렇게 중요하다고 대가로 받는다는 말인가?

"농담하는 거예요?"

"그렇다면… 황금?"

"나도 많아요."

"무공?"

"익힐 만큼 익혔어요."

이윽고 묵향은 짜증스런 어조로 물었다.

"그럼 바라는 게 대체 뭐야?"

"협정서를 써 줘요. 천지문에 베푼 것과 똑같은 조건으로 말이에요."

묵향의 눈이 슬쩍 가늘어지며 살기가 짙어지기 시작했다.

"젠장, 내가 그걸 써 주느니, 네년을 잡아 족치는 쪽을 택할 거라는 걸 잘 알 텐데?"

하지만 옥화무제는 그 정도 협박은 신경도 안 쓴다는 듯 호쾌하게 웃으며 말했다.

"오홋홋! 댁의 말을 빌리면, 다 늙은 할망구가 세상에 무슨 미련이 그렇게 많을 거라고 목숨을 가지고 협박하는 거죠? 유서까지 써 놓고 왔으니 그런 협박을 해 봤자, 당신이 원하는 답은 결코 얻지 못할 거예요. 당신에게는 지금 이렇게 말다툼하고 있을 시간이 없잖아요. 무영신마의 목숨에 대한 대가로 협정서 한 장이라면 아주 좋은 조건이 아닌가요? 또 천지문에도 써 줬는데, 왜 본문에는 못 써 주겠다는 거죠? 불공평하다고 생각하지 않아요?"

묵향은 거칠게 콧바람을 내뿜으며 말했다.

"흥! 불공평 좋아하고 있네. 이왕에 이렇게 된 거…, 좋다! 무영신마가 죽기라도 하면, 우선 네년의 목을 비튼 후에 그 망할 놈의 무영문을 잿더미로 만들어 주마."

이번의 협박은 약간 통했는지 옥화무제는 흠칫했다. 하지만 그녀는 곧바로 화사한 미소를 지으며 이죽거렸다.

"코앞의 무영신마도 못 찾는 당신이, 지하 깊숙이 숨어 있는 본문을 찾을 수 있을 것 같아요?"

무영문은 정보 단체다 보니 그 총단의 위치는 철저히 비밀에 싸여 있었다. 게다가 저 영악한 옥화무제가 지하 깊숙이 숨으라고 지시까지 내려놓고 나왔다면 어떻게 찾을 것인가?

한참을 망설이던 묵향은 결국 그녀의 조건을 들어줄 수밖에 없었다. 한 번 결정한 일은 과감하게 밀어붙이는 그답게 옥화무제를 향해 외쳤다.

"이런 젠장! 좋다. 지필묵을 가져와."

그러자 옥화무제의 뒤편에 얌전하게 서 있던 중년의 미부인이 지필묵을 건넸다. 묵향은 못마땅하다는 듯 투덜거리며 끄적이기 시작했다. 그의 필체는 성격을 반영하듯 거칠었지만 힘이 넘쳤다.

一 : 이 협정서는 상대방이 해제를 원하거나 상대 문파의 수장(首長)이 바뀌기 전까지 유효하다.

二 : 피치 못할 사정으로 이 협정서를 위반해야 할 일이 발생하면 협정서 해제를 원하기 한 달 전에 상대방에게 통보해야 한다.
　三 : 천마신교와 무영문은 서로의 영역을 침범하지 않아야 하며, 설혹 실수로 상대의 영역을 침범했다면 무력보다는 상호 토의를 통해 원만히 처리함을 원칙으로 한다.
　四 : 쌍방은 상대편이 도움을 요청했을 때, 최대한 도와줄 것을 원칙으로 삼는다.

　찬찬히 협정서를 훑어보던 옥화무제는 고개를 주억거리며 말했다.
　"악필인 듯하지만 그런대로 봐 줄 만은 하군요. 그런데 천지문하고 맺은 협정서하고는 내용이 많이 다른 것 같은데요?"
　"지금 그런 거 따지게 생겼어? 헛소리 말고 서명이나 해!"
　이것만 해도 어디냐 싶었는지 옥화무제는 망설이지 않고 서명했다.
　모든 작업이 다 끝난 후, 각자에게는 종이쪽지 한 장씩이 남았다. 옥화무제가 협의서를 소중하게 접어서 품속에 갈무리하는 것을 보며, 묵향이 차가운 어조로 물었다.
　"자, 해 달라는 대로 다 해 줬으니, 무영신마가 있는 곳을 가르쳐 줘야겠지?"
　옥화무제는 화사하게 미소 지으며 대답했다.
　"물론이죠. 지금 무영신마 장영길은 천마신교 내에 있어요. 지금 무슨 짓을 하고 있는 것까지는 알 수 없지만 말이에요."
　"무슨 헛소리를 하는 거야? 여기에 있다고 해서 찾아 헤매고 있는데 말이야."

그 말에 옥화무제는 품속을 뒤져 종이 한 장을 더 찾아내어 묵향에게 건네줬다. 묵향이 펼쳐 보니 초상화가 그려진 종이었다.

"눈에 익은 얼굴이죠?"

묵향은 떨떠름한 어조로 중얼거렸다.

"나로군. 그런데 그게 어쨌다는 거지?"

"가장 마지막에 도착한 척살 대상을 그린 초상화예요. 그들은 이 자가 무영신마인줄 착각하고 있었던 거죠."

"으드드득!"

묵향은 이빨을 갈며 외쳤다.

"이 망할 년이! 처음부터 알고 있었으면서 나를 가지고 놀아? 협정서 따위 다 필요 없어. 오늘을 네년 제삿날로 만들어 주마."

묵향이 으르렁거리며 막 출수하려는데, 차분하기 그지없는 여인의 목소리가 상큼하게 들려왔다.

"오랜 세월이 흘렀건만, 정말 하나도 변하신 게 없는 것 같네요. 마치 20여 년 전으로 돌아간 것만 같아요."

묵향은 고개를 획 돌려 방금 말을 꺼낸 중년 부인을 바라봤다. 세월은 그녀의 아름다움을 빼앗지 않고, 오히려 그녀의 미를 더욱 완벽하게 보완해 주고 있었다. 얼핏 보면 옥화무제와 약간 닮은 듯도 했다. 하지만 옥화무제가 그 나이에도 불구하고 20대가 가지는 청순한 미모를 유지하고 있는데 비해, 그녀는 30대 후반의 완숙미를 자아내고 있었다.

뭔가 추억을 그리는 듯 생각에 잠겨 있는 그녀를 무시하고, 묵향은 날카로운 시선을 옥화무제에게로 던졌다.

"누구지?"

그럴 줄 알았다는 듯 옥화무제가 대꾸했다.

"제 손녀, 영인이죠. 과거 몇 달 잡아놓고 감상했을 텐데, 잊어버렸어요? 천마신교의 교주께서, 손녀 앞에서 할머니를 죽이는 만행을 저지르지는 않으시겠죠?"

묵향은 주먹을 쥐었다 폈다 했다. 정말 몇 대 쥐어 패고 싶은 것을 억지로 참고 있는 듯한 모습이었다.

"젠장, 예나 지금이나 잔머리 하나는 못 당하겠군. 하지만 손녀딸로 방패를 삼는 건 이번이 처음이자 마지막이야."

"물론 저도 알고 있어요. 하지만 그 이후부터는 이게 저를 지켜 주겠죠."

옥화무제는 화사하게 미소 지으며 품속에 들어 있는 협정서를 토닥거렸다.

옥화무제는 묵향 일행이 사라진 후 분타주에게 명령했다.

"무림맹에 전갈을 넣으세요. 현재, 무림맹에서 쫓고 있는 무영신마는 하남성을 향해 빠른 속도로 북상하고 있다고 말이에요."

"예? 왜 그런 거짓 정보를……?"

옥화무제는 그것도 빨리빨리 눈치 채지 못하는 분타주에게 짜증스런 어조로 대꾸했다.

"현재 무림맹에 그자의 위치를 알려 준다고 해서 잡을 수 있을 것 같아요? 이런 준비로는 결코 그를 잡을 수 없어요. 겨우 이따위 준비로 마교의 지존을 잡을 수 있다면 오래전에 그는 죽었겠죠."

이제야 상대가 누군지 눈치 챈 분타주의 눈이 화등잔만 해졌다.

옥화무제는 분타주가 뭐라고 입을 열기 전에 계속 말을 이었다.
"이제 알겠어요? 저 정도 인원으로 그에게 덤빈다는 것은 피해만 자초하는 일이라구요."
분타주도 이제야 이해가 되는지 고개를 끄덕였다.
현재 무림맹에서 발동시킨 천라지망은 극마의 수준에 못 미치는 마교의 장로급 정도를 척살하기 위해 구성되어 있었다. 그런 천라지망으로 어찌 화경급 고수를 잡을 수 있겠는가? 아니, 상대는 화경의 고수를 격패시켰으니, 그보다 더한 실력자라고 봐야 했다.
"얼른 무림맹에 전갈을 넣겠습니다."
허둥지둥 달려가는 분타주의 뒷모습을 보며, 옥화무제는 눈살을 찌푸렸다.
'쯧쯧, 저런 놈이 분타주라니. 한심하군.'
본타에 돌아간 후 분타주를 다른 사람으로 교체하겠다는 결심을 굳히는 그녀였다.

옥화무제 일행과 멀어진 후, 아르티어스는 혼자서 키득거리고 있는 묵향을 향해 짜증스런 어조로 투덜거렸다.
"지금 뭐 하는 짓이냐?"
뭐가 재미있는지 혼자 키득거리고 있던 묵향은 미소를 머금은 채 반문했다.
"뭐가요?"
"아까 그 계집하고 뭐 하는 짓이냐고. 별것도 아닌 일을 가지고 화를 냈다가, 또 손녀가 옆에 있다고 참아 줬다가……. 그냥 처음부터 붙잡아서 쥐어 패면 끝날 일을 가지고. 그것도 안 되면 내가 있잖냐? 그냥 기억을 읽어 버리면 순식간에 끝났을 텐데……."

"아, 그거요? 낫살이나 먹어 가지고 하는 짓이 귀엽잖아요. 얘기해 보면 재미도 있고……."

묵향의 대답에 아르티어스는 고개를 끄덕이며 말했다.

"하기야, 너 진짜로 성질나면 언제 그런 거 따지는 녀석이었냐?"

"그렇게 하면 재미없죠. 강호를 아무리 떠돌아도 그녀만큼 재미있는 대화 상대를 만나기도 힘들거든요. 그녀의 의도대로 적당히 화도 내 주는 척하면서……."

"아무리 재미있다고 해도, 그런 종잇조각에 서명을 한다는 건 좀……."

"그 계집은 자기가 득을 봤다고 생각하겠지만, 사실은 아니죠. 정보 수집은 무영문이 으뜸이니까, 대부분 저쪽의 도움을 받을 일이 많거든요. 또, 서로의 영역을 침범했을 때 어떻게 해 준다는 그런 조항은 아무짝에도 쓸모없는 조항이죠. 오히려 무영문의 행동에 제약만 줄 뿐이에요. 왜냐하면 본교와 달리 무영문은 모든 게 비밀에 싸여 있는데, 그런 소리를 이쪽에 한다는 자체가 '이 근처에 본문의 근거지가 있소' 하고 알려 주는 것이나 다름없잖아요."

묵향, 호북성으로

 술에 대취한 진팔을 침상에 뉘인 후, 조령이 다시금 객잔으로 돌아왔을 때 패력검제가 말을 걸었다.
 "폐가 되지 않는다면 합석해도 되겠는가?"
 상대는 진팔의 내력을 한눈에 알아볼 정도로 엄청난 고수였다. 그런 엄청난 고수를 옆에서 관찰할 수 있는 기회가 왔는데, 그것을 포기할 그녀가 아니었다. 남궁세가의 무사들 때문에 그렇게 혼쭐이 났는데도 불구하고, 무림에 대한 그녀의 흥미는 아직 식지 않은 모양이다.
 "예, 무, 물론입니다. 그러고 보니 존성대명도 여쭤 보지 못했군요. 소생은 조령이라고 합니다. 그리고 이쪽은 제 수하입니다. 무림초출이기에 미흡한 점이 많으니 너그러우신 마음으로 이해해 주시길 바랍니다."

포권하는 상대에게 패력검제는 가볍게 고개를 까딱하며 대답했다.

"아, 노부는 서진이라고 한다네."

패력검제는 가벼운 한담을 주고받으며 조령의 마음을 풀리게 만든 연후에 마음에 두고 있던 질문을 던졌다.

"한 가지 물어봄세."

"예."

"천지문의 제자와는 어떤 사이인가?"

"예? 천지문… 아, 진 형 말씀이신 모양이군요. 그냥 길을 가다가 만난 사이입니다만……."

"그런가? 하지만 그렇다고 하기에는 너무 친한 것 같은데……. 노부는 혹시 약혼자인가 했지."

상대가 자신이 여자인 것을 이미 알고 있다고 하자 그녀는 놀라지 않을 수 없었다.

'역시 고수는 고수로군. 한눈에 알아보는 것을 보면 말이야.'

조령은 씁쓸한 미소를 지으며 대답했다.

"아마도 죽을 고비를 함께 넘었기 때문인 것 같습니다."

"사선(死線)을? 호오, 그 얘기 좀 들려주겠나? 아주 재미가 있을 듯싶구먼."

조령은 상대가 그런 말을 한 진의를 파악하기 위해 슬금슬금 눈치를 살폈다. 하지만 딱히 상대의 표정에서 악의 같은 게 느껴지지 않았기에 조심스럽게 말을 꺼냈다.

"저, 혹시 남궁세가하고 친분이 있으세요?"

조령은 처음부터 무림의 매운맛을 한껏 본 상태였다. 매운맛을 보다 보면, 그만큼 경험치가 남게 되는 것이다. 그렇기에 남궁 뭐시긴가하는 작자가 자신에게 써먹었던 방법을 그녀는 그대로 써먹었다. 역시 이래서 무림에서 몇 년 눈칫밥을 먹으면 노련한 강호로 거듭나게 되는 모양이다.

그녀의 의도를 짐작했는지 그렇지 않은지는 알 수 없지만, 패력검제는 고개를 가로저으며 대답했다.

"노부는 남궁세가와 별로 친분이 있지 않다네. 원래 노부가 활동하던 곳은 산서성이었거든."

"아, 그러십니까?"

조령은 힐끔힐끔 패력검제의 눈치를 살피며 그간 있었던 일을 이야기하기 시작했다. 남궁세가에서 있었던 일, 그리고 마교의 교주를 만났던 일을 말이다. 물론, 일이 어떤 방식으로 틀어질지 모르는 일이었기에, 교주가 친절한 척했다든지 하는 부분은 쏙 빼먹은 상태였다.

"그러니까 자네의 말은, 교주가 자네들을 구출해 줬다는 말인가?"

"결론은 그렇지만, 사실 남궁세가 쪽에서 말실수를 했기에 얻은 어부지리라고 봐야 하지 않겠습니까? 교주는 우리들을 구해 줄 생각이 손톱만큼도 없었거든요."

패력검제는 잠시 생각에 잠겼다. 진팔의 심법은 교주가 전수해 준 것이다. 그런데 그가 자신이 전수해 준 심법을 통해 쌓은 내공을 몰라볼 리 없을 것이다. 자신이 봐도 진팔의 기세는 다른 도가의 무공을 익힌 자들과 미세하기는 하지만 차이를 느낄 정도였으니까 말이다.

"교주가 그 소형제에게 뭐라고 질문을 던지지 않던가?"

질문에 대답을 해야 하나, 말아야 하나……. 조령은 고민하지 않을 수 없었다.

"노부를 믿고 사실대로 이야기해 주면 안 되겠는가?"

"그…, 그러니까 무섭게 노려보며 태허… 뭐라는 심법을 익히지 않았는지 질문을 던졌습니다."

"태허? 태허로 시작하는 도가의 심법이라. 물론 소형제와 같은 그런 기세를 지닌 젊은이를 보지를 못했으니 절전된 것일 가능성이 크고……."

한동안 궁리에 궁리를 하고 있던 패력검제는 이윽고 생각났는지 입을 열었다.

"혹시 그것이 태허무령심법이 아니던가? 노부의 기억으로는 현문이 낳은 최고의 심법들 중에서 태허라는 글자가 들어가는 것은 그것뿐이네만."

"예, 맞습니다. 바로 그거에요. 누구한테 배웠는지 따지더라구요."

"그래서?"

"진 형은 여태껏 소생과 유람을 하면서 단 한 번도 보이지 않았던 모습을 보여 주더군요. 극존칭을 써 대면서 미주알고주알 다 알려 주는 거예요. 저는 일순간 사람이 바뀐 줄 알았다니까요."

그 말에 동감한다는 듯 패력검제는 고개를 끄덕이며 맞장구를 쳤다.

"흐음, 그 소형제가 그런 특이한 반응을 보이는 것은 이미 알고 있지."

"노선배님도 진 형에게 들어서 아시다시피, 교주는 자신이 과거에 가르쳐 줬었다는 것을 알고는 매우 친절하게 대해 줬어요."

"허~참, 그래서?"

"그래서 제가 나중에 교주와 헤어진 다음에 물었죠. 사람이 바뀐 줄 알았다구요. 그랬더니 진 형이 하는 말이 그렇게 안 하면 목숨이 위태롭다고 하던데요. 곧바로 대답을 안 하면 고문을 해서라도 알아낸다고 말이에요."

"거참 성질도 급한 사람이로군."

"참, 그리고 교주를 만난 후 진 형이 아주 재미있는 말을 했어요."

"뭔가?"

"혹시, 노선배께서는 암흑마제라는 명호를 들어 보신 적이 있으세요?"

패력검제는 고개를 끄덕이며 대답했다.

"물론 있다네. 마교 교주의 명호가 아닌가?"

"예, 그런데 교주 앞에서는 절대로 그 명호를 안 쓰는 게 좋대요."

패력검제는 매우 흥미를 느끼며 물었다. 왜냐하면 그 명호를 썼다가 초우가 박살 나는 모습을 직접 목격했었기 때문이다.

"왜 그런고?"

"그건 마교 교주가 강호에서의 활동을 그만둔 후, 남을 씹기 좋아하는 쓰레기들이 퍼뜨린 명호래요. 그렇기에 아마 그 내력을 교주가 들었다면, 그 성질머리로 봤을 때 가만히 있지 않을 거라고 하던데요? 특히, 그의 앞에서 그 명호를 말했다간 그 한마디에 지옥을 경험할 수도 있다고 하더라구요. 노선배님께서도 조심하시는 게……. 아, 참! 노선배님께서는 이미 만나셨다니 아시겠군요."

패력검제는 씁쓸한 듯 입맛을 다시며 중얼거렸다.

"아무래도 자네들을 좀 더 일찍 만났었다면 좋았을 거라는 생각이 드는군. 그건 그렇고, 보아하니 딱히 정해진 행로가 있는 것도 아닌 듯싶은데…, 이것도 인연인데 본문에 놀러오지 않겠나? 한 며칠 푹 쉬면서 노부의 말벗이나 되어 주게."

패력검제의 정중한 제안에 조령의 마음은 갈등을 일으키기 시작했다.

'이것도 혹시… 함정 아닐까?'

관제묘의 뜰에서 해바라기를 하고 있는 거지들의 수가 급증해 있었다. 주위에서 증원 인력이 도착했기 때문이다. 하지만 그들을 바라보는 분타주의 표정은 씁쓸하기 그지없었다.

"젠장, 어중이떠중이 다 모아 놓으니까 숫자는 많지만 영 마음이 안 놓이는군. 그리고 저놈들이 처먹는 걸 무슨 수로 감당하지?"

식량 공급을 비럭질에 의존할 수밖에 없는 개방의 비애가 분타주의 어조에 묻어 있었다. 갑자기 식구가 늘었다고 해서, 구걸해서 들어오는 식량이 덩달아 증가하는 게 아니니 그것이 문제인 것이다.

이때, 관제묘 안에서 문서를 정리하던 거지 하나가 그를 불렀다.

"타주님, 이것 좀 보십쇼."

"뭐냐?"

"이상한 걸 발견했는뎁쇼."

분타주가 그리로 가자, 거지는 수많은 점과 깨알만큼 작은 글자들이 기록된 지도의 한 부분을 가리키며 말했다.

"이게 암흑마제로 추정되는 인물이 지나간 행로입니다. 그놈이 지나가면서 형제들을 고문했던 장소들이 표시되어 있죠."

그 점은 어느 정도는 일정하다고 할 수 있는 행로를 그리고 있었다. 묵향이 지나가다가 개방도가 보이기만 하면 잡아다가 족쳐 버렸으니 그렇게 흔적이 남은 것이다.

"그래서 될 수 있으면 그가 갈 행로 주위에는 얼씬도 하지 말라고 했지 않느냐?"

"예, 그런데 무영문의 옥화 봉공님을 발견했다는 보고를 보내온 형제가 있었지 않습니까?"

그 말에 분타주는 고개를 끄덕이며 말했다.

"그랬지. 지금 무영문도 무영신마 척살 작업에 적극 동참하고 있지 않느냐? 그런 만큼 그분께서도 현장을 지휘하기 위해 달려오신 것이겠지."

"그런데, 이걸 보십시오. 암흑마제의 이동로를 기준으로 예측한다면 이런 식으로 그가 이동할 가능성이 크지 않겠습니까?"

"그렇지."

"그리고 옥화 봉공님의 이동로를 기준으로 봤을 때 이렇게 움직인다면?"

그것을 보고 분타주의 안색이 희한하게 바뀌었다. 뭔가 봉 잡았다는 표정인 것 같기도 하고, 또 엄청난 배신감을 당한자의 얼굴인 듯도 했다. 하지만 그는 고개를 세차게 흔들며 중얼거렸다.

"서, 설마 그렇지는 않을 거야."

거지는 자신 있게 말했다.

"그렇지만 증거가 있습니다."

"증거? 무슨 증거 말이냐?"

"이 두 점이 교차했을 거로 추정되는 시간 이후에 상황이 급변했기 때문입니다. 무영문에서는 본방에서 그림자도 구경하지 못한 무영신마를 찾아낸 겁니다. 그가 하남성을 향해 빠른 속도로 북상하고 있다는 연락을 보내왔지 않습니까? 그래서 모든 고수들이 지금 하남성으로 집결 중이죠. 그리고 암흑마제로 추정되는 그놈은 더 이상 본방의 형제들을 괴롭히지 않고 빠른 속도로 호북성을 향해 이동 중입니다. 뭔가 이상하지 않습니까?"

"진짜 옥화 봉공이 그놈과 만나서 모종의 뒷거래를 했단 말인가?"

이리저리 궁리하던 분타주는 거지에게 말했다.

"총타에 관련 자료와 함께 그 사실을 전해라. 하지만 이 사실이 밖으로 새 나가서는 결코 안 된다."

"옛! 특급 기밀로 처리하겠습니다."

교주가 돌아왔다!

"크, 큰일 났습니다."

밖에서부터 소리치며 달려온 부하가 허겁지겁 실내로 들어서자, 천리독행 철영 부교주는 다급히 질문을 던졌다.

"무슨 일인데 그러느냐? 관지 녀석이 무슨 일이라도 저질렀느냐?"

"그, 그게 아니라 교, 교주께서 돌아왔습니다!"

그 말에 철영 부교주는 소스라치게 놀랐다.

"사실이냐?"

"옛! 어느 안전이라고 거짓을 아뢰겠습니까? 교주를 알아보지 못한 경비 무사들이 경을 쳤다고 합니다."

철영은 황당하지 않을 수 없었다. 완전히 죽은 줄 알았는데, 어떻게 그가 살아서 돌아올 수 있다는 말인가?

"이럴 수가…, 분명히 그는 죽었다고 들었거늘."
"혹시, 장인걸이 거짓 정보를 흘린 것이 아니겠습니까?"
철영은 수하에게 호통을 쳤다.
"본좌가 그것도 못 알아볼 줄 아느냐? 태상교주는 한사코 부인했지만, 장인걸이 보내온 것은 분명 교주의 애검이 틀림없었다. 본좌가 교주의 검도 못 알아볼 줄 알았느냐?"
수하는 납작 엎드려서 부들부들 떨며 말했다.
"요, 용서를……."
"검은 무인의 생명. 그것을 뺏긴 자가 아직도 살아 있다니……. 도대체 어떻게 된 일인지 알 수가 없구나."
그럴 수밖에 없는 것이 무인은 자신만의 애병(愛兵)을 생명과도 같이 아낀다. 왜냐하면, 세월이 지날수록 자신이 익힌 무공과 병기가 점차 조화를 이뤄 더욱 깊은 경지로 나아가게 되기 때문이다. 자신의 검이 부러졌다고 해서 도를 주워들었다면, 그가 자신이 지닌 실력을 완벽히 펼쳐 낼 수 있을까? 또, 3척 검을 쓰던 자가 2척 검을 제대로 다룰 수 있을까?
물론, 절대의 경지에 올라선 무인들에게 있어서 애병의 존재는 크게 중요한 것이 아니다. 하지만 그만큼의 경지를 개척할 때까지 자신과 함께 자라온 병기는 더 이상 병기가 아니다. 생의 반려자로서 받아들여지게 되는 것이다. 그런 병기를 적이 가지고 왔다면, 응당 그 병기의 주인은 죽었다고 보는 것이 옳았다.
"교주에게로 가겠다. 준비를 갖춰라."
"옛!"

묵향에게 반 강제로 끌려와 마교에 입교를 하게 된 비운의 사나이 초류빈. 그는 현재 팔자에도 없는 부교주 노릇을 하고 있었다. 묵향 실종 후에도 이렇다 할 직책을 받지 못한 그는, 묵향이 내려 준 조언을 등대 삼아 끝없이 수련에만 매진했다. 그리고 그 결과 부교주라는 영광스러운(?) 자리를 차지하게 된 것이다.

"젠장! 내가 마교의 부교주라니. 아마 돌아가신 아버지가 이 사실을 아신다면 무덤에서 벌떡 일어서실 거야."

마교 내에 있는 거대한 소나무 숲. 이곳이 바로 초류빈의 수련장이었다. 그는 소나무 그늘에 앉아 식어 빠진 음식들을 우물거리면서 중얼거렸다. 혼잣말을 중얼거리는 것은 그가 워낙 오랫동안 이 숲 속에서 혼자 생활하다 보니 붙은 자연스런 습관이었다. 이런 습관이라도 붙이지 않았다면 말하는 것조차 잊어버렸을지도 몰랐다. 그도 그럴 것이 그가 이 숲 속에 들어와서 홀로 무공수련을 하기 시작한 것이 벌써 3년째에 접어들었기 때문이다.

"그건 그렇고, 아무래도 뭔가 사기당하고 있다는 느낌이 한 번씩 든단 말이야. 솔잎을 헤아린다고 유언비어를 유포해서 주위 사람들을 안심시켜 놓은 후 뭔가 아주 특별한 신공(神功)을 익혔음에 틀림없어. 그래, 어쩌면 교주만이 익힐 수 있다는 북명신공이나 천마신공, 혹은 뇌전신공을 숨어서 익히고 있었을 수도 있겠지."

여기까지 중얼거리던 초류빈은 고개를 가로저으며 중얼거렸다. 자신이 생각해도 조금 말이 안 된다고 느낀 것이다.

"쩝, 그건 아니겠지. 그 세 가지 무공은 교주만이 익힐 수 있는 건데 어떻게 그가 익힐 수 있었겠어? 아마도 그것보다는 정파에서 노획했던 무공들 중에서 가장 뛰어난 것을 하나 우연히 발견해서 익혔을 가능성이 크지. 그런 다음 다른 사람들은 익히지 못하도록 파기해 증거를 인멸한 게 틀림없어. 그 인간의 치사함과 간악함으로 미루어 봤을 때 충분히 그러고도 남을 거야."

초류빈은 자신의 말이 틀림없다는 듯 고개를 주억거리며 확신에 찬 어조로 말했다.

"맞아. 그게 확실해. 그 치사한 녀석은 충분히 그러고도 남을 놈이지."

한참을 그렇게 투덜거리던 그는 고개를 가로저으며 중얼거렸다.

"심마(心魔)야, 심마. 왜 이렇게 그에 대한 생각만 떠오르면 악담을 하게 되는지…. 이것도 문제라면 문제로군."

초류빈은 벌떡 일어섰다.

"쓸데없이 주절거릴 시간이 어디 있어? 배를 채웠으니 다시 시작해 볼까?"

이때, 공기를 가르는 파공성을 울리며, 엄청난 속도로 접근해 오는 인물이 있었다. 그는 도착하자마자 초류빈 앞에 부복하며 외쳤다.

"부교주님을 뵈옵니다."

"무슨 일인데 그렇게 급히 오는 것이냐?"

"교주님께서 돌아오셨습니다."

"뭣이?"

초류빈은 갑자기 머리가 띵해지며 등 뒤로 식은땀이 흘러내리는 것을 느꼈다.

그의 뇌리에는 과거의 그 지독한 기억들이 뒤죽박죽이 되어 교차하기 시작했다. 무공은 머리가 아닌 몸으로 먼저 깨달아야 한다는 묵향의 지론에 따라 그는 매일 묵향에게 죽지 않을 만큼 얻어터져야만 했다.

초류빈의 입장에서 그것은 무공수련이 아닌 살아남기 위한 발버둥의 시간이었다. 어쩌면 그때의 경험이 그를 화경으로 이끈 열쇠가 되었는지 모르지만, 초류빈에게 있어서 그 지옥 같은 수련은 꿈에서조차 떠올리고 싶지 않은 악몽일 뿐이었다.

"무, 무슨 헛소리냐? 그가 살아 있을 리가……."

"어찌 감히 부교주님께 허언을 아뢰겠습니까? 지금 모든 장로들이 소집되었고, 본교의 주력 고수들이 대거 환영식을 위해 동원되고 있는 것을 속하가 두 눈으로 직접 확인한 후에 달려오는 길입니다."

수하의 말에 초류빈은 허탈한 음성으로 중얼거렸다.

"젠장, 이제 끝장이군."

하지만 초류빈은 마음을 다잡으며 고개를 세차게 흔들었다. 그는 웅혼한 음성으로 말했다. 하지만 그것은 다른 사람이 아닌 자신을 설득하기 위한 것이었다.

"그래, 맞아. 그가 옛날의 그가 아니듯, 나도 옛날의 내가 아니지. 그동안 나도 엄청난 수련에 수련을 거듭했어. 결코 옛날 같이는 되지 않을 거야."

이리저리 서성이며 자신을 격려하던 초류빈. 하지만 잠시 후, 그는 인상을 찡그리며 수하에게 명령했다.

"아무래도 지금 인사를 가는 게 좋겠다. 초연대(楚戀隊)를 집합시켜라."

"존명."

철영 부교주가 자신의 호위대를 이끌고 대 연무장에 도착했을 때, 이미 그곳에는 수천 명에 달하는 마교의 정예 고수들이 교주의 귀환을 환영하기 위해 좌우편으로 도열해 있었다.

으드득!

철영은 이빨을 갈지 않을 수 없었다. 관지 장로가 자신만 빼놓고 연락을 돌렸다는 사실을 눈치 챘기 때문이다.

서둘러 대 연무장에 도착한 철영이 주위를 둘러봤을 때, 초류빈 부교주의 모습 또한 보이지 않고 있었다.

'이게 어떻게 된 일이지?'

철영이 의아해하고 있을 때, 관지가 그를 발견하고는 재빨리 다가와서 말을 걸었다.

"천리독행 부교주님께서는 어쩐 일이십니까?"

"교주께서 돌아오셨다고 해서 나왔다네."

"아, 예. 원래 환영식에는 부교주님들 이상의 원로고수 분들은 참석하지 않으셔도 될 것으로 판단했는데, 기왕에 오신 거 교주님을 만나 보고 가시지요."

그 말에 철영의 인상은 일그러졌다. 오지 않아도 될 것을 온 것이다. 하지만 그렇다고 지금 물러가자니 모양새가 고약했다. 씁쓸한 입맛을 다시며 기다리고 있는 수밖에…….

좌우에 도열하고 있는 수천 명의 정예. 그들 하나하나가 엄청난 마기를 뿜고 있는 극강의 고수들이다. 그들을 보고 아르티어스의 두 눈은 휘둥그레졌다. 그가 살던 세계에서도 이 정도급의 고수들을 이렇게 많이 보유한 국가는 그 어디에도 없었다는 것을 알기 때문이다.

"우와, 이게 다 네 부하들이야? 정말 대단하구먼. 이 정도면 왕국을 세워도 되겠어."

"촌스러운 말 그만 하시고 가만히 좀 계세요."

묵향의 지적에 아르티어스는 그런대로 조용해졌지만, 그 뒤에서 얌전히 따라오고 있던 마사코의 안색은 점점 더 창백해지고 있었다. 이토록 괴이하면서도 강렬한 기운을 뿜어내는 자들의 사이를 걸어간다는 것이 보통 사람으로서 할 수 있는 일이 아니었던 것이다.

아무런 무장도 하지 않은 묵향이 앞에서 걸어가고, 제일 뒤에 마사코가 주인의 검을 받쳐 들고 따라가고 있었다. 그런 모습을 본 마교도들이 약간이기는 하지만 술렁거리기 시작했다. 교주가 모습을 감춘 지 이미 23년. 단 한 번도 교주의 모습을 보지 못했던 자들도 많았기에 나타난 현상이었다.

그들은 문약한 서생처럼 생긴 새파란 젊은이의 모습을 보고 저 자가 진짜 교주인지 강한 불신감을 드러내고 있었다.

장로들의 인사를 받으며, 묵향은 흡족한 듯 말했다.

"내가 없는 동안 그대들이 본교를 잘 관리했구나. 수고들 많았다."

"감사합니다, 교주님."

"그런데, 설무지는 어디 있느냐?"

그 말에 장로들의 옆쪽에 서 있던 늙은이가 대답했다. 그의 눈에는 물기가 어리고 있었다. 그가 바로 현재 마교의 군사로 있는 설무지의 아들 설민(雪旻)이었다.

"아버님께서는 몇 달 전에 돌아가셨습니다. 교주님께서 돌아오시기를 그토록 학수고대하셨었는데……."

그 말에 묵향의 안색은 급격하게 흐려졌다. 설무지의 소식을 들으니, 자신이 자리를 비운 시간이 더욱 길게 느껴졌던 것이다. 하지만 묵향은 정신을 다잡으며 중얼거렸다.

"으음, 본좌도 그건 어쩔 수 없었구나."

묵향은 군사 옆에 서 있는 관지를 향해 질문을 던졌다.

"관지, 그의 장례는 잘 치러 줬겠지?"

잠시지만 묵향의 표정 변화에서 부하에 대한 사랑을 발견한 관지는 고개를 끄덕이며 흐뭇한 표정으로 대답했다.

"심려 놓으십시오. 군사의 예를 받들어 성대하게 치렀습니다."

"오랜만에 자네들 얼굴을 보니 내 마음이 뿌듯하군. 자 들어가세."

"옛."

실내로 들어가려던 묵향이 뭔가를 발견했는지 환히 웃으며 입을 열었다.

"호~, 천랑대주, 그동안 극마를 깨달은 모양이군. 축하할 일이야."

옆에서 관지가 조언했다.

"현재는 부교주가 되셨습니다. 현재 천랑대는 한중평 장로가 맡고 있습니다."

원래가 장로의 임명은 교주의 고유 권한이다. 그렇다 보니, 교주가 실종된 상태에서는 장로들 간의 자리 이동이 있을 수 없었다.

하지만 그들 중에 한 명이 죽거나 승진 혹은 은퇴한다면 그 자리가 비게 될 것은 자명한 일이다. 이런 때는 새로운 장로를 한 명 뽑게 된다. 이때, 그 장로를 어디에다가 배치하느냐가 문제점으로 떠오른다. 빈 자리에 바로 신참 장로를 집어넣을 수는 없기 때문이다.

마교의 무력 단체는 그 지닌 바 능력에서 큰 차이를 보인다. 가장 강한 단체를 맡고 있던 장로가 빠진 자리를 신참 장로가 차지할 수는 없지 않겠는가. 그렇기에 장로 개개인이 지닌 능력에 따라 대대적인 자리 이동이 벌어질 수밖에 없었다.

그것을 잘 알고 있는 묵향은 당연하다는 듯 말했다.

"그렇게 되었나? 내가 없는 동안 자리 이동이 좀 있었겠군."

"예, 태상교주님께서 인사이동을 하셨었습니다. 하지만 마음에 안 드신다면, 다시 바꾸셔도 됩니다. 장로들의 인사권은 교주님의 권한이시니까요."

이때 저쪽에서 초류빈이 수하들을 이끌고 허겁지겁 나타났다. 그는 묵향을 확인한 후, 처음에는 인상이 확 찌그러드는 듯하더니 다음 순간에는 활짝 미소 짓고 있었다. 초류빈은 묵향에게 포권하며 외쳤다.

"어서 돌아오십시오, 교주님! 귀환을 축하드립니다."

"오오, 자네도 화경을 깨달았는가? 축하하네."

"감사합니다, 교주님."

"그건 그렇고, 오늘은 이만하고 자네들과는 다음에 만나 담소를 나누는 것이 좋을 것 같군. 오늘은 장로들과 군사에게 본교가 어떻게 운영되고 있는지 보고를 듣는 게 순서인 것 같으니까 말일세."

"예."

자신의 처소에 돌아온 철영 부교주는 뿌드득 이빨을 갈며 투덜거렸다.

"젠장, 한눈에 내 경지를 알아보는 것을 보니, 교주의 실력이 전혀 녹슬지 않은 모양이군."

"어떻게 하시겠습니까?"

수하의 말에 철영은 잠시 고민했다. 하지만 지금까지 쌓아 놓은 것이 너무나도 아까웠다. 몇 시진 전만 해도 교주의 자리는 바로 그의 코앞까지 와 있었다. 그런데 지금은 아니었다. 상대는 탈마의 고수. 도대체 몇십 년이나 더 기다려야 교주 자리가 자신에게 돌아올지 감도 안 잡혔다. 그때가 되면, 또 다른 극마의 고수들이 탄생할지도 모른다. 그렇다면 또다시 그들과 다퉈야 하지 않겠는가.

"어쩔 수 없다. 기왕에 빼든 칼이다. 이제 와서 포기할 수는 없지."

"결정은 빠를수록 좋을 것입니다. 시간이 지나면 지날수록 교주의 자리는 탄탄해지지 않겠습니까? 고루혈마(枯僂血魔) 장로와 염왕적자(閻王笛子) 장로가 뒤를 밀어 주고 있는 이때를 놓치시면 기회는 두 번 다시 오지 않을지도 모릅니다."

장로 서열 3위의 고루혈마 옥관패(玉冠覇)는 5백 명의 절정고수로 구성된 수라마참대(修羅魔斬隊)를 맡고 있었다. 그리고 장로 서열 4위의 염왕적자 한중평(寒重平)은 1천 명의 절정고수로 이뤄진 천랑대(千狼隊)를 맡고 있었다. 그들은 둘 다 매우 호전적인 인물들이다. 그렇기에 철영의 확장 노선을 적극 지지하고 있었다.

"좋다. 오늘 밤, 두 장로한테 이리 오라고 일러라."

"옛."

 수하가 밖으로 사라지고 난 후, 철영은 자신의 검을 뽑아 들고 투명한 검신을 바라봤다. 섬뜩한 예기가 비춰지는 그의 검은 뛰어난 장인이 만든 마검(魔劍)이었다. 검의 검신은 그의 광폭한 마음을 반영하듯 검붉은 광택을 띠고 있었다. 철영은 검신을 바라보며 약해지려는 자신의 마음을 격려하고 있었다.

 "암살당한 교주도 많았지. 자신감 넘치는 교주. 그는 옛날처럼 호위에 별 신경도 쓰지 않을 테니 바로 그 자신감을 역이용하는 거야. 그러면 나의 세상이 열리겠지. 피로 물든 마의 세상이 말이야. 크흐흐흐."

 살기 띤 어조로 중얼거리는 철영의 눈빛이 묘하게 번쩍이고 있었다.

좌절된 천리독행의 꿈

 묵향은 장로들과 군사에게 자신의 부재 시 행해진 모든 일에 대한 보고를 받았다. 강력해진 힘이 몇몇 실력자에게 집중되는 것을 막기 위해 설무지는 기존의 5개 무력 단체를 해체하여, 6개 무력 단체로 확대 재편성했다. 혈랑대(血狼隊), 수라마참대(修羅魔斬隊), 천랑대(千狼隊), 염왕대(閻王隊), 흑풍대(黑風隊), 자성만마대(紫星萬魔隊)가 그것이다.
 6개 무력 단체는 내총관이자 수석장로인 마교 서열 4위 수라혈신(修羅血神) 북궁뇌(北宮雷)가 총괄 지휘했다. 하지만 홍진 장로가 맡고 있는 비마대(秘魔隊)는 내총관이 아닌 군사(軍師) 직속의 정보 단체로 편성되어 있었는데, 묵향이 돌아온 만큼 교주 직속으로 변경되었다.
 설무지는 묵향이 사라지자 정파와의 쓸데없는 분쟁을 없애기 위해 모든 분타를 철수시켰다. 현재 외부에 손을 뻗고 있는 것은 홍진이 맡고 있는 비마대뿐이었다.

묵향은 전체적인 상황에 대한 보고를 받은 후, 태상교주가 단행한 인사이동에 이의가 없음을 밝혔다. 자신들의 자리에 변동이 없을 것임을 확인한 장로들의 안색이 눈에 띄게 밝아졌다.

묵향은 자신이 없는 동안 마교를 이끌어 온 장로들과 군사에 대한 치하를 아끼지 않았다. 그리고 그에 대한 포상도 두둑하게 지급되었다.

묵향은 제일 마지막으로 설무지의 공적에 대해 얘기했다. 하지만 묵향은 결코 상대가 죽은 사람이라고 좋은 말만 한 것은 아니었다.

"설무지는 본좌가 없는 동안 본교의 발전을 위해 최대한의 노력을 아끼지 않았다. 그러나 그의 공적이 아무리 크다고 해도, 잘못한 일까지 덮어지는 것은 아니다. 본좌가 갑작스럽게 실종되었다고 해도 그렇지, 중원에 산재해 있던 모든 분타를 철수한 것은 명백한 그의 실책이다."

묵향은 설민 군사를 향해 지시했다.

"각 성(省)에 1개씩의 분타를 설치해라. 그리고 더욱 사업 영역을 확장해라."

"존명!"

묵향은 드넓은 태사의 앞에 시립해 있는 장로들을 쏘아보며 외쳤다.

"천하 최강을 자랑하는 본교가 무엇이 무서워서 움츠리고 있단 말이냐?"

묵향은 외총관 삼면인마(三面人魔) 소무면(簫無面) 장로에게 시선을 돌리며 말했다.

"외총관! 이제부터 자네가 바빠질 것이다."

외총관은 마교 내 모든 하급 무사들을 총괄 지휘하는 직책이다. 그렇기에 과거 외총관의 직위는 장로 서열 5위 정도였지만, 설무지에 의해 분타를 모두 철수한 후에는 최하위인 9위로 밀려 버렸다. 하지만 또다시 마교의 팽창 정책이 시작된다면 그의 직위는 과거와 같은 5위로 올라설 것이 분명했다. 그렇기에 소무면 장로로서는 희색이 만연할 수밖에 없었다.

기다리고 있었다는 듯 소무면 장로가 고개를 숙이며 우렁차게 대답했다.

"충성을 다 바쳐 기대에 보응하겠습니다, 교주님."

"그리고, 현재 독자적으로 행동하고 있던 혈화궁(血花宮)과 만악궁(萬惡宮)도 과거와 같이 외총관 휘하에 두겠다."

"감사합니다, 교주님."

혈화궁은 여인들만으로 이뤄진 집단으로서 중원의 화류계에 진출해 있었다. 그리고 만악궁은 표국, 전당포, 각종 상행위 등을 통해 마교 내의 자금줄 역할을 담당하고 있었다. 또 마교가 보유하고 있는 각종 전답 등을 통한 수입도 관리하고 있었다.

그런데 마교의 분타를 모두 철수시키면서 설무지는 그 둘을 독립시켜 버렸다. 외부에 존재하는 모든 하급 무사들을 철수시키는 마당에, 그들을 외총관 휘하에 둘 이유가 없었기 때문이다.

묵향은 회의 석상에 모여 있는 모든 수하를 쭉 둘러본 후 힘 있게 외쳤다.

"마도 천하가 이룩되는 그날을 위해 모두들 분골쇄신하라."
"존명!"
우렁차게 대답하는 장로들의 표정에는 기쁨이 묻어 있었다. 오랜 기다림의 시간이 끝나고, 바야흐로 중원 진출이 시작되는 것이다.
"자, 오늘은 첫날이니 이 정도로 하고 나머지는 다음에 보기로 하지."
"옛."
모두들 물러가는 가운데, 옥관패와 한중평 두 장로가 자리에 남았다. 그들은 묵향 앞에 부복하며 사죄했다.
"속하들을 용서해 주십시오, 교주님!"
"무슨 일인데 그러느냐?"
"저희들은 교주께서 돌아가신 것으로 알고, 천리독행 부교주를 교주로 선출하려고 했습니다. 관지 장로가 그것을 막고 있었기에, 결국은 무력으로 본교를 뒤엎을 모의까지 했었습니다."
그들이 회의가 끝나자마자 기다렸다는 듯 모든 것을 실토하는 이유는 뻔한 것이었다. 만약 지금 토설하지 않는다면 더 이상 기회가 없을 것이기 때문이었다. 이 회의가 끝난 후 관지나 마화가 묵향에게 밀고할 것이 분명했다. 무슨 일이 있어도 그전에 사죄하고 용서를 구해야만 했다.
그들이 기억하는 묵향은 용서를 구하면 매우 관대하게 용서해 줬었기 때문이다. 또, 묵향 자신이 돌아오자마자 중원 진출의 포부를 밝혔으니, 현재의 마교에 대해 더 이상 불만 사항도 없었다.
묵향은 아무 일도 아니라는 듯 미소로 화답했다.

"난 또, 무슨 일이라고. 호랑이가 없으면 당연히 늑대가 위로 올라가는 것이 본교의 율법. 그대들은 율법에 따라 착실히 이행했을 뿐인데, 무슨 용서를 구하겠는가?"
교주의 말에 그들은 감격한 듯 외쳤다.
"감읍할 따름입니다, 교주님."

회의가 끝난 후 묵향이 자신의 처소로 돌아왔을 때 그곳에는 환히 미소 짓고 있는 중년 여인이 서 있었다. 하지만 그녀의 두 눈에는 이슬이 맺혀 있었다. 묵향은 한눈에 그녀가 누군지 알아봤다. 아무리 세월이 흘렀다고 하지만, 그 얼굴을 잊을 수는 없었다.
세월의 장난인지 고집스러워 보이던 그녀의 눈매는 부드럽게 변해 있었지만, 그녀의 허리에 메여 있는 장검의 붉은 수실에는 아직도 비취로 만든 작은 꽃송이가 대롱거리며 매달려 있었다. 마화의 그런 모습은 언제나 묵향의 얼굴에 부드러운 미소를 피어오르게 했다.
"마화."
마화는 묵향이 들어오는 것을 보고 황급히 그에게로 다가갔다. 너무나도 그리웠던 사람. 하지만 무려 23년이나 소식 한 번 없었던 사람이기도 했다. 자신의 속을 새까맣게 태워 놓고는, 저렇게 뻔뻔스런 얼굴로 태연히 서 있는 것이다.
안길 듯 다가선 마화였으나 묵향의 앞에 선 순간, 무슨 생각이 들었는지 갑자기 손을 들어 묵향의 뺨을 매섭게 후려쳤다. 아마도 그 오랜 세월 자신을 기다리게 한 원망 때문이었을 것이다.
그런 마화의 행동을 묵향은 그저 말없이 바라보기만 했다.

짝!

매서운 소리를 내며 자신의 손이 묵향의 뺨을 직격하자, 마화는 오히려 깜짝 놀란 듯 주춤주춤 뒤로 물러섰다. 그가 그냥 맞고 있을 거라고는 상상도 하지 못했던 것이다. 마화의 손에는 내공이 한 올도 실려 있지 않았지만, 설혹 강맹한 내공이 실려 있다고 해도 그라면 충분히 막거나 피할 능력이 있지 않은가.

마화는 자신을 애잔한 눈빛으로 쳐다보는 묵향을 멍하니 바라보다가 와락 울음을 터트렸다. 도무지 자신의 감정이 정리되지 않았기 때문이다.

가늘게 어깨를 떨며 훌쩍거리고 있는 마화를 바라보는 묵향의 표정은 난감하기 그지없었다. 수없이 많은 세월을 살아온 그였지만, 이런 상황만은 익숙하지 않았기 때문이었다. 하지만 울고 있는 그녀를 가만히 놔두기도 뭣했던 묵향은 어색한 걸음으로 다가가 그녀를 살며시 껴안았다.

어색하게 살짝 껴안았을 뿐이었지만 훌쩍거리던 마화가 자신의 품속으로 파고들자 묵향은 나직이 한숨을 내쉬며 마화의 머리를 부드럽게 쓰다듬어 줬다. 두 사람의 사이에는 오랜 시간 침묵이 흐르고 있었지만, 그 순간만큼은 서로의 마음을 충분히 이해할 수 있었다.

기나긴 침묵이 흐른 후, 투박스럽기 그지없는 묵향의 목소리가 튀어나왔다.

"자자, 진정하라구."

마화는 묵향을 올려다보더니 피식 미소 지으며 말했다.

"여전히 말을 멋대가리 없이 하는 사람이군요. 이런 때는 사랑한다든지 뭐 그런 달콤한 말을 하는 거라구요."
 하지만 묵향은 죄 없는 뒤통수만 벅벅 긁고 있을 뿐이었다. 마화는 그런 묵향을 그윽한 눈길로 바라보고 있었다.

 묵향과 마화는 탁자에 앉아 서로 바라보기만 할 뿐, 선뜻 말을 꺼내지 못하고 있었다. 어색한 침묵이 계속 흐르자, 마화는 뭔가 대화를 시작할 만한 화제가 없을까 궁리하기 시작했다. 이때, 마화는 갑자기 뭔가 떠올랐다는 듯 묵향에게 조심스럽게 입을 열었다.
 "교주님은 천리독행 부교주를 어떻게 생각하세요?"
 "꽤 쓸 만한 놈으로 생각하는데?"
 "그는 교주님이 안 계실 때 교주직을 노리던 사람이에요. 그를 조심하는 것이 좋을 거예요."
 "괜찮아. 사내라면 그 정도 배포는 지니고 있어야지. 그리고 내가 없을 때 있었던 일 아닌가? 그런 일까지 신경 쓴다면 의심하지 않을 놈이 어디 있겠어?"
 호탕한 대답에 마화는 한숨짓지 않을 수 없었다. 저 자신감을 빼놓는다면, 자신이 사랑하는 묵향이라는 사내가 될 수 없었다. 하지만 너무나도 태평스런 묵향의 모습에 뒷일이 걱정될 수밖에 없었다.
 "그렇게 생각하신다면 어쩔 수 없죠. 그건 그렇고, 먼저 태상교주님께 가 보세요."
 "왜?"
 "태상교주님께서 당신의 검을 보관하고 계시니까요."
 "묵혼검을? 뭐, 그건 나중에 찾아도 상관없잖아. 지금 검을 쓸 일도 없는데 말이야. 그건 그렇고, 나하고 함께 온 사람들은 어디에 있지?"

"둘 다 내전으로 안내했어요. 교주님의 손님들이시니 시녀들에게 최선을 다해 시중을 들라고 지시해 뒀죠."

"잘 처리했군. 그렇지만 내가 곁에 있지 않으면 통제가 안 되는 양반이 하나 있어서 지금 가 보는 게 좋을 것 같은데……."

묵향은 아르티어스에 대해 설명하는 것이 귀찮아서 대충 둘러댔다. 하지만 아르티어스의 무서움을 알 리 없는 마화는 단호하게 말했다.

"시녀들이 그분들의 시중을 들어 줄 테니 걱정 마시고 태상교주께 다녀오세요. 자, 빨리 그리로 가세요."

묵향은 비로소 마화의 눈에서 타협 불가능의 '고집'을 읽을 수 있었다. 갑자기 옛날 일이 떠올랐다. 그것이 옳은 일이라고 생각하면 그녀는 절대로 고집을 꺾지 않았었다. 묵향은 피식 미소 지었다. 20여 년이라는 세월이 흘렀건만, 그녀는 변함이 없었던 것이다.

"안녕하셨습니까?"

"지금까지는 안녕하지 못했지만, 자네의 태평스런 얼굴을 보니 앞으로는 안녕하게 될지도 모른다는 예감이 드는군."

"물론 그럴 겁니다. 이 기회에 아예 편히 쉬게 해 드릴까요?"

묵향의 손이 푸른 강기로 번쩍이는 것을 본 태상교주는 기겁을 해서는 다급히 뒷말을 이었다.

"말만이라도 고맙기는 하네만…, 노부는 현재 상태에도 만족한다네. 빨리 쉴 생각은 전혀 없어. 그건 그렇고, 어쩐 일인가? 설마, 돌아왔다고 노부에게 신고하려고 온 것은 아닐 테고……."

"물론이죠. 제 검을 가지고 계시다고 해서 찾으러 왔습니다."

"하여튼…, 쯧쯧."

태상교주는 혀를 차면서 소중히 간직해 뒀던 묵혼검을 꺼내어 묵향에게 건넸다.

장인걸은 묵향을 없애기만 하면 자신이 교주가 될 수 있을 것으로 생각했기에 자신이 묵향을 없앤 증거로서 묵혼검을 마교에 보냈다. 하지만 장인걸에게 아들을 잃은 태상교주가 그것을 묵과할 리 없었다. 태상교주는 사자가 가지고 온 묵혼검을 보고는 그것이 가짜라고 일갈하며 단숨에 그의 목을 베어 버렸다.

"장인걸의 사자가 이걸 가지고 왔었지. 하지만 이것 외에 딴것은 온 게 없었다네. 자네가 가지고 있나?"

"아뇨, 몽땅 잃어버렸습니다만……."

뻔뻔스런 묵향의 대답에 태상교주는 한숨을 푹 내쉬며 중얼거렸다.

"허참, 교주의 신물인 묵룡패(墨龍牌)를 잃어버렸으니 어찌할꼬? 무슨 일이 있어도 자네는 하루빨리 그것을 되찾아야 할 걸세."

마교 교주에게는 두 개의 신물이 있다. 하나는 '화룡도(火龍刀)'로 10대마병의 수위를 차지하는 마도(魔刀)였고, 또 하나는 한옥(寒玉)으로 만들어진 '묵룡패'다. 화룡도는 묵향이 사용하지 않았기에, 마교 내에 잘 간수되어 있었다.

하지만 묵룡패는 언제나 묵향이 지니고 다녔다. 교주의 얼굴을 알지 못하는 마교의 하급 무사들에게 묵향은 자신의 신분이 무엇인지 설명할 필요가 없었다. 바로 묵룡패만 보여 주면 끝이었기 때문이다. 그리고 묵룡패는 또 다른 용도도 가지고 있었다. 바로 인장(印章)의 기능이다. 교주의 인장이 필요한 공식서류에는 바로 이 묵룡패를 이용한 도장이 찍혔다.

태상교주의 말에 묵향은 피식 미소 지으며 말했다.

"그럴 필요 있겠습니까? 새로 하나 만들죠, 뭐."

"뭣이라고? 자네는 역대 교주들의 손을 거쳐 전해져 내려온 묵룡패가 뭐라고 생각하는 겐가? 묵룡패는 바로 본교의 역사인 것이야!"

열 받아서 펄펄뛰는 태상교주에게 묵향은 능청스럽게 대꾸했다.

"저는 교주의 힘이 그따위 옥패에서 나오는 게 아니라고 생각합니다. 강자지존! 본교의 율법이죠. 힘이 있으면 교주가 되는 겁니다. 그따위 옥패를 가지고 있다고 교주가 되는 게 아니죠."

가만히 들어 보니 설득력이 있었다. 태상교주는 커다랗게 웃음을 터뜨리며 말했다.

"크하하핫! 그렇군. 자네 말이 맞는 것 같으이."

"그럼 저는 이만 가 보겠습니다."

패기 있게 걸어가는 묵향의 뒷모습을 보며 태상교주는 중얼거렸다.

"어쩌면 내 살아생전에 마도천하를 볼 수 있을지도 모르겠군. 묵향 교주, 자네라면 충분히 그럴 능력이 있어."

묵향은 밖으로 나서며 중얼거렸다.

"도장 하나 새로 파는 김에 잘 드는 비수도 하나 만들어야겠군. 쩝, 고기 썰어 먹는 데는 그놈만 한 게 없었는데 말씀이야."

묵향이 태상교주를 만나고 있을 때, 철영 부교주는 초조하게 수하가 돌아오기를 기다리고 있었다. 이윽고 수하가 도착하자마자 그는 다급히 질문을 던졌다.

"그래, 두 장로에게 연락을 전했느냐?"

수하는 난처한 듯 대답했다.

"저……."

"무슨 일이냐?"

"두 분 장로께서는 이 일에서 손을 떼시겠다고 선언하셨습니다. 교주님께서 돌아오기 전이었다면 부교주님께 충성을 다했겠지만…, 지금은 사정이 달라졌다고 하시면서……."

철영 부교주는 노기를 터뜨렸다. 그가 분노하자 대기가 함께 요동치는 듯했다. 수하는 그런 상관에게 두려움을 느끼며 더욱 납작 엎드렸다.

"이, 이런 망할 녀석들! 내 그놈들의 간뎅이가 그토록 작은 줄은 미처 몰랐구나. 좋다. 일단 교주를 처리하는 것은 본좌 혼자서 할 것이야."

호기롭게 외치는 철영에게 수하는 주저주저하며 아뢰었다.

"저…, 그런데 염왕적자 장로께서 전하라고 하셨습니다. 이미 그 일에 대해 교주님께 말씀을 올리셨답니다. 지금 교주님께 용서를 구하면 용서받으실 수 있겠지만, 그렇지 않으면 목숨이 위태로우실 거라고 하셨습니다."

철영의 안색이 확 일그러졌다.

"뭐, 뭣이라고? 이런 때려 죽여도 시원찮을 놈들! 사내라고 믿었

건만, 어찌 그리도 주둥이가 가볍단 말이냐? 내 그놈들을 사내라 믿고 함께 일을 도모한 과거가 후회스럽도다."

말은 그렇게 했지만, 철영 부교주도 뒤가 켕기지 않을 수 없었다. 그렇기에 그는 한동안 궁리에 궁리를 거듭한 후 중얼거렸다.

"오냐, 좋다. 내 오늘은 용서를 구하겠다. 하지만 내 이 치욕을 결코 잊지 않을 것이야."

이빨을 뿌드득 갈며 복수를 맹세하는 철영이었다.

흡성대법을 익히고 싶어

뭔가 곰곰이 생각에 잠겨 있던 아르티어스는 도저히 참을 수 없다는 듯 시녀에게 질문을 던졌다.

"이봐, 뭐 하나 궁금한 게 있는데 말씀이야……."

시녀는 공손히 대답했다.

"예, 하명하시옵소서."

"너 혹시 흡성대법이라는 무공을 알고 있느냐?"

그 말에 시녀는 얼굴을 붉히며 대답했다.

"소녀는 미천하여 그런 뛰어난 무공을 익힐 수가 없사옵니다."

아르티어스는 활짝 미소 지으며 말했다.

"오오, 그 말은 알고는 있다는 거로구나. 그걸 어디에 가면 익힐 수가 있느냐?"

"소녀는 알지 못하옵니다. 하지만 한 번씩 여기 들르시는 냉비화녀 부대주님께 물어보시면 답을 해 주실 수 있을지 모르겠사옵니다."

"그래? 너, 당장 가서 그 부대주를 데려오너라."

잠시 후, 중년의 여인이 시녀의 안내를 받으며 실내로 들어왔다. 확실히 그녀에게서 느껴지는 마나의 기운은 시녀와 격을 달리할 정도로 엄청난 것이었다.

아르티어스는 단도직입적으로 질문을 던졌다.

"너 혹시 흡성대법이라는 무공을 알고 있느냐?"

아르티어스의 말에, 마화는 다소곳이 대답했다. 묵향이 아르티어스를 대할 때의 태도로 봤을 때, 그가 얼마나 아르티어스를 좋아하는지 알 수 있었기 때문이다. 묵향에게 소중한 사람은 자신에게도 소중한 사람인 것이다.

"예."

마화의 대답에 아르티어스는 반색을 하며 말했다. 그는 묵향의 전설에 대해 이야기꾼 노인에게 흡성대법이라는 소리를 들었을 때부터 그것을 배우고 싶어 좀이 쑤셨던 것이다.

"오오, 그래? 그거 어떻게 하면 익힐 수 있지?"

"아마, 마존무고(摩尊武庫)에 비급이 있을 겁니다. 없다면 수하들을 시켜 찾아보라고 이르겠습니다. 지금 필요하십니까?"

"응, 그래. 될 수 있으면 빨리 가져다주면 좋겠구먼."

몇 시진 후, 아르티어스에게 시녀가 다가와 책 한 권을 내밀었다.

"냉비화녀 부대주께서 이것을 전해 드리라고 하셨습니다."

아르티어스가 급히 받아서 보니 「흡성대법」이라고 표지에 쓰여 있었다.
 아르티어스는 음흉스레 미소 지으며 말했다.
 "흐흐흐, 바로 이거야. 이거라구."
 아르티어스는 열심히 탐독하기 시작했다.
 '이걸 나도 써먹어야지. 아들놈도 할 수 있는데, 나라고 못할쏘냐!' 하는 마음으로 그는 열심히 비급을 읽어 나갔다. 하지만 잠시 후 책을 집어던지며 신경질을 버럭 냈다.
 "이런, 제기랄! 이게 도대체 뭔 소리들인지 당최 이해를 할 수가 있어야 익히던 말든 할 거 아냐!"
 아르티어스는 시녀를 노려보며 외쳤다.
 "도대체 그놈의 마존무고라는 데가 어디 있느냐?"
 엄청난 광기를 드러내고 있는 아르티어스의 눈과 마주치자, 시녀는 사시나무 떨듯 떨기 시작했다. 그녀는 마교의 상위급 고수들도 자주 접해 봤지만, 이 정도로 자신에게 위압감을 준 사람은 맹세코 단 한 번도 구경해 본 적이 없었다.
 시녀는 재빨리 땅바닥에 엎드려 고개를 처박은 후, 마존무고로 가는 방법을 아뢰었다.

 한동안 묵향으로서는 바쁜 시간들이 지나갔다. 중원의 각 성(省)에 분타를 하나씩 설립하는 것만도 보통 일이 아니었던 것이다. 만약 무림맹 쪽에서 마교의 확장을 눈치 챈다면 방해 공작 내지는 정면충돌까지 벌어질 가능성이 농후했다. 그렇기에 이 모든 일은 비밀리에 아주 조심스럽게 진행되었다.
 마교가 활기차게 움직이기 시작하자, 중원 각지에 구축된 거점들과 주고받는 문서들이 폭증하기 시작했다. 게다가 군사가 독단적으로 결정할 수 없는 사항들도 종종 발생하고 있었기에, 묵향으로서도 바쁜 나날을 보낼 수밖에 없었다.

그리고 아르티어스도 그 나름대로 바쁜 일상을 보내고 있었다.

"오옷! 이런 기가 막힌 수련 방법이 있었다니!"

지금 그가 탐독하고 있는 비급은 흑시마조(黑屍魔爪)라는 마교가 자랑하는 최강의 조법이었다. 물론 아르티어스에게 이것이 조법이든 장법이든 뭐 그런 것은 관심도 없었다. 그의 눈을 사로잡은 것은 오로지 그 엽기적인 수련 방법이었다.

"그러니까 처음에는 소의 뇌수에 손을 담근 후 익힌다고? 그런 다음, 2성 이상 익힌 상태에서는… 2성이라는 게 뭔 소리지? 하기야, 지금 그게 중요한 게 아니니 넘어가고… 그러니까 그때부터는 시체를 이용해야 한다 그 말씀이군. 시체에 손을 박아 넣고 시독(屍毒)을 흡수한다……. 오! 이보다 더 흥미로운 수련법이 있다는 소리는 내 들어 본 적이 없어. 정말 기가 막히군. 그러니까 수련을 하기에 가장 알맞은 장소는 시독이 풍부하게 함유된 반쯤 썩은 시체를 대량으로 확보할 수 있는 공동묘지와 인접한 비밀스러운 장소다."

성질 급한 아르티어스는 당장 흑시마조를 익히고 싶어 견딜 수가 없었다. 그는 뒤도 돌아보지 않고, 비급을 들고는 대전으로 달려왔다.

아르티어스는 상기된 얼굴로 시녀에게 외쳤다.

"여봐랏!"

"옛!"

시녀가 달려 나오자 아르티어스는 다급히 외쳤다.

"소의 싱싱한 뇌수를 가져와라, 빨리!"

시녀가 달려간 후, 아르티어스는 싱글거리며 외쳤다. 그의 머리에는 자신의 단짝 친구 레드 드래곤 브로마네스가 떠오르고 있었다.

"으하하핫! 브로마네스여. 네놈이 아무리 까불어도 나를 따라오려면 한참 멀었다는 걸 나중에 돌아가서 가르쳐 주마. 내가 이렇게 기가 막힌 유희를 즐기고 있다는 것을 알면 부러워서 죽으려 하겠지? 잠시만 기다리라구. 으흐흐흐."

아르티어스는 이 순간, 이런 재미있는 유희를 즐긴 사실을 필히 고향에 돌아가서 모든 드래곤들에게 알려 줘야 할 사명감마저도 느꼈다. 이런 흥미진진한 유희를 들려주면 모든 드래곤들이 자신을 어떻게 생각할까? 생각만 해도 어깨가 으쓱해지는 아르티어스였다.

이윽고 시녀가 뇌수를 가지고 왔다. 아르티어스는 뇌수 옆에다가 비급을 펴놓고는 비급의 내용을 힐끔거리며 수련을 시작했다.

"먼저 뇌수에 손을 박고…, 으흐윽! 물끄덩거리는 감촉이 그야말로 예술이구먼. 그런 다음 어디 보자……."

헤벌쭉거리며 아르티어스가 비급의 뒷장을 넘겼을 때, 그의 안색이 흡사 똥이라도 씹은 듯 일그러졌다.

"도대체 이게 뭔 소리들이야?"

그 뒷장부터 복잡한 도식과 함께 말도 안 되는 복잡한 소리들이 쓰여 있었다. 아무리 읽어도 이해가 안 가는 문구들. 그럴 수밖에 없는 것이, 무공비급이라는 것이 밖으로 유출되는 것을 방지하기 위해 중요한 대목은 일부러 어려운 말로 함축해서 표현하거나 수많은 암호로 나열해 놨다.

그렇기에 스승으로부터 그 뜻을 해석받거나 전수받는 과정이 필요한 것이다.

아르티어스는 치밀어 오르는 짜증에 비급을 집어던지며 외쳤다.

"이런 젠장! 이것도 그 모양이잖아. 좀 더 쉬운 책은 없는 거야?"

아르티어스는 수건에 손을 쓱쓱 닦으며 투덜거렸다.

"빌어먹을! 손만 버렸군."

하지만 무공에 대한 열정을 포기할 수 없었던 아르티어스는 또다시 마존무고로 향하고 있었다. 자신의 취향에 걸맞은 뭔가 엽기적인 수련법이 기록되어 있으면서도 손쉽게 익힐 수 있는 그런 비급을 찾아가는 것이리라.

마사코는 마교에 도착한 후, 그야말로 최상의 대접을 받고 있었다. 영주들이나 입는 최고급 비단옷이 몇 벌씩이나 주어졌다. 그리고 간소하면서도 맛있는 식사. 처음 왔을 때는 자신의 입맛에 맞지 않았지만, 마음에 안 드는 부분을 시녀에게 말하자 그다음부터는 그녀가 원하는 식으로 요리된 음식이 나왔다. 그리고 모든 사람이 그녀에게 친절하기 그지없었다.

마사코는 시녀들의 시중을 받으며 목욕을 끝냈다. 그녀가 목욕을 마치고 나왔을 때, 깨끗한 새 옷이 준비되어 있었다. 아주 단순한 형태의 옷이기는 했지만, 비단으로 만든 것이어서 감촉이 너무나도 좋았다.

식사와 차를 즐긴 후 그녀는 언제나 대전 뒤에 만들어진 후원을 산책하기를 즐겼다. 처음 그녀가 후원으로 나왔을 때, 그 규모에 놀라움을 감추기 힘들었다. 야마토의 정원은 아주 작고 아기자기한 맛을 풍긴다. 하지만 이곳은 대국답게 그 엄청난 규모로 사람을 압도하는 것이다.

그날 마사코가 정원을 산책하고 있을 때, 뒤에서 천천히 다가오는 사람이 있었다. 마사코가 뒤로 시선을 돌리자, 중년 여인이 미소 띤 얼굴로 자신을 바라보고 있는 게 보였다.

"안녕하세요?"

중년 여인은 살짝 고개를 끄덕인 후 입을 열었다.

"이곳은 교주님을 위한 정원이에요. 참 아름답죠?"

"예."

"그분이 실종되신 후, 설무지 군사께서 만드신 거죠. 여기가 본교 내에서 가장 아름다운 장소일 거예요."

"정말 아름다운 곳이네요."

중년 여인은 잠시 아무 말이 없더니 이윽고 입을 열었다.

"말을 들어 보니 당신은 한족이 아니군요. 고향을 떠나 이 먼 곳까지 왜 그분을 따라오신 건가요?"

"주군을 따라가야 하는 것은 가신(家臣)의 의무라고 배웠습니다."

"물론 그럴지도 모르지요. 하지만 그걸 그분께서 원하셨을까요? 그분은 오랫동안 먼 곳을 떠돌아다니셨던 분이에요. 고향을 떠나 타지에서 떠도는 자의 고통을 알고 계신 분이시죠. 아마 그분께서는 따라오지 말라고 하셨을 게 분명한데, 왜 따라온 거죠?"

마사코는 대답하지 않았다. 밀무역을 원했던 후지와라 영주님의 명령 때문이라고 대답할 수는 없었기 때문이다. 상대가 교주와 친분이 있다는 정도는 알고 있지만, 그것만으로 이런 중요한 비밀을 털어놓을 수는 없다고 생각했다.

뭐라고 대답을 하는 것이 좋을까 고민하고 있는데, 상대의 말이 들려왔다.

"설마, 그분에게 연정을 품었기에 따라온 것은 아니겠죠?"

그 말에 마사코는 문득 깨달아지는 것이 있었다.

'아아, 이 여인이 교주의 부인이거나 아니면 첩인 모양이야. 그렇다면 당연히 내가 달가울 리 없겠지. 그래서 나한테 왜 따라온 거냐고 물은 거였군.'

여인의 질투만큼 무서운 것도 없다. 괜히 적을 만들 필요는 없다고 느낀 마사코는 황급히 말했다.

"그건 당신이 오해하고 계신 거예요. 저는 절대로 그분을 사랑하지 않아요. 그러니 안심하세요."

강한 부정은 오히려 긍정으로 받아들여질 수도 있다는 생각을 마사코는 미처 하지 못했다. 기를 쓰고 부인하는 마사코를 잠시 바라보던 상대는 부드러운 어조로 말했다.

"그분은 사람이 아니라 묵룡(墨龍)이십니다. 여인이 사랑할 대상이 아니에요. 조금이라도 연정을 품고 있다면 버리는 것이 좋을 거예요."

그 순간 마사코의 머릿속에는 별의별 생각이 교차했다. 인간이라는 생각이 도저히 들지 않을 정도로 묵향은 강했다. 게다가 겉모습까지도 자유자재로 바꾸지 않는가. 아르티어스만 황금빛 나는 괴물인 줄 알았는데, 이 여인의 말을 듣고 보니 묵향도 괴물인 모양이다. 그것도 묵룡이라니.

마사코의 얼굴은 창백하게 질려 버렸다. 공포스러운 용이 여의주를 물고 왔다 갔다 하는 영상이 머릿속을 가득 채우고 있었기에, 마사코는 아무 말도 할 수 없었다. 하지만 상대는 그녀의 침묵을 그렇게 받아들이지 않은 모양이었다. 즉, 그것을 묵향을 사랑한다는 뜻으로 받아들인 것이다.

한동안 가만히 마사코를 바라보던 상대는 미련 없이 자리를 떠났다. 그러면서 그녀는 마사코에게 중얼거렸다.

"당신은 너무나도 험난한 길을 택했군요. 그 선택에 후회가 없기를 바라요."

이윽고 정신을 차린 마사코는 뒤돌아서서 걸어가는 상대를 향해 황급히 말했다.

"잠, 잠깐만요."

상대는 슬쩍 뒤로 돌아서며 말했다.

"무슨 일이지요?"

"저…, 어떻게 그런 일을 잘 알고 계시죠? 그러고 보니, 당신은 교주님과 아주 친하신 것 같더군요. 혹시, 당신의 이름을 알려 주실 수는 없을까요? 서로 친하게 지내고 싶어요."

상대는 살포시 미소 지으며 중얼거렸다.

"나는 마화라고 해요."

"아아, 그러십니까? 저는 마사코라고 합니다. 당신은 그분이 묵룡이라는 것을 알면서도 사랑하시는 모양이군요. 너무나도 존경스러워요."

용과 사람의 사랑이라니……. 마사코는 당혹스럽지 않을 수 없었다. 하지만 그렇게 말할 수는 없었기에, 그녀는 존경스럽다고 말하며 슬쩍 넘겨 버린 것이다.

마화는 씁쓸한 미소를 지으며 중얼거렸다.

"사랑이라구요? 어떻게 사랑이라는 표현을 쓸 수 있겠어요. 사랑이라는 것은 둘이서 하는 거예요. 나는 그분을 40년 가깝게 흠모해 왔을 뿐이에요."

40년이라는 말에 마사코의 눈이 더욱 휘둥그레졌다.

"그분이 옆에 계시다는 것, 또 나를 여전히 아껴 주신다는 것만으로도 행복감을 느끼려고 노력하죠. 하지만 그건 쉬운 일이 아니에요. 그런 고통을 당하는 것은 나 하나로 족하거든요. 그래서 그런 말을 했던 거였어요. 그분은 그 어디에도 얽매이는 것을 싫어하시죠. 주위의 모든 사람들은 그분의 필요 여하에 따라 존재감을 부여받아요. 그런 상황에서 사랑이란 감정은 너무나도 사치스러운 거예요. 사랑은 둘이 아니면 할 수 없는 것이거든요."

마화의 말에서 마사코는 깊은 슬픔을 느꼈다.

'당신은 묵룡과 너무나도 가슴 아픈 사랑을 하고 있었군요.'

묵향은 밀실로 은밀히 군사를 불러들였다. 밀실 중앙에는 탁자가 놓여 있었고, 그 위에는 커다란 중원 지도가 놓여 있었다. 군사가 들어와 예를 갖춘 후, 묵향은 군사에게 자신의 계획을 털어놨다.

"군사."

"예."

"배를 타고 서쪽으로 이동했더니 강소성에 도착했다면, 어디서 출발하면 그렇게 되겠는가? 자기들은 야마토라고 하던데, 나로서는 확실한 지명을 알지 못하겠다."

잠시 궁리를 하던 군사는 이윽고 자신의 생각을 묵향에게 말했다.

"강소성에서 동쪽이라면 왜국이나 고려일 것입니다."

"자기들 말로는 야마토라고 하던데……."

"그렇다면 아마 왜국이 맞을 겁니다. 저도 고려 말을 조금은 알고 있습니다만, 고려를 야마토라고는 읽지 않습니다."

"왜국이라고? 흐음……."

잠시 생각에 잠겼던 묵향은 지도를 바라보며 말했다.

"왜국과 무역을 하려면 어디쯤에다가 비밀 분타를 설립하는 것이 좋을까?"

"왜국과 말씀이십니까? 무역을 시작하시겠다면 당연히 고려의 벽란도와 가까운 산동성(山東省)이 좋겠죠."

그 말에 묵향은 이해할 수 없다는 듯 고개를 가로저으며 말했다.

"왜국과 거래를 하는데, 어째서 고려의 벽란도하고 가까운 곳에 자리를 잡아야 하나?"

군사는 당연하다는 듯한 어조로 설명했다.

"그거야, 왜국과의 직거래가 불가능하니 그렇습니다. 모든 물품을 고려 상인에게 팔면 되는데, 그들이 1년에 수입하는 물량은 정해져 있습니다. 그리고 워낙 이문이 큰 장사인지라 대상(大商)들이 그 물량을 독점 공급하고 있습니다. 그 시장을 파고들기는 아주 힘들 겁니다. 그렇다고 무력을 동원하려고 한다면 그들의 뒤를 봐 주고 있는 무림맹과 충돌을 일으킬…….”

설명이 길어지자 묵향은 고개를 가로저으며 퉁명스레 말했다.

“아아, 본좌는 관허 무역이 아니라 밀·무·역을 하자는 말일세. 중개 무역을 하는 고려를 통하지 않으니까 이문은 더욱 커질 게 아닌가?”

“물론 그렇기는 합니다만…, 그 일대의 제해권은 고려 수군이 잡고 있기에, 밀무역은 너무 어렵습니다.”

“그거야 방법이 있을 거 아닌가? 예를 들면, 본국의 수군으로 가장을 한다든지…….”

“물론 최선을 다한다면 수군을 피해 가는 것도 큰 문제는 안 될 겁니다. 하지만 더 큰 문제는 저희들과 교역을 할 대명(大名)을 찾을 수 있느냐 하는 것입니다.”

군사의 말에 묵향은 어리둥절한 듯 되물었다.

“대명? 대명이 뭔가?”

“그러니까 우리 쪽 말로 하자면 지방 영주를 뜻하는 것입니다.”

그 말에 묵향은 고개를 끄덕이며 중얼거렸다.

“아아, 다이묘 말이군.”

묵향의 말에 군사의 눈이 휘둥그레졌다.

“다이묘라니요? 혹시 그게 왜국 말입니까?”

“그건 알 필요 없지 않은가?”

“옛, 그러니까 우선 우리와의 밀무역을 원하는 대명을 포섭해야 하는데, 그게 쉬운 일이 아닙니다. 왜국에서도 밀무역은 철저히 단속하고 있습니다. 그런 상황에서 이쪽에서 왜국으로 사람을 보내어 밀무역을 원하는 대명을 무슨 수로 찾겠습니까? 거기에다가 왜

놈들은 우리 쪽과 삶의 방식이 너무나도 달라서, 협상 자체가 매우 힘듭니다. 만약 그게 쉬운 일이었다면, 누구나 밀무역을 했겠지요."

"그건 다 본좌가 알아서 처리해 주겠네. 자네는 밀무역을 할 비밀 분타나 설립할 계획을 짜 보게. 자네 생각에는 어디에다가 설립하는 게 좋겠나?"

"밀무역을 원하신다면 당연히 절강성(浙江省) 쪽이 좋습니다.

"그래?"

"예, 고려와 본국의 무역은 산동성에서 고려의 벽란도를 축으로 이뤄집니다. 또 고려와 왜국과의 무역은 고려의 벽란도에서 왜국의 복강(福岡 : 후쿠오카)을 축으로 이뤄집니다. 이 삼국을 연결하는 주요 무역로를 보호하기 위해 각국의 병선(兵船)들이 집중적으로 감시하고 있죠. 그런 만큼 무역로와 인접한 강소성(江蘇省)도 안전하다고 볼 수는 없습니다. 거리가 좀 떨어지더라도 절강성 쪽에서 출발하는 것이 좋다고 사료됩니다. 또 고려 쪽에서 거리가 많이 떨어지게 되기에 고려 수군의 순시선(巡視船)을 만나게 될 가능성도 거의 없고 말입니다."

"좋아. 그럼 절강성 쪽에 비밀 분타를 한번 설립해 보게."

"옛."

"최대한 기밀을 요해야 하는 만큼, 자성만마대에서 무사들을 뽑아다가 배치하도록."

"존명."

마교의 현재 상황에 대해 수하들과 장시간의 회의를 마치고 돌아오는 묵향에게 아르티어스가 다짜고짜 짜증 어린 어조로 질책했다.

"아니, 네가 이럴 수가 있는 거냐?"

"뭐가 말이에요."

"고생고생해서 여기까지 데려다 줬더니 그 이후부터 애비를 홀대해? 요즘 네 얼굴 구경한 지가 얼마나 되었는지 알기나 하냐?"

지금 아르티어스는 짜증이 머리끝까지 치밀어 오른 상태였다. 아들놈은 바쁘다고 놀아 주지도 않고, 또 무공을 익힌다는 계획도 영 결과가 신통찮았다. 가장 중요한 부분에서 뭔 소린지 알 수가 없으니 배울 방법이 없었던 것이다.

그러다 보니 잔뜩 욕구 불만이 쌓인 아르티어스가 사랑하는 묵향을 통해 위안을 받고자 찾아온 것이었다.

짜증스럽게 말을 하고는 있었지만, 이것도 다 아들과 함께 대화를 나누기 위한 방법에 지나지 않았다.

사실 묵향이 살뜰한 말 한마디만 해 줘도 그의 짜증은 순식간에 풀릴 테니 말이다. 하지만 돌아온 대답은 아르티어스의 기대를 완전히 저버린 것이었다.

"심심하신 모양이죠? 옛날처럼 일거리를 좀 드릴까요? 아버지 일 잘하시잖아요."

돌아온 묵향의 대답은 퉁명스럽기 그지없었다. 그나마 예전에 예쁜 여자 애의 모습일 때는 그것도 하나의 매력으로 봐줄 수 있었다. 하지만 시커먼 사내놈 모습을 하고 있는 지금은 더욱 아르티어스를 짜증스럽게 만들 뿐이었다.

아르티어스는 도저히 참지 못하겠는지 노성을 터뜨렸다.

"뭣이? 이 녀석이 나를 뭐로 생각하는 거야?"

"뭐긴 뭐예요, 아버지지. 시녀도 붙여 드렸으니 지금까지처럼 혼자서 노시면 되잖아요. 내가 부하들한테 물으니 무공을 익히신다고 여념이 없으시다면서요. 왜요, 무공 익히는 게 잘 안 되세요?"

갑자기 묵향이 아르티어스가 가장 찝찝하게 생각하는 부분을 공격해 들어오자, 아르티어스는 움찔했다. 하지만 다음 순간 아르티어스는 버럭 신경질을 냈다. 지금까지 단 하나의 무공도 익히지 못하고 있다는 것에 무척 자존심이 상해 있기도 했지만, 그런 자신의 모습을 감추기 위해서였다.

"이 애비를 뭐로 보고 그딴 소리를 하는 거냐? 골드 드래곤의 역사상 불가능이란 없다는 것을 모르냐? 조금만 기다려 봐. 내가 그놈의 무공이라는 걸 익혀서 보여 줄 테니까 말이야."

아르티어스는 씩씩거리며 밖으로 나가 버렸다.

"에구, 단순하기 그지없기는 예나 지금이나 매한가지군. 아무리 익혀 보세요. 무공 익히기가 어디 쉬운 일인지……. 게다가 동기가 그렇게 불순해서야 아버지가 그딴 마공들을 익히시게 제가 가만히 놔둘 것 같아요."

아직까지도 아르티어스가 무공을 배우지 못하고 있는 데는 이유가 있었다. 수하들의 얘기를 들어 보니, 아르티어스가 찾는 무공은 그야말로 엽기적인 마공들뿐이었다.

중원에 도착해서 아르티어스가 떠든 말들을 기억하고 있던 묵향은 그것을 좌시할 수 없었다. 아르티어스가 그걸 익히면 분명히 그 무공의 위력을 시험해 보기 위해 중원을 떠돌 것이 분명했다.

무슨 일이 있더라도 그것만은 막아야 하는 것이다. 묵향은 지체

없이 수하들에게 엄명을 내렸었다.

"아버지가 비급을 확보하도록 최대한 협조를 아끼지 마라. 단, 그것을 익히는 방법은 절대로 알려 주지 마라."

교주의 명령은 수하들에 의해 성실하게 이행되고 있는 중이었다.

아르티어스, 사고 치다

묵향은 몇 가지 서류를 검토하다가 문득 생각이 떠올랐는지 군사에게 질문을 던졌다.

"군사, 절강성에 만들고 있는 비밀 분타는 어떻게 되어가고 있나?"

묵향의 질문에 군사는 재빨리 대답했다.

"예, 아무래도 배가 정박할 만한 선착장을 포함해야 하기에, 장소 물색에 애를 먹었습니다만 일단 쓸 만한 곳을 찾아냈습니다."

"흐음, 잘되었군."

"그런데, 모든 무역을 고려가 독점하고 있기에, 고려에서 수입한 상품들 중에서 어떤 것들이 왜국으로 보내지는지 알 수가 없습니다. 그것을 조사하는 데 아무래도 시간이 좀 필요할 것 같습니다."

"왜 조사해야 하는데?"

"그야 당연히 이쪽에서 그들이 원하는 상품을 가지고 가야 거래가 되기 때문입니다. 그들이 원하는 것을 이쪽에 주문하고, 그에 맞춰서 물건을 장만할 수는 없는 노릇입니다. 물론 고정적인 거래선을 마련한다면, 나중에는 주문을 받은 물건을 나르게 될 것입니다. 하지만 지금은 그렇지 못하지 않습니까? 그래서 아쉬운 대로 왜구들이 약탈하는 물건들도 조사하라고 홍진 장로에게 일러뒀습니다."

"아아, 그건 군사가 걱정하지 않아도 괜찮아."

묵향은 뒤쪽에 시립하고 서 있던 마사코를 불렀다.

"마사코."

"옛."

"군사에게 후지와라 영주가 필요로 하는 목록을 작성해 줘라."

"옛."

"마사코가 주는 자료를 가지고 물품을 장만하게. 본좌는 후지와라는 영주와 거래를 할 거야. 그 영주의 영지가 어디에 위치하고 있는지는 마사코가 잘 알 테니 그녀에게 물어보도록."

"오오, 벌써 거래 대상까지 물색해 놓으셨습니까? 가장 좋은 물품만을 골라서 준비하라 이르겠습니다."

"군사가 잘 알아서 하게."

"예, 거래 대상이 벌써 정해져 있다면, 계획보다 빨리 첫 번째 무역선을 보낼 수 있겠군요. 그럼 속하는 이만 물러가겠습니다."

군사는 신이 나서 나갔다. 왜국과 직거래를 할 수만 있다면 그 수입은 상상을 초월할 것이 분명했다. 게다가 관에 세금도 안 내는 밀무역이 아닌가? 어쩌면 밀무역만으로도 현재 마교 총 수입에 맞

먹는 액수를 벌어들일 수 있을지도 모르는 일이었다.

 요즘 들어 철영 부교주는 아주 기분이 좋지 않은 나날을 보내고 있었다. 묵향을 없애 버리겠다고 큰소리는 쳤지만, 사실 그게 가능이나 한 일인가? 설혹 기회가 왔다손 치더라도 감히 출수할 엄두도 못 내고 있었다.
 단 한 번의 실수는 곧바로 자신의 죽음으로 연결된다는 것을 잘 알고 있으니 그건 당연했다.
 "암습을 하는 데 좀 더 적합한 무공이 있는지 한번 알아 봐야겠군."
 그는 마교 서열 1백 위 안의 고수들만이 출입할 수 있는 천마보고(天摩寶庫)로 향했다. 하지만 그곳으로 가던 도중 재미있는 장면을 목격했다. 바로 아르티어스가 무공을 수련하고 있는 장면을 목격하게 된 것이다.
 "이런 젠장. 그래, 요렇게 하면 되나?"
 그가 익히고 있는 것은 마교의 하급 고수들이 수련할 비급들이 보관되어 있는 천동무고(天東武庫)에서 가져온, 가장 익히기 쉬운 초보자들을 위한 무공입문서들 중의 하나였다. 이런 식으로 기초부터 시작하면 언젠가는 자신의 구미에 맞는 흥미로운 무공들을 익힐 수 있을 거라는 생각에서, 아예 기초부터 익히기 시작한 아르티어스였다.
 약간 어설픈 자세였기는 하지만, 찌르기와 발차기, 정권 등 가장 초보적이기 그지없는 권법을 수련하고 있었다.
 "역시 외가무공(外家武功)이라는 게 딱 체질에 맞는군. 쉽기도 하고 말이야."

한참 동안 권법을 수련하던 아르티어스는 잠시 쉬면서 고민에 빠져 들었다.

"그런데, 그 녀석에게 조만간에 무공을 익히겠다고 큰소리를 쳤는데, 그걸 어떻게 만회한다? 예전에 둥루젠에서 했던 것처럼 마법으로 살짝 눈가림을 하면서 권법을 쓰면 속지 않을까?"

잠시 궁리해 보던 아르티어스는 손가락을 딱 튕기며 말했다.

"그래, 그거야. 나는 왜 이렇게 머리가 좋지? 흐흐흐."

그다음은 연습만이 남아 있었다. 아르티어스가 주먹을 쭉 뻗자, 은근한 푸른빛이 뿜어져 나왔다. 몇 번을 하면서 빛을 가감한 후, 아르티어스는 바로 이거라는 듯 즐거운 표정으로 중얼거렸다.

"제법 그럴듯하잖아. 아무리 아들놈이라도 속을 수밖에 없겠어."

아르티어스가 이러고 있을 때, 철영 부교주가 그 근처를 지나가게 된 것이다.

"저런 형편없는 무공을 펼치는 놈이 감히 어디서……?"

원래 이곳은 아무나 범접할 수 없는 장소였다. 그렇기에 철영은 그런 말을 했던 것인데, 가만히 보니 무공을 펼치는 자의 낯이 익었다.

"누구지? 참, 그러고 보니 교주와 함께 들어온 녀석이로군."

철영이 옆에서 주의 깊게 살펴본 결과, 무공 수위는 형편없음이 분명했다. 뭔가 번쩍번쩍하면서 강기인지 검기인지 발산하는 것 같기는 한데, 그 힘이 집중적으로 터져 나가는 것이 아니었다. 그리고 펼치는 권법 자체도 하급 무사들이나 익히는 것인 데다가, 그 자세 또한 영 어설프지 않은가.

그리고 권법을 펼치는 자는 일흔은 족히 넘어 보이는 노인이었다. 주안술을 익혀 젊게 보이는 방법도 있긴 했지만, 그것이 아니더라도 아주 뛰어난 고수라면 육신의 노화를 억제하는 능력이 있었다. 그것만 봐도 상대는 형편없는 실력을 갖춘 자라는 결론이 나오는 것이다.

"교주는 힘들고, 저놈이나 괴롭혀야겠군. 흐흐흐."

원래 주인이 미우면, 그가 기르는 개도 밉게 보이는 것이 당연한 이치가 아닌가. 철영은 슬그머니 아르티어스에게로 다가갔다.

"그것도 지금 무공이라고 펼치는 것인가? 그것도 사람의 출입이 많은 이곳에서……. 창피한 줄을 알아야지, 쯧쯧."

은근히 속을 긁는 말에 아르티어스는 한술 더 떠서 떠들어 댔다.

"뭐야? 남이야 무공연습을 하든, 달밤에 물구나무를 서든 네놈이 뭔 상관인데 그러냐?"

철영이 누군가. 마교의 부교주다. 그런 그에게 아무리 교주와 친분이 있는 놈이라고 해도 이런 돼먹지 못한 폭언을 내뱉을 수는 절대로 없었다. 철영은 발끈해서 외쳤다.

"뭣이? 네놈이 정녕 죽으려고 작정을 했단 말이냐? 감히 본좌가 누군 줄 알고 그딴 망발을 내뱉는다는 말이냐."

"이런 제기랄. 안 그래도 되는 일이 없는데, 별 시답잖은 새끼까지 와서 시비를 걸어? 너 한번 죽어 볼래?"

화가 머리끝까지 치밀어 올랐지만, 철영은 아직까지 손을 쓰지 않고 있었다. 왜냐하면 상대는 교주와 친분이 있는 자였다. 그를 건드린 것을 교주가 문책한다면 고스란히 당할 수밖에 없는 것이다.

아르티어스, 사고 치다

하지만 상대가 먼저 손을 쓴다면? 그때는 반쯤 죽여 놓고 교주에게 보고하면 끝이지 않겠는가. 그래서 철영은 상대를 향해 욕설만을 날릴 뿐이었다.

"감히 교주의 위세를 믿고 본좌 앞에서 까불다니…, 네놈이 오늘 살고 싶지 않은 모양이로구나."

"이런, 젠장. 너 오늘 한번 죽어 봐라. 아들놈 수하라서 그냥 놔둘까 했는데, 도저히 안 되겠다."

더 이상 참을 수 없었던 아르티어스는 곧장 자신의 주특기인 마법을 사용했다.

마법을 사용하는 상대와 싸우려면 상대가 마법을 쓸 시간 여유를 주지 않는 것이 그 대결에 있어 핵심이 된다. 하지만 불행하게도 마법을 사용하는 자와 싸워 본 경험이 전무했던 철영은 그것을 몰랐다.

"라이팅!(Lighting!)"

그와 동시에 엄청나게 밝은 빛이 확 뿜어져 나오며, 순간적으로 철영의 시야를 막아 버렸다. 그리고 사방에서 터져 나오는 대책이 안 서는 마법 공격들. 불덩어리가 날아오기도 했고, 뇌전이 터져 나오기도 했다. 하지만 아르티어스가 가하는 주된 공격은 풍계 마법이었다.

골드 드래곤은 원래 바람의 정령력을 지닌다. 그런 만큼 아르티어스가 가장 능숙하게 사용하는 마법 또한 바람과 관련이 있었다. 그리고 눈에 보이지도 않는 압축된 공기 덩어리는 쇳덩어리까지 잘라 버리는 가공할 만한 위력까지 지니고 있었다. 당연히 상대하기가 까다로울 수밖에 없었다.

철영은 자신이 지닌 모든 능력을 동원하여, 이 해괴하기 그지없는 수많은 공격들을 막아 내고 있었다. 아르티어스가 가한 대부분의 공격이 눈에 보이지도 않는 것이었지만, 그것을 다 막아 내고 있는 것을 보면 철영이 얼마나 뛰어난 고수인지 능히 짐작할 수 있었다.

연속적으로 가한 수많은 공격을 상대가 깨끗이 막아 냈지만, 아르티어스는 그것이 오히려 재미있는지 웃음을 터뜨렸다.

"제법이로군. 흐흐흐, 역시 아들놈의 부하라면 그 정도는 돼야지."

아르티어스는 순식간에 하늘 위로 치솟아 올랐다. 이제 막 반격을 시작하려던 철영의 두 눈은 더 이상 커질 수 없을 만큼 부릅떠졌다.

"무, 무슨 경공술이 저런 것도 가능하단 말이냐?"

철영이 알고 있는 한 저렇게 사람이 하늘 위로 수직 상승을 한다는 것은 불가능했다. 그것만 봐도 상대는 결코 만만한 자가 아니었다. 그런 자와 전력을 다해 싸우다 보면 누군가는 큰 부상을 입을 수밖에 없다.

상대는 교주의 손님이다. 그를 적당히 손봐 주는 것이라면 모르지만, 큰 상처를 입게 만든다면 교주에게 문책당할 수도 있는 것이다. 그렇기에 상대가 도망치는 것이라면 그것은 철영도 바라는 바였다.

문득 철영은 자신이 이렇게 넋 놓고 구경하고 있을 처지가 아니라는 것을 깨달았다. 상대가 도망치는 것이 아님을 깨달았기 때문이다. 상대의 몸을 중심으로 폭발적으로 흐르고 있는 엄청난 기운을 감지한 것이다. 상대는 뭔지는 모르겠지만 엄청난 공격을 준비하고 있음에 틀림없었다.

"젠장! 어쩔 수 없구만. 죽어랏!"

철영의 검이 기괴한 초식을 그리며 움직이자, 그에 맞춰 그의 검에서 붉은빛 줄기가 폭발적으로 터져 나왔다. 그 엄청난 빛 다발은 무시무시한 속도로 뻗어가 상대를 향해 직격했다.

쾅!

커다란 폭발이 있었지만, 그것은 상대의 몸 근처에도 닿지 못했다. 상대의 몸 주변에 다가가자 무슨 벽에라도 막힌 듯 폭발을 일으킨 것이다. 철영은 이빨을 갈며 외쳤다.

"으드드득! 이판사판이다."

철영의 검이 부르르 떤다 싶은 순간, 그의 몸이 하늘을 향해 솟구쳐 올랐다. 그가 시전하는 것은 전설적인 무공들 중의 하나인 어검비행(御劍飛行)! 어기동검(御氣動劍)의 원리를 이용해, 먼저 기를 이용해서 검을 날리고 그 검을 시전자가 잡고 날아가는 비행술이다. 답설무흔(踏雪無痕)이라는 전설적인 경공술을 시전할 수 있을 정도는 되어야 익힐 수 있는 상승무공이었다.

하지만 철영의 몸이 3장 정도 떠올랐을 때, 철영은 자신을 향해 덮쳐 오는 어마어마하게 거대한 붉은빛을 뿜는 덩어리를 보고 대경실색하지 않을 수 없었다.

"으악! 저, 저건 뭐냐?"

그 순간 철영은 어검비행을 포기하고, 호신강기를 극도로 끌어올려 자신의 몸을 보호하는 데 최선을 다했다.

쿠쾅!

그 순간 마교 전체를 뒤흔들 정도의 대 폭발이 일어났다. 도대체 무슨 일이 벌어진 것인지 알 수 없었기에 사방에서 수많은 마교의 고수들이 달려오기 시작했다. 혹여 정파 놈들이 침입한 것일 수도 있기에, 그들은 지체할 수가 없었다.

가장 먼저 현장에 달려온 것은 묵향이었다. 시커먼 먼지가 가라앉으며, 대 폭발이 휩쓸고 지나간 잔해가 군데군데 남아 있었다. 주변의 전각은 폭발의 충격으로 반쯤 허물어져 있었고, 엄청난 구덩이가 파여 있었다. 그리고 그 구덩이의 한가운데에는 철영이 피투성이가 되어 쓰러져 있었다.

"무, 무슨 일이에요?"

묵향은 하늘을 향해 소리쳤다. 그제야 마교의 고수들은 하늘 위로 시선을 돌렸다. 그곳에는 천천히 하늘 위에서 내려오고 있는 노인이 있었다. 그 노인은 주변을 두리번거리며 약간은 겸연쩍은 듯 말했다.

"그, 그게 말이지. 원래 나는 이렇게까지 하고 싶은 생각은 없었거든."

"그런데요? 왜 저렇게 되어 버린 거죠?"

아르티어스는 뒤통수를 매만지며 겸연쩍게 말을 했다.

"그게 저놈이 옆에 와서 시비를 걸잖아. 나도 될 수 있으면 너를 봐서 참고 넘어가 주려고 했었지. 그런데 그만……."

묵향은 아르티어스를 째려보며 이죽거렸다.

"그·으·마·안?"

"싸우다 보니 신이 나잖아. 웬만한 거 가지고는 통하지도 않고, 그래서 그냥 한 방 날려 버렸지. 그래도 너 같으면 끄떡없었을 텐데, 쯧쯧…….”

묵향은 거의 반쯤 기절해 있는 철영을 손가락으로 가리키며 따졌다.

“아무리 그래도 그렇지. 애를 저 모양으로 만들면 어떻게 해요? 저러다가 죽으면 아버지가 책임질 거예요?”

갑자기 교주의 입에서 아버지라는 말이 나오자, 주위에 모여들었던 고수들은 경악했다. 그들은 지금까지 저 노인이 묵향의 손님 정도로 알고 있었던 것이다. 어쨌건 그 아버지도 보통 고수는 아닌 모양이다. 철영 부교주가 완전히 박살이 난 것을 보면 말이다.

마교 고수들은 모두 다 새삼스레 노인을 쳐다봤다. 그리고 저마다 노인의 얼굴을 자세히 바라봤다. 철영 부교주처럼 멋도 모르고 까불다가 저 꼴이 되기는 싫었기 때문이다.

아르티어스는 묵향을 향해 겸연쩍게 웃음을 지으며 말했다.

“헤헤, 무슨 책임은…, 그냥 팔자려니 해야지.”

“어이구! 내가 못살아. 빨리 치료나 해 줘요.”

“보아하니 생명에는 지장이 없는 것 같은데, 귀찮게 치료는 무슨…….”

그 순간 묵향이 확 째려보자, 아르티어스는 어쩔 수 없다는 듯 엉거주춤 철영에게 걸어가기 시작했다.

하지만 바로 그때, 아르티어스의 머릿속에 기가 막힌 생각이 떠올랐다. 한번 붙어 본 결과 아들놈보다는 격이 한참 떨어지기는 했지만 그래도 엄청난 실력의 고수였다. 게다가 아르티어스가 낑낑거리며 해독 자체를 하지 못하고 있는 각종 수련법을 직접 익힌 놈이 아니겠는가? 저놈의 기억만 읽어 버린다면…….

"으흐흐흐흐……."

 자신도 모르게 음흉스런 웃음이 새어 나온 아르티어스. 찔끔하며 묵향의 눈치를 봤다. 다행히 아들놈은 웃음소리를 듣지 못한 듯했다.

 아르티어스는 재빨리 철영에게 다가가서 치료 마법을 걸며, 한편으로는 철영의 기억을 마법으로 읽어 들였다. 이해가 가지 않던 수없이 많은 부분들이 한꺼번에 이해가 되었다. 각종 혈도라든지, 운기조식을 통해 내공을 수련하는 방법, 무공비급에 나와 있던 복잡하기 그지없던 수많은 도식이 한 번에 풀리는 것을 느끼며 아르티어스는 광소라도 터뜨리고 싶은 것을 억지로 참느라 혼이 났다.

 아르티어스는 숙소로 돌아오자마자 마화를 불러냈다.
 "무슨 일이십니까?"
 "연공실이 하나 필요한데 말이야. 조용하고 커다란 곳이면 더욱 좋겠어."
 철영의 기억을 읽은 후라서, 대화하기가 매우 용이했다. 그렇지 않다면 수련을 할 만한 비밀스런 넓은 공간을 한번 찾아보라고 해야 했을 텐데, 연공실이라고 하니까 상대도 바로 알아듣지 않는가. 처음부터 아무나 잡고 기억을 읽어 버렸어야 했다고 생각해 보는 아르티어스였다.
 마화는 잠시 궁리해 본 다음 입을 열었다.
 "연공실이라면…, 교주님 전용의 연공실이 있는데, 그걸 쓰시는 것이 좋지 않을까요? 교주님께서는 지금까지 그곳을 한 번도 이용하지 않으셨으니까, 문제될 것도 없을 겁니다."

그 말에 아르티어스는 매우 기분이 좋은지 손바닥을 슬슬 비비며 히죽거렸다.

"호오, 그래? 지금 바로 쓸 수 있나?"

"아닙니다. 먼저 수석장로님께 허락을 구해야 합니다."

"그래그래, 빨리 좀 해 주게."

"예."

마화는 수석장로를 찾아 총총히 걸음을 옮겼다.

주화입마에 빠진 아르티어스

 묵향은 시큰둥한 표정으로 탁자 위에 올려져 있는 서류들을 대충 훑어보고 있었다. 누가 봐도 하기 싫은 일을 억지로 하고 있음을 알 수 있었다.
 이때 갑자기 문이 열리며 군사가 뛰어 들어왔다.
 "큰일났습니다, 교주님."
 묵향은 짜증스런 어조로 외쳤다.
 "뭐냐? 무슨 일인데 그러는 거야?"
 군사는 다급한 어조로 보고했다.
 "섬서성에 분타를 설립하던 중에 화산파와 충돌을 일으켰다고 합니다."
 군사는 이 보고를 하면 교주가 더욱 짜증을 내든지, 아니면 화를 낼 것이라고 예상했었다. 하지만 교주의 태도로 봤을 때, 오히려 그 사건을 반기는 듯하다는 것을 느끼고 어리둥절할 수밖에 없었다.

"오, 그러냐? 화산파라고 했어? 그래, 피해는 어느 정도나 되느냐?"

"20여 명이 사망하고 나머지는 부상을……. 거기에다가 화산파에 잡혀간 자도 50여 명에 이릅니다."

그 말에 묵향은 다시금 시큰둥한 어조로 대꾸했다.

"에이, 뭐야. 그럼 전면전이 벌어진 것도 아니잖아."

묵향이 이딴 서류들을 검토하고 있으니 아예 한판 붙기를 바라고 있다는 것을 알지 못하는 군사는 교주에게 안심하라는 듯 말했다.

"아, 예. 교주님이 걱정하실 만한 사태는 벌어지지 않을 겁니다. 하지만 아무래도 현재 건설하던 것은 포기하고, 다른 장소를 물색해서 그곳에다가 섬서분타를 다시 세워야 할 것 같습니다. 그래서 교주님의 허락을 구하려고 찾아뵌 것입니다."

"화산파와 가벼운 충돌 한 번 일으켰다고, 건설하던 분타를 포기한다니 말이 되는가?"

"어쩔 수가 없습니다. 섬서성에 교두보도 마련되지 않은 상태에서 화산파와 다툼을 벌일 수는 없는 노릇이 아닙니까? 거기에다가 화산파의 뒤에는 무림맹이 있습니다. 아직 중원 전역에 거점 확보도 되지 않은 상태에서 무림맹과 충돌하는 것은 시기상조가 아닐는지요."

가만히 듣고 보니 군사의 말도 일리가 있었다.

"그건 자네 말이 옳군."

"예, 그리고 화산파에는 현천검제(玄天劍帝)라는 화경에 오른 무서운 고수가 있습니다. 그가 장문인이 된 후 화산파는 급성장하고 있습니다. 혹자들은 화산이 제2의 전성기를 맞았다고 부러워할 정도니까 말입니다."

군사는 자신이 행한 일에 더욱 설득력을 더하기 위해 꺼낸 말이었다. 하지만 오히려 그것이 묵향의 흥미를 끌었다. 묵향은 그 말을 아주 흥미롭게 들은 후, 호통을 쳤다.

"아니, 겨우 화경의 고수가 무서워서 일을 그렇게 처리한단 말인가?"

묵향이 갑자기 화를 내자 군사는 쥐꼬리만 한 목소리로 변명을 늘어놓았다.

"예? 그게… 화산파가 두려운 것이 아니라 그 뒤에 있는 무림맹이 걸리기 때문에 그렇습니다."

묵향이 호기롭게 말했다.

"그건 말이 안 되지. 마도를 추구하는 우리가 뭐가 무서워서 움츠리고 있단 말이냐? 그 화경의 고수라는 놈은 내가 직접 처리해 주마."

묵향이 화를 낸 것은 이 말을 하기 위한 포석이었다. 묵향에게 이번 사건은 마교를 빠져나가라는 하늘의 계시나 다름없이 느껴졌다. 그 기회를 놓칠 수는 없었다. 하지만 군사의 입장에서는 조금 달랐다. 그런 일에 부교주를 보내는 것도 아니고, 교주께서 몸소 나서신다니, 당황스럽지 않을 수 없었다.

"예? 하지만 교주님께서 직접 그러실 필요까지는……."

"아, 괜찮아 괜찮아. 군사도 중원에 분타를 건설하느라고 바쁜

데, 그런 작은 일 정도는 본좌가 처리해 줘야지. 그리고 가만히 들어 보니, 본좌가 그 일을 처리하는 것이 가장 좋겠구먼."

묵향은 이놈의 따분한 일상사에서 탈출하고 싶어 그 일을 처리하겠다고 나선 것이었다.

하지만 군사는 묵향의 솔선수범에 감격하고 말았다. 하늘처럼 높으신 교주께서 이런 일을 친히 나서시겠다고 하니 감격할 수밖에 없는 상황이었다.

군사는 얼마나 감격했는지 떨리는 어조로 말했다.

"그, 그렇게 하실 필요까지는……. 게다가 그를 죽인다면 무림맹이 가만히 있겠습니까?"

묵향은 퉁명스러운 어조로 대꾸했다.

"가만히 있지 않으면 어쩔 건데? 내가 마공을 써서 놈을 죽일 것 같아? 가만있자, 지금 무림맹주가 어느 파에서 나온 놈이라고 했지?"

"무당파입니다, 교주님."

"좋아. 그럼 무당파가 자랑하는 태극혜검법(太極慧劍法)으로 두 조각을 내 버리면 되겠네. 본교에 태극혜검이 있는 것을 본좌가 기억하고 있으니까 말이야. 그런 다음 모든 죄를 홀딱 무당파에 뒤집어씌워 버리는 거야. 어때?"

묵향의 말에 군사는 감탄사를 연발했다.

"오오, 그렇게만 할 수 있다면……."

"그리고 이 기회에 각 분타를 돌면서 본좌가 친히 그들의 노고를 치하해 주면 수하들의 사기도 높아질 테고, 그렇게 되면 공사 속도도 좀 더 빨라지지 않겠나?"

"물론입니다, 교주님."

"본좌가 없는 동안 밀무역에 관계된 일들은 마사코에게 물어봐. 참, 그러고 보니 절강성 해안에 건설하고 있는 비밀 분타도 한번 둘러봐야겠군. 앞으로 본교에 막대한 수입을 제공해 줄 곳인데, 빠뜨리면 안 되겠지."

"교, 교주님께서 그렇게까지 하실 필요는……."

"아아, 괜찮아. 바야흐로 본교가 오랜 기다림을 끝내고 중원으로 진출하려는 이때에, 높은 자리에 있는 자가 솔선수범하는 자세를 보이는 것도 좋지 않겠나? 대신, 내가 없는 동안 군사가 모든 것을 잘 처리해 주리라 믿겠네."

묵향의 믿음에 군사는 더욱 감격하지 않을 수 없었다. 자신을 이렇게까지 믿어 주시다니……. 아마도 그런 믿음에 감격해서 아버지는 목숨이 다할 때까지 교주를 기다리며, 그 믿음에 보답하셨던 모양이라고 군사는 확신했다.

"교주님, 속하는 결코 교주님께서 보여 주신 믿음에 어긋나지 않도록 충성을 다하겠습니다."

여태까지 그랬듯이 모든 일은 군사에게 떠넘기고 도망칠 궁리에 여념이 없었던 묵향은 군사가 감정에 북받친 목소리로 충성을 맹세하자, 아무래도 양심에 찔리지 않을 수 없었다. 사실 그가 계획하고 있는 것은 솔선수범하고 거리가 멀었으니까 말이다. 그래서 오히려 묵향은 무뚝뚝한 어조로 중얼거렸다.

"뭘, 그런 거 가지고 감격하고 그러나. 윗사람으로서 부하를 믿는 것은 당연한 일이 아니겠느냐."

하지만 속으로는 강호로 나갈 생각에 부풀어 있었다.

'아버지하고 함께 가자고 해야겠군. 아버지도 아주 좋아할 거야.'

묵향은 아르티어스가 기거하는 곳으로 갔다. 하지만 그는 그곳에 없었다.

"아버지는 어디에 가셨느냐?"

교주의 물음에 시비는 다소곳이 고개를 숙이며 공손히 대답했다.

"예, 나으리께서는 무공을 수련할 장소가 필요하다고 하셨습니다. 그래서 냉비화녀 부대주님께 연락을 드렸습니다. 부대주님께서는 나으리의 설명을 들으신 다음 연공실 하나를 비워 드린 것으로 알고 있습니다."

"마화를 불러와라."

"예."

시녀가 물러간 후, 마화가 허겁지겁 달려왔다. 마화는 예를 올린 후, 질문을 던졌다.

"교주님, 무슨 일로 찾으셨어요?"

"아버지는 어디로 가셨지?"

"예, 오늘 저에게 무공수련을 할 넓고 조용한 장소를 마련해 달라고 하셨습니다. 그래서 교주님 전용의 연공실을 쓰시는 것이 좋지 않을까 생각했죠. 교주님께서는 지금껏 연공실을 한 번도 이용하지 않으셨으니까요. 수석장로님께서도 흔쾌히 허락을 하셨기에 그곳으로 안내해 드렸습니다."

"젠장, 또 무슨 엉뚱한 짓을 벌이려고 하는 거지?"

교주 전용의 연공실은 천마대전 지하에 있었다. 연공실에서 수련을 할 때가 가장 취약할 때이므로, 이곳의 경비는 특별히 삼엄했다. 마교 내 고수들 중에서도 그 지닌 바 실력에 있어서 정점을 달리는 호법원의 고수들이 연공실의 경비를 담당했다.

평상시에도 그렇지만, 교주가 연공실에 들게 되면 경비의 규모는 더욱 강력해진다. 호법원에서 파견되는 고수의 수가 세 배 이상 늘어날뿐더러, 그 질에 있어서도 가장 뛰어난 고수들이 파견된다.

묵향은 천마대전 지하로 들어가는 어두운 통로를 따라 걸어 들어갔다. 통로 곳곳에는 기관 장치들이 설치되어 있을 뿐 아니라, 호법원의 고수들도 숨어 있었다.

이윽고 묵향의 앞을 가로막는 거대한 강철문이 모습을 드러냈다. 묵향이 문을 열려고 했지만 안에서 잠겨 있는지 미동도 하지 않았다.

쾅! 쾅!

문을 두드리자 뭔가 덜그럭거리는 소리가 잠시 들리더니 문이 열렸다.

"무슨 일이냐?"

문 사이로 빼꼼히 얼굴만 드러내고 있는 아르티어스를 향해 묵향은 짜증스러운 어조로 질책했다.

"여기서 뭐 하시는 거예요?"

"무공수련한다, 왜?"

"그러지 말고 같이 유람이나 가시죠. 퀴퀴한 냄새나는 지하에서 빈둥거리는 것보다는 그게 훨씬 낫지 않겠어요?"

그 말에 아르티어스는 버럭 신경질을 냈다.

"뭣이! 빈둥거린다고? 유람은 혼자 다녀와라. 나는 지금 바쁘니까 말이다."

그런 다음 아르티어스는 철문을 닫아 버렸다. 한참 동안 철문을 노려보며 기가 막혀서 서 있던 묵향은 이윽고 포기하고 지하 통로를 올라가며 중얼거렸다.

"젠장, 기껏 생각해 주니까. 어쩔 수 없지. 심심한데 초류빈이나 끌고 갈까?"

엄청난 속도로 경공술을 전개하며 달려온 무사는, 소나무 숲이 시작되는 지점에서 납죽 엎드리며 우렁차게 외쳤다.

"부교주님을 뵙습니다."

잠시 후 퉁명스런 목소리가 무사의 앞에서 들려왔다.

"무슨 일이냐?"

"교주님께서 뵙자고 청하셨습니다."

그 한마디에 초류빈은 모골이 송연해짐을 느끼며 재빨리 물었다.

"교주가? 무슨 일이냐?"

"예, 화산파의 일도 처리할 겸 함께 강호에 나가시는 것이 어떻겠느냐는 전갈이 계셨습니다."

그 말에 초류빈의 안색이 의아하게 바뀌었다.

"화산파의 일? 그게 무슨 말이냐?"

무사는 고개를 숙인 채, 화산파와 있었던 일을 상세히 아뢰었다. 그 말을 듣는 초류빈의 안색은 점점 찌그러지기 시작했다.

'그러니까 교주가 지금 화산파를 박살 내러 가는 모양이군. 그런

데는 혼자 가지, 왜 나를 끌고 가려는 거지?'
 순간 초류빈의 뇌리에 묵향과 함께 화산파의 문도들을 도륙내고 있는 자신의 모습이 떠올랐다. 그래도 거기까지는 참을 수 있었다. 그런데 그 와중에 살육을 피해 도망치던 화산파의 제자 중 하나가 자신을 몰래 훔쳐보며 말한다.
 '저놈은 초씨세가의 초류빈이 아닌가? 저놈이 마교와 결탁했었다니! 이 사실을 빨리 무림맹에 알려야겠다.'
 거기까지 생각이 미치자 초류빈의 등골에 소름이 돋았다. 물론 오랜 세월이 흘렀기에 자신을 알아볼 사람이 아무도 없을지도 모른다. 하지만 그럴 가능성이 약간이라도 있다면, 미연에 방지하는 것이 좋지 않겠는가.
 '복면을 쓴다면 되지 않을까?'
 그런 생각도 해봤지만, 만약 자신이 쓰는 도법을 알아보는 놈이 있을 수도 있었다.
 '저 마두가 쓰는 무공은 분명히 초씨세가의 것이야. 초씨세가가 마교와 결탁했다는 말인가?'
 이런 식으로 전개될 가능성도 있었다. 화산의 장문인은 화경의 고수. 거의 자신과 동급일 것이 분명했다. 묵향이 그를 처치해 준다면 문제될 것이 없겠지만, 그는 그런 귀찮은 일은 자신에게 시킬 것이 뻔했다. 그와 맞서 싸운다면 자신이 가지고 있는 모든 밑천을 다 꺼낼 수밖에 없을 것이다. 그러다 보면 초류빈이 지닌 무공의 원천이 초씨세가의 도법임을 몰라볼 사람은 거의 없을 것이다.
 "이런 젠장! 빠져나갈 길이 없다는 말인가?"
 "예? 무슨 말씀이시온지······."

어리둥절해하는 무사의 대답에 초류빈은 아차 했다. 그는 짐짓 아무것도 아니라는 듯 말했다.
"교, 교주님께는 내가 몸이 안 좋아서 따라갈 수 없으니 그리 아시라고 전해 드리거라. 노부 대신 철영 부교주가 있지 않느냐? 그와 함께 가시라고 하면 되겠군."
"저… 천리독행 부교주님께서는 지금 중상을 당하셔서, 함께 가실 수가 없는 처지입니다."
그 말을 들은 초류빈은 갑자기 등 뒤로 식은땀이 흘러내리는 것을 느꼈다. 혹시 천리독행이 동행하기 싫다고 했다가 그 꼴이 된 것은 아닐까?
"중상을 당했다고? 그게 무슨 말이냐? 혹시 교주가 그를……?"
"그게 아니옵니다."
무사는 마교의 중심부에서 벌어졌던 일을 상세히 아뢰었다. 그 말을 들은 초류빈의 안색은 더욱 찌그러들었다. 교주도 괴물임에 틀림없지만, 그 교주의 아버지라는 작자도 그에 못지않은 게 틀림없었다. 극마의 고수를 그토록 박살을 내 놓다니 말이다.
"그래, 철영 부교주는 지금 어떻게 되었느냐? 생명에는 지장이 없느냐?"
"예, 의원의 말로는 초기 치료가 잘되었기에 두어 달 몸조리 잘하시면 쾌차하실 거라고 하셨습니다."
무사의 보고를 받고 곰곰이 생각에 잠겨 있던 초류빈은 갑자기 무사를 향해 기습을 가했다. 엎드린 상태에서 당한 갑작스런 공격이었기에, 무사는 속수무책으로 당할 수밖에 없었다. 혈도를 제압당한 채 눈만 되룩거리고 있는 무사를 향해 초류빈은 씁쓸한 어조로 중얼거렸다.
"미안하지만 어쩔 수가 없구나."
초류빈은 축 늘어져 있는 무사를 어깨에 걸머지고 어디론가 모습을 감춰 버렸다.
교주와 함께 강호에 나가 자신이 마교도가 된 것을 광고하고 싶지 않았던 초류빈은 도주를 결심했다. 물론, 평생 도망다니겠다는 것은 아니었다. 교주는 아마도 몇 번 자신을 찾다가 열 받으면 혼자 강호로 나갈 것이 분명했다. 그때까지만 숨바꼭질을 하면 되는 것이다.

묵향이 아르티어스를 제외한 상태에서 유람을 떠날 결심을 하고 준비를 하고 있을 때, 아르티어스는 신이 나 있었다. 그의 곁에는 마존무고에서 고르고 골라 가져온 엽기적인 무공비급들이 무려 여덟 권이나 쌓여 있었다.
"역시 처음은 흡성대법부터 시작하는 게 좋겠지. 으흐흐흐."
철영의 기억을 흡수한 것이 과연 큰 효과가 있었는지, 아르티어스는 비급에 기록된 내용을 곧바로 이해할 수 있었다.
"이렇게 쉬운 걸 가지고 그렇게 헤매고 있었다니……. 자, 어디 시작해 보실까? 흐흐흐."
아르티어스는 몸속의 마나를 끌어올렸다. 물론, 호비트의 경우 단전에서 마나를 빼내야 하겠지만, 드래곤은 목에 있는 드래곤 하트에서 꺼내야 한다. 하지만 그 정도 융통성도 없는 아르티어스 어르신은 아니었다.
그런데 사고는 흡성대법의 구결에 따라 마나를 온몸의 혈도를 따라 움직인 직후에 벌어졌다.
 물론 처음부터 조심스럽게 마나를 약간씩 흘려보내 괜찮으면 조금씩 그 양을 증대시키는 신중함만 보였더라도 이런 사태까지는 가지 않았을 것이다. 하지만 아르티어스는 급한 마음에 구결대로 대량의 마나를 한꺼번에 밀어 넣었다. 뭔가 잘못된 것을 느꼈을 때는 이미 건널 수 없는 강을 건너 버린 후였다.
 갑자기 온몸이 산산조각 날 것 같은 극심한 고통이 느껴지자 아르티어스는 기절할 지경이었다.
 "끄어어억!?"
 갑자기 왜 이런 고통이 찾아온 것일까? 곰곰이 생각해 본 그의 뇌리에 떠오르는 것이 있었다. 마공을 익히던 철영이 가장 무서워했던 것.
 "으윽! 이 이것이 설마 주, 주화입마?"
 아르티어스는 흡성대법을 익힐 수 있다는 기쁨에 미처 생각하지 못했지만, 아무리 드래곤이 사람으로 변신했다 하더라도 그 내부까지 변화하는 것은 아니었다. 사람에게 단전이 있다면 드래곤에게는 드래곤 하트가 있다. 기를 저장하는 위치가 다른 만큼, 그 기가 움직이는 통로인 혈도 또한 위치가 다를 수밖에 없었다. 그런 원초적인 부분도 생각하지 않은 채 무리하게 기를 일주천시켰으니 당연히 주화입마에 빠지게 된 것이다.
 아르티어스는 사력을 다해 정신을 집중했다. 온몸이 산산조각 날 것 같은 고통 속에서도 정신을 집중할 수 있었던 것은, 그가 인간보다는 훨씬 차원이 높은 정신 체계를 지닌 드래곤이었기 때문이다.

아르티어스의 손에 희뿌연 빛이 감도는 순간, 고통은 서서히 희미해지기 시작했다. 그리고 곧이어 그 고통은 완전히 사라져 버렸다. 대신, 아르티어스는 후들거리는 다리를 간신히 유지하며 일어섰다.

"제, 젠장, 죽을 뻔했네."

몸속에 들끓던 마나를 완전히 소멸시켜 위기를 모면한 것까지는 좋았는데, 온몸에 힘이 하나도 없었다. 아직 드래곤 하트에 남아 있는 마나가 약간은 있었기에, 그는 천천히 연공실의 중앙으로 걸어갔다. 한 걸음 한 걸음 옮겨 놓기가 보통 힘든 것이 아니었지만, 어쩔 수 없었다.

연공실의 중앙까지 온 아르티어스는 본체로 현신했다. 그러자 연공실 안은 거대한 골드 드래곤에 의해 꽉 채워졌다. 아르티어스는 한껏 고개를 틀어 한쪽으로 돌돌 말고, 또 꼬리도 그런 식으로 처리해서 간신히 자리를 잡았다.

교주 전용의 연공실은 파괴적이기 그지없는 마공을 연성하는 장소인 만큼, 대단히 튼튼하게 만들어져 있었다. 그렇기에 골드 드래곤이 약간 비벼 댄다고 해서 무너질 염려는 없었다.

"제, 제기랄. 일단 한숨 자면서 마나를 보충한 다음에 생각하자."

거대한 골드 드래곤은 천천히, 하지만 끊임없이 대지로부터 마나를 흡수하기 시작했다.

고수를 몰라본 죄

 토끼 몸에서 떨어져 나온 기름 방울이 숯불에 떨어질 때마다 치직거리며 연기가 올라왔다. 큼직한 토끼 두 마리가 숯불 위에서 잘 익고 있었다. 토끼가 골고루 익도록 빙글 돌리면서 묵향이 투덜거렸다.
 "젠장, 따분한 일상에서 벗어난 것까지는 좋은데, 갑자기 아버지가 보고 싶군. 이럴 때 같이 있으면 좋았잖아. 드래곤 주제에 무슨 얼어 죽을 무공을 익힌다고 야단이야. 그런 거 안 익혀도 충분히 강하면서……."
 맑은 밤하늘에는 별이 총총히 박혀 있고, 대기에는 조금씩 찬 기운이 느껴지고 있었다. 묵향은 품속에서 술병을 꺼내 한 모금 마신 후 중얼거렸다.
 "빌어먹을 초류빈 녀석. 심부름 보낸 수하 녀석은 행방불명이고,

또 그놈은 아무리 찾아봐도 찾을 수가 없고……. 따라가는 게 아무리 싫다고 해도 그렇지, 감히 도망을 쳐? 본좌의 명령을 거역한 놈은 어떤 꼴이 되는지 이 기회에 확실하게 각인시켜야겠어. 다시는 그런 생각을 하는 놈이 없도록 말이야."

다시 술 한 모금을 마신 후, 묵향은 토끼고기를 약간 옆으로 돌렸다.

"젠장, 생각할수록 더 열이 받는군. 그건 나중에 생각하기로 하자, 나중에……. 그건 그렇고 배를 채운 다음에 곧바로 사천분타로 가는 게 가장 좋겠다."

이때, 숲 속에서 뭔가 부스럭거리더니 세 명의 남녀가 튀어나왔다. 그들은 주위를 주의 깊게 살핀 다음 묵향 혼자인 것을 확인한 후 안심한 듯했다.

그들 중의 한 명이 부상을 당했는지 바닥에 쓰러지듯 주저앉았다. 그것을 보고 함께 있던 여자가 말했다.

"사형, 아무래도 지금 치료를 하는 게 좋겠어요."

여인이 치료를 시작하자, 잠시 그것을 지켜보던 사내가 묵향에게로 다가왔다. 사내의 옷은 여기저기 찢어져 있었지만, 상등품의 천으로 제작되어 있었다.

그는 묵향을 잠시 쏘아본 후 의심할 만한 점을 발견하지 못하자 주위를 주의 깊게 살펴봤다.

사내는 묵향을 향해 정중한 어조로 말을 걸었다. 하지만 그의 목젖은 군침을 삼키는지 오르락내리락하고 있었고, 시선은 숯불 위의 토끼에 고정되어 있었다.

"이보시오, 토끼 한 마리만 파시면 안 되겠소? 아무리 봐도 혼자 먹기에는 양이 좀 많은 것 같은데…….”

묵향은 흥미로운 듯 그들을 바라본 후, 입을 열었다. 만약 그들이 묵향을 알고 있었다면, 묵향의 그 표정만 봐도 소름이 끼쳤을 것이다. 안 그래도 무료하던 참에 이게 웬 떡이냐 하는 표정이었으니 말이다.

"가져가시오."

"고맙소."

그는 아직 채 익지도 않은 토끼 한 마리를 꼬챙이에서 빼낸 후, 동료들에게로 돌아갔다. 그때, 여인은 상처 입은 사내에게 금창약을 발라 주고는 깨끗한 천으로 상처를 감싸고 있는 중이었다.

"사매, 사형의 상처는 좀 어떤가?"

"깊게 베이지는 않았으니 괜찮을 거예요. 그런데 여기서 이렇게 지체하고 있어도 괜찮을까요?"

"따돌렸으니 약간 여유가 있을 거야. 그리고 저자는 숯불로 뭉근하게 토끼를 굽고 있으니, 발각될 우려도 별로 없어. 지금 좀 쉬어 두자구."

그들은 곧 토끼를 뜯어 먹기 시작했다. 그러면서도 끊임없이 주위를 살피는 것은 잊지 않았다. 세 명이 먹기에는 양이 좀 적었는지, 뼈다귀까지 훑어먹은 뒤 그들은 운기조식을 시작했다. 기력 회복에 운기조식만큼 좋은 것도 없으니까.

일각 정도 운기조식을 한 후, 그들은 다시 일어섰다. 그런 다음 그들이 막 떠나려고 할 때, 뒤에서 무심한 듯한 목소리가 들려왔다.

"뭐 잊고 가는 거 없소?"

그들은 자신들이 앉아 있었던 곳을 휙 둘러봤다. 아무것도 흘린 것은 없었다. 그들이 이해할 수 없다는 듯 묵향을 다시 바라보자, 묵향이 퉁명스레 말했다.

"토끼 값을 주고 가야 할 것 아니오?"

검을 든 무림인에게 토끼 값을 달라고 하다니, 배짱이 아주 좋은 놈이라고 사내는 생각했다. 하지만 자신들은 정파의 제자가 아닌가? 사내는 어쩔 수 없다는 듯 품속에서 전낭을 꺼내며 말했다.

"얼마면 되겠소?"

"은자 한 냥."

눈알이 튀어나올 만큼 비싼 액수다. 은자 한 냥이면 한 가족이 몇 달은 쓸 수 있는 돈이 아닌가? 사내의 눈이 살짝 가늘어지며 퉁명스러운 말이 튀어나왔다.

"농담하는 거요?"

"나는 돈 가지고 농담해 본 적이 없다네."

"그런데 무슨 토끼 값이 그렇게 비싸다는 거요?"

"이 밤중에 산속에서 토끼를 잡아다가 구워 파는 사람이 나 말고 또 있나? 그런 만큼 내가 부르는 게 값인 거야."

사내는 더 이상 생각할 것도 없다는 듯 말을 내뱉었다.

"미친놈이었군."

그는 동전 몇 개를 꺼내 묵향에게 던진 후, 미련 없이 발길을 돌렸다. 하지만 그 순간, 갑자기 그들의 몸은 그들의 의지와 상관없이 땅바닥에 푹 쓰러져 버렸다.

상대가 무슨 수를 썼는지 미처 깨닫기도 전에 혈도를 제압당한 것이다. 하지만 아혈은 제압당하지 않았는지 목소리를 내는 데는 지장이 없었다.

"헉! 어, 언제 혈도를 제압당했단 말인가?"

"젠장. 이보시오, 제발 혈도를 풀어 주시오. 우리는 갈 길이 바쁜 사람들이오."

묵향은 천천히 다가와서 각자의 품속에 들어 있는 전낭들을 꺼내기 시작했다. 그런 다음 돈을 꺼내어 이리저리 세어 보더니 중얼거렸다.

"호오, 제법 돈이 많구먼. 모두 합해 은자 다섯 냥 정도 되겠군."

"젠장, 돈을 가졌으면 혈도를 풀어 주시오."

애처롭게 사정하는 데도 불구하고 묵향은 차갑기 그지없었다.

"그렇게는 못하겠는데? 자네가 약속을 어겼기 때문에, 토끼 값은 은자 열 냥으로 늘어나 버렸거든. 아직 다섯 냥이 모자라는 셈이지."

묵향은 느긋한 걸음걸이로 불가로 돌아간 다음 이리저리 토끼고기를 찔러 본 뒤 중얼거렸다.

"이제야 다 익었군."

저 뒤쪽에서 사정하는 소리들이 들려왔다. 처음에는 나직한 목소리로 간청했지만, 묵향이 마지막 뼈다귀를 훑어먹고 내려놓을 때쯤에는 간청만으로는 안 되겠다고 생각했는지 묵향을 설득하기 위해 정중한 어조로 말을 걸었다.

"이보시오. 어디의 누구신지 모르지만, 혈도를 좀 풀어 주시오. 우리는 대진문의 제자들이오. 나머지 은자 다섯 냥은 대진문에 도착해서 드리면 안 되겠소?"

"……."

"지금 시간이 없단 말이오. 우리를 뒤쫓는 것은 극악무도한 마교 놈들이오."

"……."

"당신도 무림인이라면 우리를 좀 도와주시오. 우리는 강호행을 하던 중 우연히 마교 놈들이 발호하는 것을 발견하고 그것을 알리러 가던 중이었소. 제발 좀 도와주시오."

그래도 상대에게서 돌아온 것은 묵묵부답이었다. 안 그래도 위급한 때에 이런 식으로 잡혀 있다니, 거기에다가 상대에게서는 단 한마디의 반응도 없고……. 이제 그는 더 이상 참을 수 없었던 모양인지 묵향을 향해 고함을 빽 질렀다.

"야, 이 개자식아. 뭐라고 말 좀 해 보란 말이다!"

하지만 아직까지도 묵묵부답. 오히려 거기에 한술 더 떠서 나무 등걸에 기대어 잠을 청하려는 모습까지 보였다. 그게 더욱 그들의 울화를 돋웠는지, 이들은 아예 이성을 잃고 욕지거리를 내뱉으며 소리소리 질러 대기 시작했다.

분기탱천한 그들의 머릿속에는 상대가 자신들보다 뛰어난 고수라는 생각 따위는 이미 존재하지도 않았다.

횃불을 밝히며 흑의를 입은 무리들이 도착했을 때쯤, 대진문의 제자들은 얼마나 고함을 질러 댔는지 쉰 목소리로 떠들고 있었다. 하지만 그들의 입에서 튀어나오고 있는 욕설의 질은 더 한층 강화된 것이었다. 한밤중에 질러 대는 고성은 아주 멀리까지 간다.

흑의인들은 이 근처에 도착해서 그 소리를 듣고 곧장 달려온 것이었다. 흑의인들은 대진문의 제자들이 땅바닥에 쓰러져 있는 것을 보고 흠칫 놀란 듯했다. 그들로서는 대진문의 제자들이 왜 그런 꼴이 되어 있는지 알 수 없었기 때문이다.

대진문의 제자들은 흑의인들이 도착하자, 흠칫 놀라는 것 같았다. 하지만 그들은 이내 체념한 듯 두 눈을 감았다. 혈도까지 제압당한 상태니, 도저히 어떻게 해 볼 방법이 없다는 것을 알고 모든 것을 포기한 것이다.

"저자는 누구냐?"

흑의인들 중의 한 명이 잠자리에서 부시시 일어서는 묵향을 보며 말했다. 그 말에 나머지 흑의인들이 묵향을 둘러쌌다. 모두들 휴대하고 있던 병장기를 묵향에게 겨눈 것을 보면 증거 인멸을 하려는 것임이 확실했다.

묵향은 품속에 손을 넣어 작은 옥패 하나를 꺼내며 중얼거렸다.

"딴 건 얘기해 줄 필요가 없겠고, 이게 뭔지 알겠냐?"

그것은 묵향이 마교에 도착한 후, 잃어버린 묵룡패를 대신해 제작한 흑룡패(黑龍牌)였다. 그것이 제작된 후, 마교에 속한 모든 제자들에게 그 형상과 모양에 대한 자료가 자세히 알려졌다. 왜냐하면 그렇게 해 놔야 나중에 착오가 없기 때문이다.

대부분은 멀뚱한 표정으로 묵향을 바라봤지만, 처음에 말을 꺼냈던 그 흑의인은 그것을 알아본 듯했다. 그의 눈은 복면을 쓴 상태였기는 하지만 커다랗게 부릅떠져 있었다. 그는 기겁해서는 땅바닥에 머리를 처박듯 엎드리며 외쳤다.

"교주님을 뵈옵니다."

묵향의 대진문 제자들의 옷에 나 있는 검로의 흔적을 보고, 그들이 마교에게 쫓기고 있다는 것을 처음부터 알고 있었다. 하지만 묵향은 안 그래도 심심한 김에 잘됐다는 생각을 했고, 수하들이 올 때까지 그들을 잡고 장난을 쳤던 것이었다.

상관의 모습을 본 수하들은 지체 없이 땅에 고개를 처박으며 따라 외쳤다.

"교주님을 뵈옵니다."

그것을 본 대진문 제자들의 얼굴은 그야말로 핏기 한 점 찾아볼 수 없을 정도로 창백해졌다. 마교 교주라니? 이것은 그야말로 뭣도 모르고 이리 떼를 피해 호랑이 아가리를 향해 달려든 꼴이 아닌가.

묵향은 손가락을 까딱거리며 말했다.

"너, 이리 와 봐."

"옛."

지명당한 자는 땅바닥에 엎드린 채 엉금엉금 기어 묵향 앞에 도착했다. 묵향은 그의 뒤통수를 갈기며 말했다.

"도대체 일을 어떻게 처리하고 있길래 저런 놈들이 숲 속을 돌아다니는 거냐?"

"소, 송구하옵니다. 놈들의 무공이 원체 높아……."

분타 건설 현장을 경비하고 있는 무사들의 무공 수위는 대체적으로 낮았기에 이런 결과가 나온 것이었다.

"쯧쯧, 이런 놈들을 믿고 일을 맡기고 있었다니……."

그는 땅바닥에 머리를 처박으며 외쳤다. 그의 몸은 심하게 떨리고 있었다.

"부디, 용서해 주시옵소서."

묵향은 대진문의 제자들을 가리키며 말했다.

"그건 그렇고, 저놈들은 어쩔 거냐?"

"분타를 건설하는 것을 훔쳐본 자들이옵니다. 모두 다 척살하라는 지시가 있었사옵니다."

잠시 궁리하던 묵향은 그에게 지시했다.

"뭐, 척살할 필요까지는 없고…, 분타가 건설될 때까지 어디 가둬 뒀다가 나중에 풀어 줘."

"지시대로 행하겠사옵니다."

"지금 저놈들을 죽여 버리면 은자 다섯 냥을 손해보잖아."

엉뚱한 교주의 말에 흑의인들의 우두머리는 순간 어이가 없을 수밖에 없었다.

"예?"

묵향은 흑의인들을 따라가서 사천분타주를 만났다. 그는 묵향의 모습을 보자마자 기겁을 해 가지고는 머리통을 땅바닥에 쿵쿵 찍어 대는 아부의 극치를 보여 줬다. 더군다나 자신들이 놓친 자들을 교주가 잡아 줬다는 것을 알고는 안색이 시퍼렇게 질려서 부들부들 떨며 외쳤다.

"제, 제발 용서를……."

"이봐, 총단에 연락을 넣어서 각 분타에 실력 있는 고수 서너 명씩만 지원해 주라고 군사에게 알려라."

"옛."

"지금은 아직 분타가 자리를 잡지 못한 상태다. 그런 상황에서 벌어진 일까지 책임을 물어 분타주들 목을 벨 수는 없는 일이 아니냐? 앞으로는 좀 더 보안에 신경을 쓰도록 해라."

분타주는 쿵 소리를 내며 바닥에 머리를 박으며 외쳤다.

"추, 충성을 다하여 존명을 완수하겠나이다."
"그리고 나중에 분타가 제대로 돌아가기 시작하면 그놈들을 놔 줘라."
"예?"
"대진문에 연락을 넣어 그놈들을 살려 줄 테니 은자 다섯 냥을 내놓으라고 해. 그런 다음 대진문에서 돈이 도착하면 그놈들을 풀어 주라구. 알겠어?"
"옛."
대답은 했지만 분타주는 궁금증을 참기 어려웠는지 교주의 눈치를 살피며 조심스레 질문을 던졌다.
"그런데, 왜 겨우 은자 다섯 냥입니까? 1백 냥쯤 불러도 되지 않을까요?"
"그놈들이 본좌한테 빚진 게 은자 다섯 냥이니, 그것만 받아. 알겠나?"
"옛."
"오면서 보니까 공사는 꽤 순조로운 것 같더군. 고생이 많았겠어."
"그렇게 말씀해 주시니 황송할 따름입니다."

묵향은 사천성을 지나 섬서성으로 들어왔다. 일단 섬서성에서 일어난 일은 급히 해결할 필요가 있었다. 화산파를 잠잠하게 만들어 놔야 공사를 재개할 수 있을 테니까 말이다.
반나절 동안 계속 달려온 묵향은 허름한 객잔이 하나 보이자 곧장 그쪽으로 방향을 잡았다. 그의 경우 경공술을 시전하기에 알맞도록 산길을 주로 애용했으므로, 객잔을 만나기는 쉬운 일이 아니었다.

"어서 옵쇼."

역시 겉에서 본 만큼이나 허름한 객잔이었다. 묵향은 자리에 털썩 앉으며 말했다.

"오리탕 한 그릇. 그리고 술을 내오너라."

점소이는 먼저 엽차를 가져왔다. 잠시 후 그는 간단한 소채와 함께 술을 가지고 나왔다. 음식이 만들어지려면 시간이 약간 필요했기 때문이다. 묵향은 술을 따라 천천히 마시며 주위를 둘러봤다.

완연한 봄이라서 그런지 객잔 안은 파리들이 왕성한 활동을 벌이고 있었다. 묵향은 소채에 앉으려고 윙윙거리는 파리를 내쫓으며 흐뭇한 표정으로 중얼거렸다.

"제법 괜찮은 객잔을 고른 모양이군."

중원은 원체 넓은 곳이라 치안이 형편없는 곳이 너무나도 많다. 특히 이런 외진 곳에 위치한 객잔들의 경우 손님이 먹을 음식에 독약을 탄다든지, 수면제를 타서 먹이는 경우가 간혹 있었다. 뻗어 버린 손님의 물품을 강탈하는 데는 아주 좋은 방법이 아닌가?

더군다나 수면제를 먹은 손님을 아예 해부해서 인육 요리를 만들어 파는 객잔까지 있다는 흉흉한 소문까지 나도는 형편이었다. 그런 만큼 객잔 안에 파리가 왕성하게 서식하고 있다는 것은 음식이 안전하다는 반증이었다.

이때, 객잔 문이 열리며 중년 여인과 아리따운 묘령의 아가씨가 객잔 안으로 들어왔다. 그런데 특이한 점이 있다면, 챙이 넓은 모자에다 면사까지 끌어 내려 자신들의 얼굴을 감추고 있었다. 그리고 아가씨의 허리에는 값비싸 보이는 장식을 한 장검이 메여 있었다. 그녀는 허름하기 그지없는 객잔 안을 두리번거리며 눈살을 찌푸렸다.

"어서 옵쇼."

점소이의 환대와는 달리, 그녀는 중년 여인에게 짜증 어린 어조로 조잘거렸다.

"사부님, 딴 데로 가면 안 될까요? 이곳은 너무 지저분해요."

"이 근처에 객잔은 이곳밖에 없다. 자리에 앉자구나."

아가씨가 사부라고 부른 중년 여인은 자리에 앉아서 주위를 둘러봤다. 객잔에 앉아 있는 손님이라고는 묵향뿐이었다. 그녀는 처음에 슬쩍 묵향을 봤을 뿐이었지만, 아무래도 뭔가 미심쩍은 것이 있는지 묵향을 지그시 바라봤다.

점소이에게 간단한 음식을 주문한 후, 할 일이 없어진 아가씨는 사부에게 나직한 어조로 질문을 던졌다. 사부가 저쪽 탁자를 차지하고 앉아 있는 사내를 주시하고 있다는 것을 눈치 챘기 때문이다.

"왜 그러세요?"

"글쎄…, 왠지 낯이 익은 것 같은 얼굴이기는 한데, 도무지 기억이 나지 않는구나."

제자는 묵향의 얼굴을 빤히 바라보더니 시큰둥한 어조로 이죽거렸다.

"흔해빠진 인상이라서 그렇겠죠. 눈썹도 굵고…, 대체적으로 선이 굵게 생겼다는 것 말고는 특징이 없는 얼굴이잖아요. 그렇게 미남이라고 할 수도 없구요."

"그럴까?"

말은 그렇게 하면서 그녀는 제자에게 전음을 날렸다.
 〈그의 손을 한번 보거라. 그런 다음 그의 직업이 뭔지 생각해 봐.〉
 제자는 사부가 시키는 대로 상대의 손으로 시선을 돌렸다. 사내의 손은 백어(白魚)와 같이 하얗고 투명했다. 도대체 무슨 직업에 종사하면 저렇게 계집애같이 예쁜 손을 가지게 될까? 선천적으로 타고났다고 해도, 남자의 특징상 예쁜 손을 유지하기는 대단히 힘들다. 선비 집안에서 태어나 아무리 궂은일을 하지 않았다고 해도 그건 불가능에 가까웠다.
 있다면 그것은 단 하나, 무공을 연성한 경우였다. 제자는 재빨리 시선을 탁자 밑으로 향했다. 역시 그의 허리에는 작은 검이 매달려 있는 것이 보였다. 검신이 살짝 휘어진 것으로 보아, 극도의 쾌검술을 익힌 것 같았다. 그는 무림에 적을 두고 있는 사람이었던 것이다.
 상대가 무림인인 걸 알고, 제자는 사부에게 전음을 날렸다. 하지만 상대가 전음 정도쯤은 언제나 엿들을 수 있는 존재라는 것을 그녀는 모르고 있었다.
 〈그러고 보니 무림인이었군요. 쾌검을 익힌 것 같아요. 그런데 아무리 봐도 무공을 익힌 것 같지는 않은데요? 정기가 느껴지는 것도 아니고, 태양혈이 솟아 있는 것도 아니고…….〉
 〈나도 그것 때문에 그를 살펴보고 있었던 거란다.〉
 이때, 점소이가 묵향의 음식을 가지고 나왔다. 묵향은 입맛을 다시며 음식을 먹기 시작했다. 그런데 객잔에 들어설 때만 해도 음식의 이상 유무를 알려 주던 아군이었던 파리 떼는 이제 그를 귀찮게 만드는 적군으로 바뀌어 있었다.

"젠장, 귀찮아 죽겠군."

묵향은 젓가락 하나를 잡고는 허공에 대고 휘둘렀다. 그와 동시에 오리탕 주변을 맴돌던 파리들이 이리저리 튕겨 나가기 시작했다. 내공을 사용한 것도 아니었기에 그렇게 빠른 속도로 휘두른 것도 아니었는데, 파리들이 젓가락에 쫓아와서 두들겨 맞는 것처럼 보일 지경이었다.

한 대씩 두들겨 맞고 죽은 파리들이 사방으로 튕겨 나갔다. 붕붕거리며 귀찮게 굴던 파리들이 사라지자, 묵향은 그 젓가락을 옆에 놔두고 새로운 젓가락을 집어 들었다.

묵향이 보여 준 한 수를 경탄 어린 눈길로 바라보던 제자는 놀랍다는 듯 사부에게 전음을 날렸다.

〈정말 대단했어요. 어떻게 내공도 쓰지 않고 파리를 저렇게 잘 잡죠?〉

〈글쎄다. 파리의 움직임을 예측했다고 밖에는 볼 수가 없구나.〉

이때, 엽차를 한 모금 마시려던 제자의 안색이 확 찌그러들었다. 자신의 찻잔에 죽은 파리가 한 마리 빠져 있었던 것이다. 그 순간 그녀는 벌떡 일어서며 노기에 찬 음성으로 뾰족하게 소리쳤다.

"이봐, 너 일부러 그랬지? 지금 시비 거는……."

이때, 사부가 제자를 제지했다.

"가만히 앉아 있거라."

울분을 삼키고 있는 제자에게는 시선도 주지 않고, 그녀는 묵향을 향해 공손한 어조로 말했다.

"죄송합니다. 고인께서 식사하시는 데 저희들이 실례를 저지른 것 같습니다. 앞으로는 조심하겠으니 용서해 주시기 바랍니다."

제자는 사부의 언동에 놀랐는지 눈이 동그래졌다. 잘못은 저쪽이 했는데 왜 이쪽이 숙이고 들어간단 말인가?

상대는 그녀들 쪽으로 시선도 돌리지 않고 오리탕을 먹고 있을 뿐이었다. 상대가 뭐라고 말은 안 했지만 그것을 용서한다는 뜻으로 스승은 해석했다. 만약 진짜 심통이 났다면 검을 빼들던가 했을 게 분명했기 때문이다.

스승은 안도의 한숨을 내쉰 후 자리에 앉았다. 스승은 손을 들어 자신의 찻잔을 가리켰다. 스승의 손짓을 따라 제자의 눈이 스승의 찻잔 쪽으로 돌아갔다.

"헙!"

제자의 눈은 휘둥그레졌다. 그도 그럴 것이 스승의 찻잔 안에는 그것이 우연이 아님을 증명이라도 하듯 10여 마리가 넘는 파리들이 둥둥 떠 있었다.

한 마리를 어떻게 찻잔 속에 떨어뜨리는 것이라면 몰라도, 이렇게 많은 파리를 한순간의 젓가락질로 한 지점에 쳐 넣는다는 것은 신기에 가까운 실력이었다.

스승은 찻물을 손가락에 찍어 탁자 위에 글을 썼다.

「상당한 실력의 고수가 아니라면 절대로 이렇게 할 수가 없다. 그런데 겉으로 보기에는 평범해 보이니, 그 무공의 깊이를 측량할 수가 없구나.」

그 이후, 스승과 제자는 내뱉는 숨소리까지 조심하며 쥐죽은 듯 앉아 있었다. 음식이 나온 후에는 먹는 소리마저 크게 날세라 조심에 조심을 거듭했다.

상대에게 너무 신경을 쓴 나머지 음식이 입으로 들어가는지 코로 들어가는지 알 수도 없을 지경이었다. 원래 이렇게 조심해야만 무림에서 살아남을 수 있는 것이다. 그러지 않으면 바로 그 순간 목숨이 위태롭게 되는 것이다.

묵향은 식사를 마친 후, 탁자 위에 동전 몇 개를 놔뒀다. 그런 다음 저쪽 구석에 앉은 여인들에게 눈길 한 번 주지 않고 객잔을 나가 버렸다.

제자는 그제야 깊은 한숨을 푹 내쉰 후, 혓바닥을 쏙 내밀며 중얼거렸다.

"긴장돼서 죽는 줄 알았어요."

스승은 나직한 어조로 제자에게 말했다.

"강호를 떠돌다 보면 수많은 사람을 만나게 된다. 그리고 많은 일을 경험하게 되겠지. 하지만 자신보다 뛰어난 실력을 지닌 자와 맞서는 실수만은 절대로 해서는 안 된단다. 외모만으로 상대의 실력을 평가하면 어떻게 되는 것인지 오늘 깨달았겠지? 너도 고수를 알아보는 안목을 좀 더 키워야 할 필요가 있겠구나."

"가슴 깊이 명심하겠습니다, 사부님."

제자는 스승에게 고개 숙여 감사한 후, 잠시 뭔가 생각에 잠긴 듯하더니 조심스레 입을 열었다.

"사부님, 그런데 저 사람은 누군가요? 설마, 반로환동의 고수는 아니겠죠?"

사부는 빙그레 미소 지으며 말했다.

"네가 거기까지 생각했다니, 참으로 대견하구나."

제자는 경악감을 감추기 어려운 듯 뾰족한 목소리로 외쳤다.

"예에? 진짜 반로환동의 고수였다구욧?"

사부는 빙긋 미소 지으며 고개를 가로저었다.

"아니, 나는 그렇게 말하지는 않았다. 나도 그 가능성을 생각해 봤었다는 말이었지. 그가 파리를 잡을 때, 젓가락이 흘러가는 길을 봤단다. 상상도 하기 힘들 정도로 높은 수준의 검로(劍路)를 밟고 있더구나. 그런 사람이 저렇게 젊을 수는 없지 않겠느냐. 주안술을 익혔거나, 아니면 반로환동이겠지."

묵향 사형 아니십니까

묵향은 엄청난 속도로 경공술을 전개하여 산을 넘고, 들판을 달렸다. 가급적 빨리 화산파에 도착해서 일을 마무리 지을 속셈이었기 때문이다. 저녁나절쯤 화산 근처에 도착한 묵향은 일단 허기를 달래기 위해 객점을 찾았다. 저녁 식사를 배불리 한 후, 방을 하나 잡아서 간단하게 목욕을 했다.

묵향은 품속에서 서책 한 권을 꺼냈다. 책에는 장중한 문체로 '태극혜검법'이라는 제목이 쓰여 있었다. 물론 이것은 진품이었다. 과거 마교의 고수들이 무당파의 본거지를 털고 노획한 무공이었던 것이다. 하지만 아직까지도 무당파에 태극혜검법이 전해지고 있는 것을 보면, 그때 그 검법을 익힌 고수가 살아남았던 모양이다.

묵향은 꼼꼼히 서책을 탐독하기 시작했다. 일단 이 검법으로 놈을 없애려면, 그 검법을 익혀야 할 테니까. 비급을 앞에서 끝까지 쭉 한번 훑어본 다음, 묵향은 잠시 명상에 잠겼다. 시간이 흐름에 따라 묵향의 머릿속에는 태극혜검법의 전반적인 초식의 전개가 서서히 자리를 잡아가기 시작했다.

어느 순간 묵향은 눈을 번쩍 떴다.

"제법 쓸 만한 검법이로군."

묵향은 창가로 걸어가 화산을 바라봤다. 화산은 중원오악(中原五嶽)의 하나로 꼽힐 만큼 높고 험준했다. 산이 깊고 수려하다 보니, 자연 외부인의 출입은 힘들 수밖에 없었다. 그런 곳에 화산파가 자리 잡고 있었다.

"이제 남은 것은 그놈을 어떻게 처치하느냐 하는 것인데……."

묵향은 화산 장문인을 어떻게 없애 버리느냐를 가지고 궁리하기 시작했다.

원래 암습을 한다면 장문인이 혼자 떨어져 있을 때, 혹은 그 주위에 사람이 별로 없을 때 하는 것이 최고였다. 그편이 그를 처치하기도 편할뿐더러 탈출하기도 용이할 테니 말이다. 하지만 화산 장문인이 제법 강하다고 해도 묵향의 입장에서 봤을 때 그건 강한 것도 아니었다. 그냥 가서 쓱싹 죽여 버린 다음 탈출해도 충분할 텐데, 괜히 그놈의 행적을 조사한다고 시간 낭비할 필요가 있을까?

한참을 생각하던 묵향은 침상 옆에 놔뒀던 검을 집어 들며 중얼거렸다.

"시간을 끌 필요가 뭐가 있겠어. 쇠뿔도 단김에 빼랬다고, 오늘이 네놈 제삿날이다."

보름달이 떠올라 주위가 환한 가운데, 화산파의 담장을 넘는 시커먼 인영이 있었다. 이렇게 밝은 보름밤에 침입을 하는 것은 모두들 금기로 삼는다. 왜냐하면 너무 밝기에 자신의 행동이 쉽사리 노출되기 때문이다. 하지만 그것은 일반적인 경우의 얘기고, 묵향 같은 고수에게는 그 어떤 장애도 될 수 없었다.
 "저곳인가?"
 목표물은 현 화산의 장문인.
 '용하게도 화경에 올랐다마는, 네놈은 상대를 잘못 고른 거야.'
 묵향은 품속을 뒤적여 두건을 꺼내 뒤집어쓴 다음, 장문인의 처소를 향해 몸을 날렸다.

 화산 장문인은 아직까지 잠을 못 이루고 있었다. 그는 읽고 있던 서책을 덮으며 중얼거렸다.
 "허, 오늘따라 왜 이리 가슴이 뛰는고? 참으로 이상하도다……."
 이때, 뭔가 이상한 기척이 그의 미세한 감각에 잡혔다. 화경의 경지에 이른 후, 그의 감각은 그전보다 월등하게 발달해 있었다.
 "응?"
 그가 눈길을 돌렸을 때, 그곳에는 복면을 쓴 괴한이 서 있었다. 이렇게 늦은 밤중에 좋은 일로 찾아온 것은 결코 아닐 것이다.
 "자객인가?"
 하지만 장문인은 곧이어 고개를 가로저었다. 자객이라면 벌써 기습 공격을 가해 왔을 것이기 때문이다. 상대는 아직까지 검조차 뽑지 않고 있었다.
 이대로 상대할 것인가? 자신의 이목을 숨기고 이곳까지 들어온

놈이다. 자신이 아무리 화경을 깨달았다고 하나, 아무래도 검이 없는 상태에서 상대하기에는 벅찬 놈인 듯싶었다. 그렇기에 장문인은 상대의 눈을 노려보며, 상대의 선택을 기다리고 있었다. 일단 상대의 실력이 어느 정도인지 가늠해 볼 필요성이 있었다. 섣불리 움직일 수는 없었다.

이때 무뚝뚝한 목소리가 들려왔다.

"검을 뽑을 여유를 주겠다."

복면에 가려 상대의 얼굴은 알 수 없으나, 그의 눈에는 강한 자신감이 엿보였다. 그걸 보면 뭔가 믿고 있는 구석이 있는 모양이다.

'혹시 검을 가지러 가는 그 순간을 노리겠다는 것인가?'

장문인은 자신의 생각을 감추기 위해 일부러 감탄스럽다는 듯 중얼거렸다.

"허~, 놀라운 자신감이로다."

장문인은 천천히 뒷걸음질을 하여 좌대(座臺)로 다가갔다. 뒷걸음질을 치면서도 장문인의 시선은 단 한시도 복면괴한으로부터 떨어지지 않았다. 좌대 위에는 두 자루의 검이 놓여 있었다. 위쪽에 놓여 있는 고색창연한 보검은 장문인이 되며 물려받은 화산파의 신물이었다. 그리고 아래쪽에 놓여 있는 평범해 보이는 검은 자신이 그동안 줄곧 써 왔던 그의 애검이었다. 장문인은 슬쩍 뒤로 손을 뻗어 좌대의 위 칸에 놓여 있는 보검을 집어 들었다.

스르르릉…….

자신이 얼마나 좋은 검인지 증명이라도 하듯 보검은 투명할 정도로 맑은 소리를 내며 검집에서 뽑혀 나왔다.

화산파 무공의 주축은 검법이다. 물론 권법이나 조법, 장법 등이 있었지만, 그것은 보조적인 무공일 뿐이다. 그렇기에 일단 검이 자신의 손에 쥐어지자, 화산파 장문인의 눈빛이 변했다. 그의 몸 구석구석에서 자신감이 흘러넘쳤다.

장문인은 자객에게 검을 겨누며 살기 어린 미소를 지었다.

"지나친 자신감이 얼마나 그릇된 것인지 가르쳐 주겠노라."

"호오, 검을 드니까 자신감이 생기는 모양이지?"

상대가 전혀 긴장감을 가지지 않는 것이 의외라는 듯 잠시 상대를 바라보더니, 곧이어 장문인은 자객을 노려보며 중얼거렸다.

"노부에게 검을 들게 한 것을 후회할 것이다."

순간, 안 그래도 엄청난 예기(銳氣 : 날카로운 기운)를 흘리고 있던 보검에서 푸른빛 줄기가 줄기줄기 어리기 시작했다. 화경을 증명하는 무공, 어기충검(御氣充劍)이 보검에 사용되었으니 그야말로 금상첨화였다.

장문인이 격돌하는 순간, 상대는 언제 뽑아 들었는지 검을 들고 그에 대응했다. 두 고수의 검이 흘러가며 검강이 불을 뿜기 시작했다. 장문인은 화산파 최고의 검식들이라 할 수 있는 구궁반천검법(九宮反天劍法)과 무극태을검법(無極太乙劍法)을 절묘하게 섞어가며 공격해 왔다.

쌍방이 뿜어낸 검강이 사방으로 흩뿌려지며, 장문인이 기거하던 처소를 완전히 파괴해 버렸다. 그리고 그 소리를 듣고 사방에서 화산파의 문도들이 검을 뽑아 들고 벌 떼처럼 쏟아져 달려왔다.

장문인의 처소가 박살 난 후, 그 잔해를 뚫고 두 인영이 튀어나왔다. 장문인은 놀랍다는 듯 중얼거렸다.

"태극혜검이란 말인가? 그런데 어찌하여 무당에서……."

묵향은 주위 사람이 들으라고 일부러 냉혹한 어조로 외쳤다. 왜냐하면 이런 식으로 해 놔야 더욱 무당파가 의심받을 것 아니겠는가 말이다.

"헛소리!"

그리고 또다시 두 고수는 서로를 향해 돌진해 들어갔다.

대결이 시작된 직후부터, 장문인의 머릿속에는 끊임없는 의문이 솟아올랐다. 왜 상대는 무당파의 비전검법인 태극혜검을 쓰는가? 그리고 암습을 하지 않고 정공법으로 나온 이유는? 아무리 머리를 굴려도 딱히 괜찮은 답이 나오지 않았다.

이자가 태극혜검법을 사용해서 무당파와 자신을 이간질하려는 것인가? 하지만 그 가정에는 치명적인 허점이 있었다. 태극혜검을 이토록 깊이 깨우친 자가 무당에서 수련한 검수가 아닐 가능성은 거의 없다고 해도 과언이 아니었기 때문이다.

그리고 태극혜검의 경우 극소수의 선택받은 제자들에게만 전수되는 비전절기(秘傳絕技)가 아닌가. 평생 동안 태극혜검을 익힌 무당의 검객들도 화경의 벽을 깨지 못하는 자가 부지기수다. 그런데 어찌하여 저자는 저토록 완벽하게 태극혜검을 구사하는가.

또 상대가 무당에서 자신을 암습하기 위해 파견한 검수라는 가정도 생각해 볼 수 있었다. 하지만 그것도 허점이 있었다. 처음부터 정면 대결을 할 이유도 없었지만, 무당의 검법을 대놓고 쓸 리도 없었다. 태극혜검을 쓴다는 것은, 아예 대놓고 자신이 무당파라고 광고하는 것이나 다름없으니 말이다.

이때, 장문인의 뇌리에 뭔가 떠오르는 것이 있었다. 현재 무림맹의 맹주는 무당파가 낳은 전설적인 고수 태극검제였다. 그리고 그가 자랑하는 절기는 태극혜검이었다. 오죽하면 그의 명호가 태극검제겠는가. 그렇다면 그가 비밀리에 키운 제자가 화경을 깨달았다고 치고, 그 제자의 실력을 시험도 할 겸 외부에 자랑도 할 겸 외부의 고수와 대결을 붙인 것이라면?

그 가정에도 약간의 문제는 있었지만, 그래도 다른 가정들보다는 허점이 작았다. 장문인은 고개를 주억거리며 중얼거렸다.

"그래, 그런 것이었군. 하지만 노부와 화산이 그렇게 만만하게 보였다는 말인가? 내, 너에게 따끔한 맛을 보여 준 후 맹주에게 따질 것이다."

일단 생각이 정리되고 나자, 장문인은 괴력을 발휘하기 시작했다. 모든 잡생각이 머릿속에서 사라지자마자, 그가 지금껏 구사한 것 중 최고의 검식을 뿜어내기 시작한 것이다.

수백 초식이 흘러간 후, 묵향은 뭔가 일이 틀어지고 있다는 것을 깨달았다. 화산 장문인의 실력이 자신의 예상을 훨씬 상회하고 있었던 것이다. 물론 자신의 본신 무공을 사용한다면 그리 어렵지 않게 제압할 수 있을 것이다. 그런데 문제는 태극혜검만을 사용하여 그를 처치해야 한다는 것이었다. 하지만 벼락치기로 대충 익힌 검법으로, 화경의 고수를 꺾어야 한다는 것은 약간 무리가 있었다.

처음부터 그냥 인정사정 볼 것 없이 죽여 버린 후, 시체에다 대고 태극혜검의 흔적을 남겼어야 했다. 하지만 묵향은 지금껏 이런 식으로 살아온 사람이 아니었다. 뛰어난 상대에게는 그만큼의 대접을 해 준 무인인 것이다. 그런데 상대는 자신보다 무공이 훨씬 떨어지는 놈이었다. 거기에다가 그놈은 비무장이었다. 그런 놈을 향해 암습을 가한다는 게 너무 찝찝했다.

그리고 여기에 오기 전까지 묵향은 서류 더미에 파묻혀 지내는 따분한 생활만을 하고 있었다. 오랜만에 화끈한 싸움을 하고 싶었다. 게다가 이쪽은 태극혜검법만을 써야 한다는 제약 사항까지 붙어 있으니, 꽤 괜찮은 대결이 되지 않겠는가? 저런 괜찮은 상대를 그냥 죽여 버린다는 것은 너무나도 아까운 일이었다. 그래서 묵향은 상대에게 검을 뽑게 해 줬다. 그리고 그 결과가 이렇게 나타나고 있었던 것이다.

"이런 제길!"

처음에는 그냥 태극혜검으로 놈을 황천으로 보낼 생각이었는데, 그게 여의치 않은 것이다. 하지만 그렇다고 지금 도망친 후 다음 기회를 노린다는 것도 그의 자존심이 허락지 않았다. 그렇다면 방법은 하나뿐이다. 상대의 몸에 남을 흔적, 즉 마지막 일격만 태극혜검으로 하기로 생각을 바꾼 것이다.

순간적으로 상대의 검식이 바뀌었다. 검로의 틀을 깨고, 완전히 동귀어진의 수법으로 공격해 들어오기 시작한 것이다. 그리고 상대의 검이 그리는 궤적은 상상을 초월할 정도로 기오막측한 것이었다.

"헉!"

경악성을 내지르며 장문인은 간신히 상대의 공격을 막아 낼 수 있었다. 하지만 장문인의 눈은 경악감으로 부릅떠져 있었다. 왜냐하면 상대가 구사한 검법과 유사한 검법을 자신이 알고 있었기 때문이다. 그제야 장문인은 상대가 지니고 있는 검으로 시선을 돌렸다. 거무스름한 광택을 내는 짧은 검. 오랜 세월 뇌리에 남아 있었던 자신의 기억과 그것은 일치했다.

장문인은 몸을 뒤로 날려 서로 간의 거리를 순식간에 벌렸다. 그런 다음 다급히 포권하며 외쳤다.

"사형을 뵙습니다."

그 말에 묵향의 눈이 화등잔만 해졌다. 저놈이 갑자기 못 먹을 거라도 처먹었나? 검을 높이 쳐들며 묵향이 외쳤다.

"싸우다 말고 뭔 개소리야?"

하지만 장문인은 빙그레 미소 지으며 말을 이었다.

"혹시, 묵향 사형이 아니십니까?"

『〈묵향18 - 묵향의 귀환〉에서 계속』

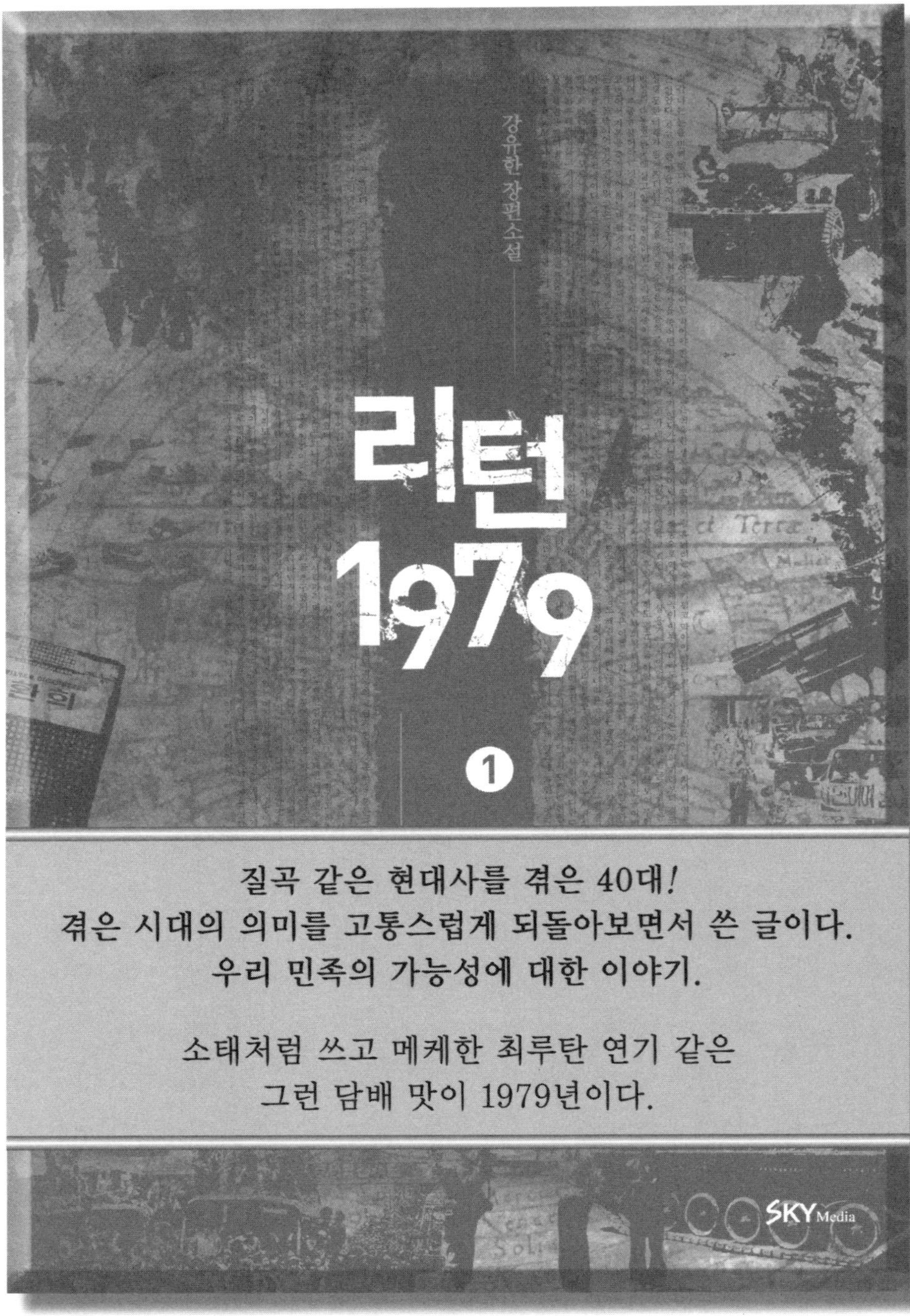

강유한 장편소설

리턴 1979

①

질곡 같은 현대사를 겪은 40대!
겪은 시대의 의미를 고통스럽게 되돌아보면서 쓴 글이다.
우리 민족의 가능성에 대한 이야기.

소태처럼 쓰고 메케한 최루탄 연기 같은
그런 담배 맛이 1979년이다.

SKY Media

강유한 지음 / 1~10권 발간

거대한 역사의 파도를 뛰어 넘어
세상을 바꾸다

대군으로 산다는 것 ①

김현빈 장편

**시간을 거꾸로 흘러
역사를 바로 흐르게 하다!**

반드시 내 손으로 조선의 역사를 바꿀 것이다.
그 앞을 가로막는 자는 결코 용서치 않으리라.

스카이북

김현빈 지음 / 1~2권 발간

조선의 꿈

이 후 — 장편소설

조선에서 일어난 꿈 같은 이야기

조선을 바꿀 실용대왕이 나타났다!

과연, 내가 과거로 간다면 이 땅에 정의를 실현하기 위해서 내 자신을 희생하면서 그러한 일들을 할 수 있을 것인가라는 의문에서부터 이 글은 시작된다!

이후 지음 / 1~2권 발간

한무풍 역사 장편소설

또다른 제국 ①

과연 조선은 힘없는 작은 나라인가!

거대 문명들이 부딪치며 하나로 통합되던
격동적인 근대 시대에 어디에도 구속되지 않은
그저 푸르른 바람이고 싶은 한 사내의 꿈이 펼쳐진다.

한무풍 지음 / 전 5권 발간